제로 K

* 이 도서의 국립중앙도서관 출판예정도서목록(CIP)은 서지정보유통지원시스템 홈페이지(http://seoji.nl.go.kr)와 국가자료공동목록시스템(http://www.nl.go.kr/korisnet)에서 이용하실 수 있습니다.
(CIP제어번호: CIP2019001823)

ZERO K

ZERO K

제로 K

DON DELILLO

돈 드릴로
장 편 소 설

황가한 옮김

은행나무

바버라에게

| 차 례 |

| 일러두기 |

1. 원문에서 이탤릭체가 외국어나 강조의 의미일 경우 고딕체로 표기했습니다.

2. 본문의 각주는 모두 옮긴이의 것입니다.

1부

첼랴빈스크기(期)

1

사람은 누구나 세상의 끝을 소유하고 싶어 하지.

이것은 우리 아버지가 한 말이다. 이 말을 했을 때 그는 자신의 뉴욕 사무실—개인 자산 관리, 다이너스티 신탁,* 신흥 시장을 취급하는—의 만곡형 창 가에 서 있었다. 우리는 생각에 잠긴 채 어떤 드문 순간을 공유하고 있었고 그 순간은 실내에 밤을 가져오는, 아버지의 구제 선글라스로 완성되었다. 나는 사무실 안에 있는 각기 다른 형태의 추상예술품을 감상하다가 아버지의 발언에 뒤이은 긴 침묵이 우리 둘 중 누구에게도 속하지 않음을 이해하기 시작했다. 아버지의 아내, 두 번째 아내, 고고학자를 생각했다. 그녀의 정신과 무너져가는 육체는 곧 예정에 따라 공동(空洞)으로 흘러들게 될 것이었다.

그 순간을 다시 떠올린 것은 몇 달 뒤 지구 반대편에서였다. 나는 양옆 유

* 상속세나 증여세를 거의 혹은 전혀 내지 않고 재산을 상속하기 위한 장기신탁. 이론적으로는 100년 이상까지도 유지할 수 있다.

리를 모두 까맣게 선팅 해서 내다볼 수도 들여다볼 수도 없는 장갑 해치백 뒷좌석에 안전벨트를 하고 앉아 있었다. 칸막이 너머 운전사는 축구복 셔츠와 운동복 바지를 입었는데 엉덩이 쪽이 불룩한 것으로 보아 휴대용 무기를 찼음을 알 수 있었다. 한 시간 동안 거친 길을 달린 끝에 그가 차를 세우더니 옷깃에 달린 장치에 대고 뭔가를 말했다. 그러고는 오른쪽 뒷좌석을 향해 천천히 고개를 45도 돌렸다. 나는 그것을 안전벨트를 풀고 내리라는 뜻으로 받아들였다.

이 한 시간의 자동차 여행은 기나긴 여정의 마지막 단계였다. 나는 차에서 내려 걷다가 하루 치 짐을 든 채 더위에 멍해져서 한동안 가만히 서 있었다. 몸이 노곤해지는 것이 느껴졌다. 시동 거는 소리가 들려서 뒤를 돌아봤다. 차가 다시 사설 비행장으로 돌아가고 있었다. 그곳에서 유일하게 움직이는 물체였던 자동차는 곧 땅 혹은 저물어가는 빛 혹은 깨끗한 일자 지평선에 삼켜질 터였다.

몸을 마저 돌려서 소금 평원과 돌무더기들을 천천히 한참 동안 눈으로 훑었다. 그곳에는 낮은 구조물 몇 개 외엔 아무것도 없었다. 구조물은 아마도 서로 연결된 것처럼 보였고 탈색된 듯 새하얀 풍경과 구분하기가 어려웠다. 그 외에는 아무것도, 아무 데도 없었다. 나는 내 목적지의 정확한 성격은 모른 채 그저 외딴곳이라는 것만 알고 왔다. 여기 와서 보니 아버지가 사무실 창가에 서서 했던 말이 바로 이 삭막한 지형과 거기에 녹아든 기하학적 형태의 석판들로부터 떠올린 것이리라고 어렵지 않게 추측할 수 있었다.

그는 지금 여기 있었다. 아버지와 의붓어머니, 두 사람 다 여기 있었다. 그리고 나는 아주 잠깐 방문하여 불확실한 작별 인사를 하기 위해 온 것이었다.

구조물의 개수는 근거리에서 판단하기 어려웠다. 둘, 넷, 일곱, 아홉 개. 혹은 중심으로부터 방사형으로 뻗어 나가는 한 개일 수도 있었다. 그것이 미래에 발견될 도시라고 상상했다. 알려지지 않은 이주민 집단에게 버려진, 자급자족이 되고 잘 보존된, 이름 없는 도시.

더위 때문에 내가 쪼그라들고 있다는 생각이 들었지만 그래도 잠시 거기 서서 보고 싶었다. 그것은 광장공포증에 걸린 사람처럼 봉해진, 숨은 건물들이었다. 어둡고 조용한, 보이지 않는 곳에 창을 낸, 눈에 띄지 않는 건물들이라 마치 동영상 파일의 화면이 깨졌을 때처럼 서로 뒤섞여 보이게끔 설계되었구나 생각했다.

돌길을 따라가니 두 남자가 보초를 서는 널찍한 입구에 다다랐다. 축구복은 달랐지만 엉덩이가 불룩한 건 똑같았다. 그들은 인접 구역에 차량이 들어가는 것을 막기 위해 박아둔 차량 진입 방지 봉 뒤에 서 있었다.

그리고 진입로 저쪽 끝의 한옆에는 이상하게 두 사람의 형체가, 차도르로 얼굴을 가린 여인들이 꼼짝 않고 서 있었다.

2

아버지는 수염이 길어 있었다. 그래서 깜짝 놀랐다. 그것은 머리카락보다 약간 더 하얬고 눈을 돋보이게 하는, 눈매를 더 또렷해 보이게 하는 효과가 있었다. 믿음의 새로운 차원에 간절히 들어가고 싶어 하는 남자가 기르는 수염이란 이런 것인가?

내가 물었다. "언제예요?"

"며칠, 몇 시, 몇 분에 할지 조율 중이야. 조만간 할 거다." 그가 말했다.

그는 육십대 중후반이었다. 로스 록하트, 어깨가 넓고 민첩한 사내. 늘 쓰는 검은 안경은 아버지 앞의 책상에 놓여 있었다. 나는 이곳저곳의 사무실에서 그를 만나는 데 익숙했다. 이 사무실은 임시방편으로 만든 탓에 모니터 몇 대와 키보드를 비롯한 여러 장치가 여기저기 흩어져 있었다. 나는 이 사업 전체, 컨버전스*라는 이름의 프로젝트에 그가 막대한 금액을 쏟아부었음을 알고 있었다. 그러니까 이 사무실은 그가 관계를 맺고 있는 여러 회사, 에이전시, 펀드, 신탁, 재단, 연합, 공동체, 집단과 편리하게 연락을 주고받을 수 있게 하는 일종의 예우였다.

"아티스는요?"

"아티스는 완전히 준비됐어. 망설임이나 의구심은 전혀 없지."

"지금 영혼의 영생 얘기를 하는 게 아니잖아요. 몸 얘기를 하는 거라고요."

"몸은 냉동될 거다. 냉동 보존술로." 그가 말했다.

"그리고 미래의 어느 시점이 되면."

"그래. 끝에 이르게 한 상황에 대응할 방법이 존재하는 시기가 올 거다. 그러면 정신과 육체가 복원되고 다시 살아나는 거지."

"이게 새로운 생각은 아니잖아요. 제 말 맞죠?"

"새로운 생각은 아니야." 그가 말했다. "이제야 완전한 실현에 가까워진 생각이지."

혼란스러웠다. 시간은 이곳에서 처음 보내는 하루가 될 날의 아침이었고 책상 건너편에 앉은 사람은 나의 아버지였지만 어느 것 하나—이 상황도, 물리적 환경도, 수염 기른 남자도—낯설지 않은 것이 없었다. 이 중 하나라도 완전히 받아들일 수 있게 되기 전에 집에 돌아가는 길에 오를 것만 같았다.

"그리고 아버지는 이 프로젝트를 전적으로 신뢰하시는 거고요."

"전적으로 신뢰한다. 의학적, 기술적, 철학적으로."

"다른 사람들은 반려동물을 등록하던데요." 내가 말했다.

"여기는 아니야. 여기엔 불확실한 건 아무것도 없어. 구현되지 않은 것도, 지엽적인 것도 없지. 남자와 여자. 죽음과 삶이 있을 뿐이야."

그의 목소리는 도전을 앞둔 사람처럼 담담한 어조를 띠었다.

---

* 수렴. 생물학에서는 서로 다른 계통의 생물군이 비슷하거나 동일한 환경에 유리한 쪽으로 진화하여 결국 비슷한 외형을 갖게 되는 경우를 말한다.

"혹시 그 처리가 이루어지는 구역을 볼 수 있을까요?"

"그럴 가능성은 대단히 낮아 보이는구나." 그가 말했다.

그의 아내 아티스는 장애를 일으키는 병 몇 가지를 앓고 있었다. 상태 악화의 가장 큰 원인이 다발경화증이라는 건 나도 알았다. 아버지는 그녀의 죽음의 헌신적 증인이자 그녀의 몸이 안전하게 깨어날 수도 있을 해, 세기, 날이 올 때까지 신체 보존을 가능케 하는, 뭔지 몰라도 혁신적인 방법의 학식 있는 관찰자로서 여기 있는 것이었다.

"여기 도착했을 때 무장 경호원 두 명이 저를 맞이했어요. 보안 검색대를 통과시키고 방까지 데려가는 동안 거의 아무 말도 안 하더군요. 제가 아는 건 그게 전부예요. 종교적으로 들리는 이름이랑요."

"믿음을 바탕으로 한 기술이지. 컨버전스는 그거야. 또 다른 신. 알고 보니 이전의 몇몇 신과 그리 다르지 않더구나. 다만 이건 진짜고, 실제고, 가져다준다는 점만 다를 뿐이지."

"죽음 이후의 삶을요."

"궁극적으로는, 그래."

"컨버전스가요."

"그래."

"수학적인 의미가 있네요."

"생물학적 의미도 있고, 생리학적 의미도 있지. 그쯤 해둬라." 그가 말했다.

어머니가 집에서 세상을 떠났을 때 나는 침대 옆에 앉아 있었고 문간에는 어머니의 친구, 지팡이를 짚은 여자가 서 있었다. 그래서 내 머릿속에 떠오르는 그 순간은 (지금도, 그리고 언제까지나) 침대에 누운 여자, 문간에 선 여자, 침대, 쇠지팡이로 좁혀진다.

로스가 말했다. "가끔 호스피스 기능을 하는 구역에 내려가서 처리에 들어갈 준비를 하는 사람들 사이에 서 있곤 해. 거기에는 기대감과 경외감이 뒤섞여 있어. 불안이나 의구심보다 훨씬 생생하게 느껴진다고. 그곳에는 숭배, 어떤 놀람의 상태가 있지. 그들은 다 함께 참여하고 있는 거야. 그들이 상상했던 어떤 것보다도 훨씬 큰 무언가에. 그들은 공통의 사명, 목적지를 느껴. 그리고 나는 나도 모르게 몇백 년 전의 그런 장소를 상상하려 애쓰지. 여행자를 위한 숙소, 쉼터 말이다. 아니면 순례자가 될 수도 있고."

"좋아요, 순례자요. 옛날 종교로 돌아왔네요. 저도 호스피스를 방문하는 게 가능할까요?"

"아마 안 될 거다." 그가 말했다.

그는 내게 작고 납작한 디스크가 붙은 손목 밴드를 주면서, 계류 중인 사건 용의자의 소재를 경찰에 알려주는 전자 발찌와 비슷한 것이라고 말했다. 나는 지금 있는 층과 바로 위층의 몇몇 구역을 제외한 다른 곳은 출입이 허용되지 않을 것이었다. 그리고 보안 요원에게 알리지 않고 손목 밴드를 빼서는 안 됐다.

"여기서 보고 듣는 것에 대해 성급한 결론은 내리지 마라. 진지한 사람들이 고안한 곳이야. 그 신념을 존중하도록 해. 이 공간 자체를 존중해라. 아티스는 이곳을 재공품, 토공사, 흙 예술과 땅 예술의 한 형태로 봐야 한다고 말해. 땅으로부터 빚어 올리기도 했고 땅속으로 파고들기도 했으니까. 접근이 제한됐고. 인간과 환경 모두의 고요함이 특징이지. 약간 무덤 같기도 하고 말이야. 흙이 준칙이지." 그가 말했다. "흙으로 돌아가고, 흙에서 다시 태어나니까."

나는 복도를 돌아다니며 시간을 보냈다. 복도는 거의 비어 있었고 간혹 마주친 사람이 세 명 있었는데 매번 고개인사를 했지만 그중 한 명만이 마지못해 눈인사를 했을 따름이었다. 벽은 다양한 색조의 녹색을 띠었고 널따란 복도 하나를 지나면 또 다른 복도로 연결됐다. 벽은 텅 비었고, 창문은 없었으며, 문은 드문드문 있었고, 모든 문이 닫혀 있었다. 문에 비슷비슷한 차분한 색이 칠해져 있어 이 스펙트럼의 조각들에 어떤 의미라도 숨겨져 있나 생각했다. 그것은 내가 새로운 환경을 접할 때마다 하는 행동이었다. 그 장소에 어떤 의미를 주입하거나 논리를 부여하거나 적어도 거기에서의 내 위치를 파악하기라도 해서 그곳에 있는 데서 오는 불편함을 확인하려 애썼다.

마지막 복도 끝에 다다르니 천장의 움푹 들어간 곳으로부터 스크린이 튀어나와 있었다. 벽면을 꽉 채울 정도로 넓은 스크린이 내려오기 시작하더니 바닥 가까이에서 멈췄다. 나는 천천히 다가갔다. 처음에는 온통 물 관련 영상만 나왔다. 삼림지대를 콸콸 흐르는 물, 강둑을 넘쳐흐르는 물이 있었다. 계단발을 두드리는 빗방울, 오직 비만 나오는 긴 순간들, 그다음에는 사방으로 뛰어가는 사람들, 급류 속에서 요동치는 작은 보트에 탄 채 어쩔 줄 모르는 사람들 장면이 있었다. 물에 잠긴 사원들, 산비탈을 흘러내리는 집들이 있었다. 도시의 거리에 물이 차오르고 자동차들과 운전자들이 가라앉는 모습을 지켜봤다. 스크린의 거대한 크기 때문에 텔레비전 뉴스의 범주에서 벗어나는 효과가 나타났다. 모든 것이 흐릿해 보였고 각각의 장면은 일반적인 뉴스 한 꼭지의 방송 시간보다 훨씬 길게 지속됐다. 이류(泥流)에 무너진 집 안에서 한쪽으로 기울어진 의자에 앉은 실물 크기의 여자가 내 앞에, 내 눈높이에, 손에 잡힐 듯 실감 나게 존재했다. 한 남자가, 얼굴이, 물속에서, 나를 쳐다보고 있었다. 뒤로 물러서지 않을 수 없었지만 시선을 돌릴 수도 없었다. 눈을 떼기가 힘들었다. 마침내 뒤를 흘끗 돌아보며 누군가가 나타나길 기다렸다. 또 다른 증인, 이 영상들이 쌓이고 매달려 가는 동안 내 옆에 서 있을 수도 있는 사람을.

오디오는 없었다.

3

아티스는 그녀와 로스가 머무는 스위트룸에 혼자 있었다. 가운과 슬리퍼 차림으로 안락의자에 앉아 있는데 잠든 것 같아 보였다.

뭐라고 하지? 무슨 말부터 하나?

오늘 예쁘시네요, 나는 생각했다. 실제로도 그랬다. 병마로 쇠약해진 탓에 애처로워 보이긴 했지만. 야윈 얼굴, 빗지 않은 엷은 금발, 허벅지 위에서 깍지 낀 창백한 두 손. 나는 그녀를 '두 번째 아내'로 생각했다가 '의붓어머니'로 생각했다가 그다음에는 '고고학자'로 생각했었다. 마지막 꼬리표는 마침내 그녀를 이해하기 시작하면서 붙인 것이었기에 그렇게 단순화해버리는 별명은 아니었다. 나는 그녀를 발굴 작업 때마다 열악한 야영지에 머무는 금욕적인 과학자, 또 다른 종류의 혹독한 환경에도 금방 적응할 것 같은 사람으로 상상하길 좋아했다.

아버지는 왜 나에게 여기로 오라고 했을까?

그는 아티스가 죽을 때 내가 자기 곁에 있길 원했다.

쿠션이 놓인 벤치에 앉아 아티스를 쳐다보며 기다렸지만 곧 의자에서 미동도 없는 인물로부터 주의가 멀어지기 시작했다. 그리고 거기, 축소된 마음속 공간에는 그가, 우리가, 로스와 내가 있었다.

그는 돈에 의해 빚어진 인간이었다. 초창기에는 자연재해의 경제적 효과를 분석하는 것으로 명성을 쌓았다. 그는 나에게 돈 얘기 하는 것을 좋아했다. 그걸 보고 어머니는 이렇게 말했다. 섹스 얘기나 하지그래, 걔가 진짜 알아야 할 건 그건데. 돈의 언어는 복잡했다. 그는 용어를 정의하고 도표를 그렸다. 비상사태 속에 사는 사람처럼 거의 매일 열 시간씩 혹은 열두 시간씩 사무실에 틀어박혀 있거나, 공항으로 급히 가거나, 회의를 준비하거나 했다. 집에서는 전신 거울 앞에 서서 자기가 쓰고 있는, 위험 선호도와 역외 법역에 대한 발표문을 암송하며 몸짓이나 표정을 다듬었다. 사무실 임시 직원과 바람을 피웠고 보스턴 마라톤에 참가했다.

나는 뭘 했냐고? 입속말을 웅얼거렸고, 발을 질질 끌면서 걸었으며, 머리 한가운데를 앞에서부터 뒤까지 바리캉으로 밀어버렸다. 나는 로스만을 위한 적그리스도였다.

그는 내가 열세 살 때 우리를 떠났다. 그가 나에게 그 얘기를 할 때 나는 삼각법 숙제를 하고 있었다. 그는 항상 뾰족하게 깎아두는 연필들이 낡은 마멀레이드 병에서 삐죽 나와 있는, 나의 작은 책상 맞은편에 앉아 있었다. 나는 그가 말하는 동안 숙제를 계속했다. 책에 있는 공식들을 뚫어져라 들여다보다가 공책에 적고 또 적었다. 사인 코사인 탄젠트.

아버지는 왜 어머니를 떠났을까?

두 사람 중 어느 쪽도 말한 적 없었다.

수년 후 내가 어퍼맨해튼에 있는 오피스텔에 세 들어 살 때였다. 어느 날 저녁 텔레비전에 아버지가 나왔다. 잘 모르는 채널, 형편없는 화질, 두 개로

겹쳐 보이는, 제네바에 있는 로스가 프랑스어로 말하고 있었다. 아버지가 프랑스어를 한다는 걸 내가 알았던가? 자막을 보니 그는 실업의 생태에 대해 언급하고 있었다. 나는 텔레비전을 보다가 벌떡 일어났다.

그리고 지금 이 믿기 힘든 장소에 있는 아티스, 곧 꽁꽁 얼어붙은 몸이 되어 거대한 묘실 안에 보존될 사막의 유령. 그리고 그 뒤에는 상상을 넘어서는 미래. 단어만을 생각해보라. 시간, 운명, 기회, 불멸. 그리고 여기 나의 순직(純直)한 과거, 굴곡진 역사, 내 것이기에 소환하지 않을 수 없는, 보거나 느끼지 않는 게 불가능한, 나를 둘러싼 모든 벽에서 기어 나오는 순간들이 있다.

한번은 재의수요일*에 성당에 가서 줄을 섰던 적이 있었다. 주위를 두리번거리며 조각상, 명판, 기둥, 스테인드글라스를 구경했고 그러고 나서는 제단 앞 난간에 가서 무릎을 꿇었다. 신부가 다가와서 내 이마에 표시를 했다. 엄지손가락 지문을 꾹 찍어서 성스러운 재의 얼룩을 만들었다. 너는 흙일지니. 나는 천주교도가 아니었고, 부모님도 천주교도가 아니었다. 나는 우리가 무엇이었는지 몰랐다. 우리는 '먹고 자라'였다. 우리는 '아빠 양복을 세탁소에 갖다 맡겨라'였다.

그가 떠났을 때 나는 버려졌다는, 혹은 반쯤 버려졌다는 생각을 받아들이기로 했다. 어머니와 나는 서로를 이해했고 믿었다. 우리는 퀸스에 있는, 정원 없는 '정원 딸린 아파트'로 이사 갔다. 그곳은 우리 둘한테 잘 맞았다. 나는 원주민처럼 밀어버린 머리가 다시 자라게 두었다. 우리는 함께 산책을 했다. 미합중국에서 누가, 어떤 엄마와 십대 아들이 그런 짓을 하나? 어머니는 나의 외모 탈선에 대해 설교를 하지 않았다. 거의 하지 않았다. 우리는 무난한 음

---

* 사순절이 시작되는 날. 미사 때 참회의 상징으로 사제가 축성한 재를 손가락에 묻혀 신도들의 이마에 십자가를 그린다.

식을 먹었고 공공 테니스장에서 공을 주고받았다.

하지만 전례복을 입은 신부와 그의 엄지손가락이 내 이마에 재를 심는, 그 사소한 비비는 행위는. 흙으로 돌아갈 것이니라. 거리를 걸으면서 누가 나를 쳐다보지는 않나 계속 주위를 둘러봤다. 쇼윈도 앞에 서서 거기 비친 내 모습을 들여다봤다. 이게 도대체 뭔지 알 수가 없었다. 뭔가 께름칙한 숭배의 표현인가? 내가 성교회에 수작을 부리고 있는 건가? 아니면 그저 나 자신을 의미 있는 장면 속에 욱여넣으려 하는 것뿐인가? 나는 그 얼룩이 며칠 동안, 몇 주 동안 남아 있길 원했다. 집에 돌아왔을 때 어머니는 내 모습을 제대로 보려는 듯이 상체를 뒤로 쭉 뺐다. 역대 가장 짧은 평가였다. 나는 미소 짓지 않으려고 기를 썼다. 내 미소가 묏자리 파는 사람처럼 음침했기 때문이었다. 그녀는 전 세계적으로 수요일은 지루한 날이라는 요지의 말을 했다. 약간의 재라는 최소한의 비용으로 여기저기의 수요일이—그녀가 말했다—기억할 만한 날이 되는구나.

나중에 아버지와 나는 우리 사이를 멀어지게 만들었던 여러 가지 갈등 중 일부를 해결해나가기 시작했다. 나는 그가 내 교육과 관련해서 이것저것 정해둔 것들을 받아들였지만 아버지 사업 근처에는 얼씬도 하지 않았다.

그리고 몇 년 뒤, 평생처럼 길게 느껴졌던 시간이 흐른 후에, 지금 내 앞에 앉아 옆에 놓인 스탠드가 비추는 빛 쪽으로 몸을 기울이는 여자를 알게 되었다.

또 다른 일생, 그녀의 일생에서 그녀가 눈을 뜨더니 거기 앉은 나를 봤다.

"제프리."

"어제 늦게 도착했어요."

"로스한테 들었어."

"그런데 그 말이 사실이었네요."

그녀의 손을 잡고 꼭 쥐었다. 더 이상 할 말이 없을 것 같았지만 우리는 한 시간 동안 이야기했다. 그녀의 목소리는 속삭임에 가까웠고 나 또한 그랬다. 당시의 상황 또는 환경 자체—길고 조용한 복도, 격리와 고립이라는 감각, 새로운 세대의 흙 예술, 가사 상태의 시신들이 있는 곳—에 맞추느라 그랬을 것이다.

"여기 온 뒤로 작은 것들, 그보다 더 작은 것들에 나도 모르게 집중하게 됐어. 생각의 타래가 풀리고 있다고나 할까. 오랫동안 묻혀 있던 세세한 것들을 생각해. 예전에 놓쳤거나 너무 사소해서 다시 떠올릴 필요 없다고 생각했던 순간들을 보는 거야. 물론 내 병이나 약 때문이겠지만. 마무리를 짓는다는, 끝에 다가간다는 느낌이야."

"일시적인 끝이죠."

"믿기 어렵니? 난 그렇지 않거든. 나는 이 문제를 연구했어." 그녀가 말했다.

"저도 알아요."

"물론 회의가 들겠지. 그럴 필요도 있어. 하지만 어떤 시점이 되면 훨씬 거대하고 영속적인 뭔가가 있다는 걸 알게 돼."

"간단한 질문이 있어요. 회의적인 것 말고 현실적인 질문요. 왜 호스피스 구역에 있지 않으세요?"

"로스가 내 곁에 있길 원하거든. 그 대신 의사들이 와, 정기적으로."

그녀는 마지막 단어*의 복잡한 음절들을 발음하기 힘들어했고 이때부터 훨씬 천천히 말하기 시작했다.

"아니면 휠체어를 타고 복도를 지나 어떤 어두운 곳에 들어가면 그곳이 수직 통로를 통해서 위아래로, 혹은 옆으로, 혹은 뒤로 움직여. 어쨌든 그렇게

---

* regularly.

해서 검사실에 도착하면 그들이 아주 조용히 관찰하고 귀 기울이지. 이 방 어딘가에 간호사가 한 명 아니면 여러 명이 있어. 우리는 중국어로 대화해. 여자 간호사랑 나랑, 아니면 남자 간호사랑 나랑."

"다시 깨어났을 때 만나게 될 세상이 어떤 곳일지에 대해서도 생각하세요?"

"난 물방울에 대해서 생각해."

나는 기다렸다.

그녀가 말했다. "난 물방울에 대해서 생각해. 예전에 샤워를 할 때 물방울이 얇은 샤워 커튼 안쪽을 따라 천천히 흘러내리는 모습을 바라봤던 걸 생각해. 샤워기 물이 내 옆머리를 두들기는 동안 그 방울, 작은 방울, 작은 구체에 집중했던 걸, 그리고 그 방울이 샤워 커튼의 굴곡 또는 접힌 곳을 지날 때 새로운 형태로 바뀌길 기다렸던 걸 생각해. 이건 언제의 기억일까? 20년, 30년 전, 더 오래전? 나도 몰라. 그때 난 뭘 생각하고 있었더라? 나도 모르겠어. 어쩌면 그 물방울에 일종의 생명을 부여했는지도 모르지. 거기에 생기를 불어넣고 희화했을지도. 나도 몰라. 아마 머릿속이 거의 비어 있었을 거야. 내 머리를 때리는 물이 더럽게 차갑지만 굳이 온도를 조절하진 않아. 물방울을 보고 있어야 하니까. 그게 길쭉해지면서 굼실거리기 시작하는 걸 봐야 하거든. 하지만 물은 굼실거리는 것이 되기엔 너무 맑고 투명하지. 계속 머리를 두들겨 맞으면서 그게 굼실거릴 일은 없다고 혼잣말을 해. 굼실거리는 건 진흙이나 점액, 해저의 원시 생명체야. 그건 거의 미세한 해양 생물들로만 만들어졌다고."

그녀는 일종의 완곡어법으로 얘기하다가 말을 멈추고 생각에 잠겨 뭔가를 기억해내려 애썼다. 그러다가 이 순간, 이 방으로 돌아왔을 때에는 내가 누군지 떠올리고 알아내야 했다. 제프리, 로스의 아들, 내 맞은편에 앉은. 모두가 나를 제프라고 불렀지만 아티스만은 예외였다. 그 추가적 음절을 그녀의 부드러운 목소리로 발음하면 나의 두 번째 자아를 자각 또는 인식 하게 됐다. 원래의 나보다 더 쾌활하고 믿음직스러운, 어깨를 당당히 펴고 걷는 남자, 순전한 허구.

"가끔 어두운 방에 들어가면요." 내가 말했다. "저는 눈을 감아요. 방으로 걸어 들어가서 눈을 감죠. 아니면 침실에서 침대 옆 서랍장에 놓인 스탠드에 닿을 때까지 기다려요. 그러고 나서 눈을 감아요. 이건 어둠에 굴복하는 걸까요? 뭔지 저도 모르겠어요. 이건 적응일까요? 어둠이 명령을 내리도록 내버려 두는 걸까요? 이게 뭘까요? 이상한 애가 할 법한 짓처럼 들리죠. 어렸을 때의 저 말이에요. 하지만 저는 지금도 이래요. 어두운 방에 들어가면 잠깐 기다렸다가 문간에 서서 눈을 감죠. 저는 어둠을 곱절해서 스스로를 시험하고 있는 걸까요?"

우리는 한동안 말이 없었다.

"우리가 하고 나서 잊어버리는 행동들은……." 그녀가 말했다.

"그런데 우리는 잊지 않죠. 우리 같은 사람들은."

그 말을 하는 게 좋았다. 우리 같은 사람들.

"우리를 구성하는 작은 조각 중 하나다. 로스는 그렇게 말해. 그이는 내가 이질적인 나라래. 작은 것들, 그다음엔 더 작은 것들. 그게 '나'라는 존재의 국가가 돼버렸어."

"저는 어두운 침실의 서랍장을 향해 나아가 손으로 더듬으면서 스탠드가 어디 있는지 찾으려 애써요. 그렇게 해서 전등갓이 손에 닿거나 잡히면 그 밑에 있는 켬/끔 버튼, 꼭지, 불 켜는 스위치를 향해 손을 뻗죠."

"그러고 나서 눈을 뜨지."

"그런가요? 이상한 애는 계속 감고 있을지도 몰라요."

"하지만 월요일, 수요일, 금요일에만 그럴 거야." 그녀가 말했다. 그녀는 익숙한 요일을 순서대로 나열하는 것조차 힘겨워했다.

뒷방에서 누가 나왔다. 여자, 회색 점프슈트, 까만 머리, 까만 얼굴, 사무적인 표정. 그녀는 라텍스 장갑을 낀 채 아티스 뒤에 자리 잡고 서서 나를 쳐다봤다.

가야 할 시간이었다.

아티스가 힘없이 말했다. "나뿐이야, 샤워 중인 몸, 비닐에 둘러싸인 채 물 한 방울이 젖은 커튼을 미끄러져 내려가는 것을 보고 있는 한 사람은. 그 순간은 틀림없이 잊히겠지. 궁극적인 핵심은 이거인 것 같아. 그 순간이 펼쳐지는 동안이 아니라면 그 순간에 대해 생각하는 일은 절대 없을 거야. 그래서 특별해 보이지 않는지도 몰라. 그걸 아는 사람은 나뿐인데 나는 그 순간에 대해 생각하지 않아. 단지 그 안에서 살다가 떠나갈 뿐이지. 하지만 영원히 떠나는 건 아니야. 지금, 내가 했던 모든 말과 행동과 생각이 손에 잡힐 듯 가까운 이 특정한 장소, 바로 여기서는, 내가 두 번째 삶을 맞이하기 위해 눈을 뜰 때 사라지지 않도록 단단히 붙들고 있을 거야."

그것은 식사 유닛이라 불렸고 그 실체는 이랬다. 구성단위 또는 모듈 하나가 작은 탁자 네 개를 의미했고 나 이외에 사람이 한 명 더 있었다. 그 사내는 수사복처럼 보이는 것을 입고 있었다. 나는 먹으면서 계속 훔쳐봤다. 그는 생각에 잠긴 채 음식을 썰고 또 씹었다. 그가 식사를 마치고 일어섰을 때 수사복 밑으로 빛바랜 청바지가, 청바지 밑으로 테니스화가 보였다. 음식은 먹을 만했지만 때로는 요리 이름을 알 수 없을 때도 있었다.

나는 손목 밴드에 붙은 자기디스크를 방문 한가운데 붙은 금속판에 박힌 장치에 갖다 대고 내 방에 들어갔다. 방은 작고 특징이 없었다. 너무 평범해서 그냥 '벽 네 개 달린 것'이라고 할 수 있을 정도였다. 천장은 낮았고, 침대는 침대 같았고, 의자는 의자였다. 창문은 없었다.

냉정한 추정에 따르면 24시간 후에 아티스는 죽을 것이었다. 즉 내가 집으로 돌아가는 동안 로스는 좀 더 남아서 일련의 냉동 보존 절차가 예정대로 진행되는지 직접 확인할 거라는 뜻이었다.

하지만 나는 이미 갇힌 기분을 느끼고 있었다. 방문자들은 건물 밖으로 나가는 것이 허락되지 않았다. 밖에 나가봤자 허허벌판뿐인 선캄브리아대*의 바위 사이에 있는데도 그 규제의 효력을 느꼈다. 방에는 인터넷이 없었고 스마트폰은 뇌사 상태였다. 혈액순환을 위해 스트레칭을 했다. 윗몸일으키기를 하고 쪼그려 앉았다 뛰기를 했다. 전날 밤 꿈을 기억해내려 애썼다.

이 방 때문에 이곳의 주요 내용물 속으로 흡수되는 듯한 기분을 느꼈다. 의자에 앉아 눈을 감았다. 거기 앉은 내 모습이 보였다. 성층권 어딘가에서 이 복합건물이 내려다보였다. 튼튼하게 용접된 형체와 다양한 각도로 기울어진 지붕, 땡볕을 쬐고 있는 벽들이 보였다.

아티스가 쳐다봤던 물방울이 하나씩 샤워 커튼 안쪽을 따라 흘러내리는 것이 보였다.

물줄기를 얼굴에 맞고 있는 아티스의 알몸이 흐릿하게 보였다. 내가 눈을 감고 있는 현실 안에 눈을 감은 그녀의 이미지가 있었다.

의자에서 벗어나 방 밖으로 나가서 그녀에게 작별 인사를 하고 떠나고 싶었다. 겨우겨우 스스로를 설득해서 일으키고 문을 열었다. 하지만 결국 한 일은 복도를 걸어간 것뿐이었다.

---

* 지구가 탄생한 45억 년 전부터 5억 8000년 전에 이르는 가장 오랜 지질시대.

4

복도를 걸었다. 이 복도의 문에는 차분한 푸른색이 그러데이션으로 칠해져 있어 그 색깔 하나하나의 이름을 맞혀보려 했다. 바다색, 하늘색, 나비색, 남색. 하지만 전부 틀린 이름이었으므로 한 걸음 내디딜 때마다, 문 하나를 살펴볼 때마다 더욱더 바보가 된 기분을 느끼기 시작했다. 문이 열리고 사람이 나타나는 것을 보고 싶었다. 내가 어디에 있고 주위에서 무슨 일이 일어나고 있는지 알고 싶었다. 한 여자가 씩씩한 걸음으로 성큼성큼 옆을 지나갔다. 색깔처럼 그녀의 이름도 맞혀보고 싶은, 혹은 그녀에게서 뭔가의 징후나 실마리를 찾아보고 싶은 충동을 억눌렀다.

그때 이 생각이 떠올랐다. 단순하게, 문 뒤에는 아무것도 없다는 것이었다. 걸으면서 생각했다. 추측했다. 어떤 층에는 사무실이 있는 구역이 있다. 하지만 나머지 구역에서는 복도는 순전히 디자인일 뿐이고 문은 그저 로스가 대략적으로 설명했던 포괄적 계획의 한 요소일 뿐이다. 나는 이것이 색과 형태와 토산 재료를 아우르는 신비주의 예술이 아닐까 생각했다. 이곳의 과학자,

상담가, 기술자, 의료진의 선천적 추진력과 핵심 업무를 따라다니며 그 주위를 에워싸게 되어 있는 예술.

그 생각이 마음에 들었다. 지금 상황에도 들어맞았고 때로 가장 눈길을 끄는 예술의 특징이기도 한, 가망 없어 보임 또는 어처구니없는 행운이라는 기준에도 부합했다. 내가 할 일은 문을 두드리는 것뿐이었다. 색깔을 고르고 문을 고른 다음 두드리기. 아무도 열지 않으면 다음 문, 또 다음 문을 두드리기. 하지만 나를 여기 데려온 아버지의 믿음을 저버리는 건 아닐까 조심스러웠다. 그리고 숨겨진 카메라 문제가 있었다. 조용한 방에서 무표정한 얼굴들이 모니터를 샅샅이 훑으며 이 복도들을 감시하고 있을 게 분명했다.

세 명이 나를 향해 다가왔다. 그중 한 명은 변기를 닮은 전동 휠체어에 탄 소년이었다. 그는 아홉 살 내지 열 살이었고 내내 나를 쳐다보고 있었다. 상체가 심하게 한쪽으로 기울었지만 눈빛만은 초롱초롱했으므로 걸음을 멈추고 그와 얘기하고 싶었다. 하지만 일행인 어른들은 그것이 불가함을 분명하게 표현했다. 그들은 휠체어 양옆에 서서 공인된 공간인 정면을 바라보며 선의로 멈춰 선 나를 제자리에서 꼼짝 못 하게 만들었다.

잠시 후 나는 모퉁이를 돌아 벽이 암갈색으로 칠해진 복도를 지나가게 됐다. 진흙을 닮게 만든 걸쭉한 안료네, 라고 생각했다. 그곳에는 짝을 이루는 문들이 있었다. 모든 문이 똑같았다. 또한 벽감이 있고 거기에 조각상이 서 있었다. 팔, 다리, 머리, 몸통, 한자리에 고정된 물체. 나는 그것이 벌거벗고 머리카락 없고 이목구비 없는 마네킹임을 보았다. 그것은 붉은빛을 띤 갈색, 암적갈색 아니면 그냥 적갈색이었다. 그리고 젖가슴이 있었다. 거기에는 젖가슴이 있었다. 걸음을 멈추고 조각상을, 인체의 플라스틱 주물을, 관절 있는 여자 모형을 자세히 들여다봤다. 젖가슴에 손 얹는 걸 상상했다. 그래야만 할 것 같았다, 특히 나라면. 머리는 달걀형에 가까웠다. 두 팔이 취한 자세를 해석하려 해봤다. 자기방어, 물러섬, 한 발은 뒤를 짚고 있음. 조각상은 바닥에 고정돼 있었고 유리 상자 안에 들어 있지 않았다. 한 손은 젖가슴에, 한 손은 허벅지 쓸어내리기. 오래전이었다면 내가 했을 법한 행동이었다. 하지만 지금 여기에는 감시 카메라, 모니터, 조각상 자체에 경보 장치가 설치돼 있으리라고 확신했다. 한 발짝 물러나서 쳐다봤다. 움직이지 않는 조각상, 텅 빈 얼굴, 텅 빈 복도, 밤의 조각상, 겁먹고 뒤로 물러서는 인체모형. 한참 뒤로 물러나서 계속 쳐다봤다.

결국 문 뒤에 뭔가가 있는지 없는지 알아내기로 결심했다. 그로 인해 초래될 수 있는 결과는 무시했다. 복도를 걸어가서 문 하나를 골라 두드렸다. 그리고 기다렸다가 다음 문으로 가서 또 두드렸다. 기다렸다 다음 문으로 가서 두드렸다. 이 짓을 여섯 번 하고 나서 한 번만 더라고 생각했을 때였다. 이번에는 문이 열렸고 거기엔 양복과 넥타이와 터번 차림의 남자가 서 있었다. 무슨 말을 할까 생각하며 그를 쳐다봤다.

"엉뚱한 문을 두드렸나 봐요." 내가 말했다.

그가 나를 차갑게 노려봤다.

"전부 엉뚱한 문이에요." 그가 말했다.

한참을 헤맨 후에야 아버지 사무실을 찾을 수 있었다.

옛날에, 부모님이 이혼하기 전에, 아버지가 어머니를 쌈닭이라고 부른 적이 있었다. 농담이었는지도 모르지만 사전이 있는 데로 가서 그 단어를 찾아봤다. 거친 여자, 왈패. 왈패를 찾아야 했다. 잔소리꾼, 불평꾼. 뾰족뒤쥐를 뜻하는 고어에서 유래. 뾰족뒤쥐를 찾아야 했다. 사전은 나를 왈패의 1번 뜻으로 돌려보냈다. 작은 식충성 포유류. 식충성을 찾아야 했다. 사전에 따르면 그것은 곤충을 먹는다는 뜻으로, '곤충'을 뜻하는 라틴어 인섹투스와 '식성'을 뜻하는 라틴어 보라에서 유래했다. 나는 식성을 찾아야 했다.

그로부터 3~4년 후에 1930년대에 독일어로 쓰인, 길고 심각한 유럽 소설의 번역본을 읽다가 쌈닭이라는 말을 발견했다. 내 의식은 순식간에 부모님의 결혼 생활로 되돌아갔다. 하지만 그들이 함께한 삶, 나를 제외한 어머니와 아버지만의 삶을 상상하려 했을 때 아무것도 떠올릴 수 없었다. 아는 게 없었기 때문이다. 로스와 매들린은 단둘이 무슨 말을 했고, 어떤 관계였으며, 어떤 사람들이었을까? 내가 느낀 것은 한때 아버지가 있었던, 산산조각 난 공간뿐이었다. 그리고 여기, 우리 어머니가 있었다. 방 맞은편에 앉은, 바지와 회색 셔츠 차림의 마른 여자. 그녀가 책에 대해 물었을 때 나는 도통 모르겠다는 몸짓을 해 보였다. 그 책은 일종의 도전 과제였다. 침수되었던 책장(冊張)에 거대하고 난폭한 감정이 작고 빽빽한 글씨로 욱여넣어진 중고 페이퍼백이었다. 그녀는 내게 책을 내려놓았다가 3년 후에 다시 읽어보라고 말했다. 하지만 나는 지금 읽고 싶었고, 지금 그 책이 필요했다. 설사 영영 다 읽지 못할 걸 안다고 해도. 나는 나를 초주검으로 만드는 책, 내가 누구인지—그런 책을 읽음으로써 아버지를 괴롭히는 아들—아는 데 도움이 되는 책을 읽는 걸 좋아했다. 우리 집 작은 콘크리트 발코니에 앉아 책 읽는 걸 좋아했다. 거기서 내다보면 로어맨해튼의 교량과 마천루 사이로 아버지가 일하는, 유리와 강철로 만들어진 전장(戰場)이 부분적으로 보였다.

로스는 책상 앞에 앉아 있지 않을 때는 창가에 서 있었다. 하지만 이 사무실에는 창문이 없었다.

내가 말했다. "아티스는요."

"검사 중이야. 조금 이따 투약할 거다. 아티스는 약물에 취한 상태로 시간을 보낼 수밖에 없어. 그 사람은 그걸 나른한 만족감이라고 부르지."

"그거 마음에 드네요."

그가 그 말을 따라 했다. 그도 마음에 든다고. 그는 와이셔츠 차림이었고 색깔이 변하는 만곡형 편광 렌즈가 장착된, KGB라는 향수 어린 이름으로 불리는 선글라스를 쓰고 있었다.

"얘기 좀 했어요, 아티스랑 저랑."

"그래, 그러더구나. 또 만나서 얘기하게 될 거야. 내일." 그가 말했다.

"그동안 좀 물어볼게요. 여기에 대해서요."

"뭐 말이냐?"

"저는 아버지한테 들은 것밖에 몰랐잖아요. 여기까지 오는 동안 백지 상태였다고요. 처음에는 기사 딸린 차가 왔고 그다음에는 회사 비행기를 타고 보스턴에서 뉴욕으로 갔죠."

"슈퍼미드사이즈 제트기였지."

"거기서 두 명이 탔어요. 그리고 뉴욕에서 런던으로 갔죠."

"동료들이야."

"저한테 말 한마디 안 걸더군요. 별로 상관은 없지만."

"그리고 개트윅 공항에서 내렸지."

"히스로 공항인 줄 알았는데요."

"개트윅이야." 그가 말했다.

"그리고 누군가가 비행기에 올라오더니 제 여권을 가져갔다가 도로 가져다줬고 비행기가 다시 이륙했어요. 선실에는 저 혼자였죠. 잠들었던 것 같아요. 뭘 좀 먹고 자다가 착륙했어요. 조종사는 한 번도 보지 못했죠. 프랑크푸르트인가 생각했어요. 또 누군가가 비행기에 올라오더니 제 여권을 가져갔다 다시 가져다줬죠. 그래서 출입국 도장을 확인했어요."

"취리히였지." 그가 말했다.

"그리고 세 명이 탔어요. 남자 하나, 여자 둘. 둘 중 나이 많은 여자가 저에게 미소를 지어 보였죠. 그들이 무슨 얘기를 하나 엿들으려고 했어요."

"그런데 포르투갈어로 얘기했지."

그는 무표정하게 이걸 즐기고 있었다. 그러고는 의자에 털썩 앉더니 천장을 향해 이야기했다.

"그들은 얘기만 하고 뭘 먹진 않았어요. 저는 간식을 먹었는데, 어쩌면 이때가 아니라 다음 단계에서 먹었는지도 모르겠어요. 비행기가 착륙하자 그들은 가버렸고 누군가가 와서 저를 데리고 내리더니 타맥으로 포장된 길을 지나 다른 비행기에 태웠어요. 키가 2미터 10센티쯤 됐던 그 대머리 남자는 어두운색 정장 차림이었고 커다란 은메달을 목에 걸고 있었죠."

"네가 있었던 곳은 민스크야."

"민스크요." 내가 말했다.

"벨라루스에 있는 도시지."

"그때는 아무도 제 여권에 도장을 찍지 않았던 것 같아요. 비행기도 처음에 탔던 비행기와는 다른 종류였고요."

"러스젯* 전세기였어."

"더 좁고, 일회용품도 적고, 다른 승객도 없었어요. 벨라루스요." 내가 말했다.

"너는 거기서 남동쪽으로 날아온 거야."

"저는 졸리고 얼빠진 초주검 상태였어요. 그다음 단계가 경유였는지 직항이었는지도 헷갈려요. 이 여행 전체에 몇 단계가 있었는지도 모르겠고요. 저는 자고 꿈꾸고 환각을 봤어요."

---

* 러시아의 비행 동호회.

"보스턴에서는 뭘 하고 있었던 거냐?"

"여자 친구가 거기 살아요."

"너는 같은 도시에 사는 여자랑 사귀는 걸 한 번도 못 본 것 같구나. 왜 그러는 거야?"

"함께 있는 시간이 더 소중해지거든요."

"여기서는 많이 달라." 그가 말했다.

"저도 알아요. 알게 됐어요. 시간이 없다는 거죠."

"혹은 시간이 너무나 압도적이어서 그 흐름을 다른 곳에서와 똑같이 느끼지 못하는 거지."

"시간으로부터 숨는 거니까요."

"우리는 시간에 순종하는 거야." 그가 말했다.

이번에는 내가 의자에 털썩 앉을 차례였다. 담배 생각이 났다. 금연을 두 번 했는데 또다시 피우기 시작했다가 끊고 싶었다. 평생 동안 이러길 반복하는 모습이 그려졌다.

"질문을 할까요, 아니면 지금 상황을 수동적으로 받아들일까요? 규칙을 알고 싶어요."

"질문이 뭔데?"

"여기가 어디예요?" 내가 물었다.

그가 고개를 주억거리며 문제를 곱씹었다. 그러곤 웃음을 터뜨렸다.

"도시라고 할 만한 가장 가까운 곳은 국경 너머의 비슈케크야. 키르기스스탄의 수도지. 더 크고 먼 곳은 카자흐스탄에 있는 알마티야. 하지만 알마티는 수도가 아니야. 예전에 수도였지. 현재 수도는 아스타나인데 사람들이 모래사장에 느긋하게 누워 있다가 파도 풀에 뛰어드는 실내 쇼핑몰과 황금빛 고층 건물도 있는 곳이야. 네가 지명들과 그 철자를 알고 나면 좀 더 친근감을 느낄 수 있을 거다."

"저는 여기 그렇게 오래 있지 않을 거예요."

"그래." 그가 말했다. "하지만 아티스 관련 일정에 변동이 있어. 원래보다 하루 늦어질 것 같다고 하더라."

"일정 면에서는 철저하리만치 정확한 줄 알았는데요."

"넌 안 있어도 돼. 아티스도 이해할 거다."

"있을게요. 당연히 있어야죠."

"아무리 세세하게 지침을 세워도 어떤 결정은 몸 상태에 영향을 받으니까."

"아티스는 자연사하는 건가요, 아니면 호흡 정지를 유도하는 건가요?"

"너도 호흡 정지 너머에 뭔가가 있다는 건 알지. 이게 보다 큰 무언가, 그다음에 올 무엇의 서문에 불과하다는 것도 알고."

"되게 사무적인 것처럼 들리네요."

"실제로는 굉장히 부드러울 거야."

"부드러울 거다."

"빠르고 안전하고 고통도 없을 거다."

"안전하다고요." 내가 말했다.

"지금껏 미세하게 조정해온 절차들과 완전히 동기화된 상태에서 처리에 들어가야 해. 아티스의 몸과 병에 최적화되려면 말이야. 물론 몇 주 더 살 수도 있겠지만 더 살아서 뭐 하겠니?"

그는 이제 상체를 앞으로 내밀어서 두 팔꿈치로 책상을 짚고 있었다.

내가 말했다. "왜 하필 여기예요?"

"실험실과 기술 센터는 여기 말고도 두 나라에 더 있다. 하지만 여기가 본부, 사령부라고 할 수 있지."

"하지만 왜 이런 외딴곳이에요? 왜 스위스가 아니고, 휴스턴 외곽이 아니죠?"

"이게, 이 고립이 우리가 원하는 거니까. 필요한 건 다 있어. 안정적인 에너지 공급원과 튼튼한 기계화 시스템. 방호벽과 강화 바닥. 중복적 구조. 소방 안전. 공륙 보안 순찰. 정교한 인터넷 보안. 기타 등등."

중복적 구조. 그는 이 말을 하는 것을 좋아했다. 로스가 책상 서랍을 열더니 아이리시 위스키 한 병을 꺼냈다. 유리잔 두 개가 놓인 쟁반을 가리키길래 방 맞은편으로 그것을 가지러 갔다. 책상 앞으로 돌아온 뒤에는 혹시 모래나 돌가루가 침투하지는 않았나 유리잔을 자세히 살폈다.

"여기 사무실 사람들 말이에요. 숨어 있잖아요. 뭘 하고 있는 거예요?"

"미래를 만들고 있지. 미래에 대한 새로운 생각. 남들과 다른."

"그런데 그걸 여기서 해야만 한다는 거죠."

"이곳은 수천 년 동안 유목민들이 지나다닌 땅이야. 양치기들의 탁 트인 고장. 역사가 할퀴고 가지도, 찌부러뜨리지도 않았지. 이곳의 역사는 묻혀 있어. 30년 전에 아티스가 여기 북쪽과 동쪽 어딘가, 중국 근처에서 발굴 작업을 했거든. 역사는 봉분 안에 있지. 우리는 지금 어떤 경계 바깥에 있는 거야. 우리가 알던 모든 것을 점점 잊어가면서."

"여기서는 자기 이름도 잊어버리겠어요."

그가 잔을 들어 술을 마셨다. 생산량이 엄격히 제한된, 삼중 증류식 블렌디드 위스키였다. 오래전에 그가 자세하게 설명해준 적이 있었다.

"돈 얘기도 해주세요."

"누구 돈 말이냐?"

"아버지 돈요. 거금을 투자하셨잖아요, 분명히."

"나는 내가 진지한 사람이라고 생각했었다. 일할 때는 노력과 헌신을 다했지. 그리고 나중에 다른 것들, 그러니까 미술에 몰두할 수 있었을 때는 스스로 개념과 전통과 혁신을 공부했어. 그러다 사랑하게 됐지." 그가 말했다. "작품 자체, 벽에 걸린 그림을 말이다. 그다음에는 희귀본을 파고들기 시작했다. 몇 시간씩, 며칠씩 도서관 출입 제한 구역에서 보냈지만 책을 입수하기 위해서는 아니었어."

"남들은 못 받는 출입 허가를 받았군요."

"하지만 책을 구입하러 갔던 건 아니었다. 서서 보거나 도두앉아서 보기 위해 간 거지. 서고 안에 갇힌 책 더미 속에서 진귀한 서적의 책등에 적힌 제목을 읽으러. 아티스랑 간 적도 있고, 한 번은 너랑도 뉴욕에서 간 적이 있지."

위스키를 삼키자 뜨거움이 목구멍을 부드럽게 타고 내려가는 것이 느껴졌다. 잠시 눈을 감고 로스가 여러 나라 수도의 도서관에서 봤던 책 제목을 기억나는 대로 읊는 걸 듣고 있었다.

"돈보다 더 진지하게 생각할 게 또 어디 있어요?" 내가 말했다. "그걸 뭐라고 하더라? 익스포저.* 이 프로젝트에서 아버지의 익스포저가 얼마예요?"

날을 세우지 않고 말했다. 조용히, 비꼬지 않고 이 말을 했다.

"이 계획의 중요성, 그 뒤에 숨은 잠재력, 그것이 가져올 어마어마한 결과를 알고……" 그가 말했다. "결정을 내린 후로 한 번도 의구심을 가져본 적이 없다."

"지금껏 살면서 의구심이란 걸 가져본 적은 있고요?"

"첫 번째 결혼 때." 그가 말했다.

나는 내 술잔을 빤히 쳐다봤다.

"상대가 누구였죠?"

"좋은 질문이구나. 심오한 질문이야. 우리한테는 아들이 하나 있었지만 그 외에는 뭐."

---

* 대부나 보험 인수와 같이 재정적 손실을 입을 위험을 부담하는 행위 또는 그 금액.

그의 얼굴을 보고 싶지 않았다.

"그런데 그 사람이 누구였냐고요."

"본질적으로 딱 하나였지. 네 엄마."

"이름을 말해요."

"네 엄마랑 내가 한 번이라도 서로 이름을 부른 적이 있었냐?"

"이름을 말해요."

"우리처럼 평범하지 않은 결혼 생활을 하는 사람들—그렇게 드물지도 않지만—이 서로의 이름을 부르디?"

"한 번만요. 아버지가 말하는 걸 들어야겠어요."

"우리한테는 아들이 있었어. 그래서 걔의 이름을 불렀지."

"소원이에요. 어서. 말해요."

"1분 전에 네가 한 말 기억나냐? 여기서는 자기 이름도 잊어버리겠다고 했지. 사람이 자기 이름을 잃어버리는 방법은 여러 가지야."

"매들린." 내가 말했다. "어머니 이름은 매들린이에요."

"이제 생각나네, 그래."

그는 미소를 지으며 짐짓 회상에 잠긴 척하는 태도로 뒤로 기대앉았다가 갑자기 표정을 싹 바꾸더니—마침맞은 책략이었다—날카롭게 나에게 말했다.

"생각해봐라, 여기에 뭐가 있고 누가 있는지를. 네가 수년 동안 비축해온 모든 하찮은 불행들이 끝난다고 생각해봐. 개인적인 경험, 그 너머를 생각해봐. 거기에 불행을 놓고 오는 거야. 이 공동체에서 일어나고 있는 일은 의학적 창조만이 아니다. 사회 이론가, 생물학자, 미래학자, 유전학자, 기후학자, 신경 과학자, 심리학자, 윤리학자도 참여하고 있어. 용어가 맞는지 모르겠다만."

"그 사람들이 어디 있는데요?"

"일부는 상주하고, 일부는 왔다 갔다 해. 번호가 붙은 층들이 있지. 다들 꼭 필요한 인재들이야. 그래, 세계 영어로 대화하지만 다른 언어도 사용해. 필요할 때는 사람이나 기계로 통역하고. 컨버전스만의 진보된 언어를 고안 중인 언어학자들도 있다. 어근, 굴절, 몸짓까지 개발 중이지. 사람들이 그 언어를 배워서 사용하게 될 거야. 지금은 표현할 수 없는 것을 표현하게 하고, 지금은 볼 수 없는 것을 보게 하고, 우리를 하나로 단결시키는 방식으로 우리 자신과 다른 사람들을 보게 하고, 모든 가능성을 넓혀주는 언어 말이다."

그가 한두 모금을 더 삼키더니 유리잔을 코 밑에 갖다 대고 킁킁댔다. 지금은 일단 비어 있는 잔을.

"우리는 지금 우리가 사용하는 이 공간이 궁극적으로는 새로운 대도시의 중심이 될 거라고 믿는다. 어쩌면 우리가 아는 그 어떤 곳과도 다른 독립국가가 될지도 모르지. 내가 진지한 사람이라는 말은 그런 뜻이야."

"돈 많은 진지한 사람이란 말이죠."

"그래, 돈도 있지."

"엄청나게 많이요."

"다른 후원자들도 있어. 개인, 재단, 회사, 그리고 각국 정부가 정보국을 통해 보내는 비밀 자금도 있고. 이 프로젝트는 많은 분야의 똑똑한 사람들에게 하나의 계시 같은 거야. 그들은 지금이 적기라는 걸 알아. 과학과 기술 분야에서뿐만 아니라 정치, 심지어 군사전략에서까지도. 또 다른 사고방식이자 생존 방식이지."

그는 조심스럽게, 그가 손가락 폭이라고 부르기 좋아하는 양만큼 술을 따랐다. 그의 잔에, 그리고 내 잔에.

"첫 번째로는 당연히 아티스에게 건배. 그토록 훌륭한 여성이자 내게 큰 의미를 갖는 그녀에게. 그리고 그다음으로는 전폭적인 수용에, 신념과 원칙에 건배."

이렇게 생각해봐라, 그가 나에게 말했다. 네 수명을 햇수로 계산한 다음에 초로 다시 계산해봐. 햇수로 80년. 현재 기준으로 괜찮게 들리지. 그다음에 초로, 그가 말했다. 네 수명을 초로 계산해봐. 80년이 과연 몇 초겠냐?

그는 속으로 계산을 하는지 잠시 말을 멈췄다. 몇 초, 몇 분, 몇 시간, 며칠, 몇 주, 몇 달, 몇 년, 몇십 년.

초, 그가 말했다. 계산을 시작해. 네 수명을 초로. 그러고 나서 지구의 나이, 지질시대, 나타났다 사라지는 바다를 생각해. 은하계의 나이, 우주의 나이를 생각해. 그 수십억 년을 다 합쳐봐. 그리고 우리, 너와 나를 생각해. 우리가 살다 죽는 건 순간이야.

초, 그가 말했다. 우리의 시간은 초로 계산할 수가 있어.

그는 파란 와이셔츠를 입고 넥타이 없이 맨 위 단추 두 개를 풀고 있었다. 나는 그 셔츠 색깔이 최근 경험 속의 문들 중 하나와 똑같다는 실없는 생각을 했다. 어쩌면 자기방어의 한 형태로, 이 대화의 내용을 깎아내리려 하고 있었는지도 모르겠다.

그가 안경을 벗어서 내려놨다. 피곤해 보였고, 실제보다 나이 들어 보였다. 나는 그가 술을 마시고 더 따르는 모습을 보고 있다가 내 쪽으로 들이미는 술병에 손사래를 쳤다.

내가 말했다. "이 모든 것, 이 장소와 이런 발상에 대해 누군가가, 내가 전적으로 신뢰하는 누군가가 몇 주 전에 이야기했다면 아마 믿었을 것 같아요. 하지만 여기 와서 실제로 이 모든 것에 둘러싸여 있으니 오히려 믿기가 힘드네요."

"너는 한숨 푹 자야 해."

"비슈케크. 맞아요?"

"그리고 알마티. 하지만 둘 다 꽤 멀리 떨어져 있어. 그리고 북쪽 어딘가에, 한참 위로 올라가면, 소련이 핵실험을 했던 곳이 있지."

우리는 그것에 대한 생각에 잠겼다.

"너는 네 경험을 뛰어넘어야 해." 그가 말했다. "네 한계를 뛰어넘어야 해."

"저는 밖을 내다볼 수 있는 창문이 필요해요. 그게 제 한계예요."

그가 술잔을 들어 올리고는 내가 따라 하길 기다렸다.

"내가 너를 운동장에 데려갔었지. 그때 우리가 살던 낡고 버려진 운동장에. 너를 그네에 태우고는 밀고 기다렸다가 또 밀었어." 그가 말했다. "그네는 앞으로 휙 올라갔다가 다시 돌아왔지. 나는 너를 시소에 앉히고 받침대 건너편에 서서 널빤지 끝을 천천히 눌렀어. 너는 공중으로 올라갔고 네 손은 손잡이를 꼭 쥐었지. 나는 내 쪽 널빤지가 위로 올라가게 두고 네가 아래로 툭 떨어지는 것을 지켜봤어. 올라갔다 내려갔다. 이제 좀 더 빠르게. 올라갔다 내려갔다, 올라갔다 내려갔다. 나는 네가 손잡이를 꽉 잡고 있는 걸 확인했어. 난 말했지, 시소, 시소."

나는 잠시 가만있다가 술잔을 들고 이제 뭐가 나오나 기다렸다.

나는 긴 복도 끝의 스크린 앞에 서 있었다. 처음에는 하늘밖에 없었지만 그다음에는 위험에 대한 암시, 기울어진 우듬지와 부자연스러운 빛이 나왔다. 그리고 잠시 후, 얼마 안 가서 바람과 흙먼지와 쓰레기가 소용돌이치는 기둥이 등장했다. 그 검고 흰, 비틀거리는 깔때기가 소리 없이 화면을 채우기 시작하더니 왼쪽 밑에서 또 하나가 저 멀리 지평선으로부터 솟아올랐다. 이곳은 시야를 가리는 게 없는 평지였기에 이제 스크린 전체가 토네이도로 가득 찼다. 지금의 경외심에 찬 침묵은 곧 거리낌 없는 아우성으로 터져 나오리라는 생각이 들었다.

이것이 바로 우리를 둘러싼 기후였다. 텔레비전 뉴스 보도에서 토네이도를 여러 번 봤으므로 이제 폭풍 경로의 잔해, 폭풍이 지나간 후의 풍경, 일렬로 늘어선 산산이 부서진 집들, 날아간 지붕들, 우수수 떨어진 외장재를 촬영한 장면이 나오길 기다렸다.

그랬다. 마치 모든 거리가 평평해진 것처럼 보였다. 스쿨버스가 옆으로 누워 있었다. 하지만 슬로모션처럼 천천히 이쪽으로 걸어오는 사람들도 있었다. 그들은 거의 스크린 밖으로 걸어 나와 복도 안으로 들어올 것만 같았다. 폐허에서 겨우 건져낸 물건을 든, 흑백이 섞인 일군의 남녀가 엄숙하게 행진했다. 시체들이 앞마당의 부서진 마룻널 위에 나란히 누워 있었다. 카메라는 계속 시체들을 잡았다. 그들이 맞이한 끔찍한 최후의 세세한 부분은 눈 뜨고 보기 힘들었다. 하지만 계속 지켜봤다. 무언가 혹은 누군가에 대한, 어쩌면 희생자들에 대한 의무감을 느꼈기 때문에. 스스로가 그 일을 하겠다고 맹세한, 고독한 증인이라고 생각했다.

이제 다른 곳, 다른 마을, 다른 시간대에, 자전거를 탄 젊은 여자가 전경(前景)을 묘하게 웃긴 동작으로, 빠르고 초조하게, 화면 한끝에서 반대쪽 끝으로 지나간다. 아직까지는 멀리 있는, 폭이 2킬로미터 가까이 돼 보이는 폭풍 혹은 소용돌이가 땅과 하늘의 경계선에서 기어 나온다. 장면이 바뀌면 뚱뚱한 남자가 지하실 계단을 휘청거리며 내려가는 극사실적인 장면이 나오고, 얼굴은 어둠에 가려 안 보이는 가족들이 차고에 웅송그린 채 모여 있다. 그리고 다시 자전거를 탄 여자가 이번에는 반대쪽으로 태평하게, 전혀 급하지 않게 달리고 있다. 옛 무성영화의 한 장면 같다. 그녀는 멍청할 정도로 순진한 버스터 키턴*이다. 다음 순간 불그스름한 빛이 번쩍임과 동시에 폭풍이 바로 여기 있다. 육중하게 착륙하며 집의 반쪽을 빨아 올린다. 순수한 힘. 트럭과 헛간이

* 미국의 영화배우, 감독(1895~1966). 무성영화 시대에 특유의 무표정을 유지한 채 몸 개그를 하는 코미디 영화로 유명했다. 대표작은 〈제너럴〉(1926).

폭풍의 경로에 정면으로 놓여 있다.

내가 계속 서서 기다리는 동안 화면이 하얗게 변했다.

이제 완전한 황무지, 지면을 깎아낸 듯한 풍경이 됐다. 영상이 정적과 함께 지속된다. 그대로 서서 몇 분 더 기다린다. 집들은 사라졌고, 자전거 탄 여자도 사라졌고, 아무것도 남지 않았다. 끝났고, 없어졌다. 똑같은 텅 빈 화면이 계속된다.

뭔가가 더 나오길 기대하며 계속 기다렸다. 위스키 트림이 깊은 배 속 주머니에서 솟아오르는 것이 느껴졌다. 갈 데도 없었고 지금이 몇 시인지도 몰랐다. 내 손목시계는 북미 시간, 동부 표준시에 맞춰져 있었기 때문이다.

5

그를 한 번, 여기 식사 유닛에서 본 적이 있었다. 수사복을 입은 남자. 그는 내가 방에 들어섰을 때에도 시선을 들지 않았다. 문 옆의 창구에서 식사가 나왔고 나는 접시와 유리잔과 식기를 들고 그의 자리에서 (좁은 통로를 사이에 두고) 대각선에 위치한 탁자로 갔다.

그는 얼굴이 길고 손이 컸으며 두상이 위로 갈수록 좁아졌고 바짝 깎은 머리 군데군데에 흰머리가 약간 남아 있었다. 수사복은 지난번에 입고 있던 것과 같은 옷이었다. 낡고 쭈글쭈글하고 보랏빛에, 금장식이 달려 있었다. 소매는 없었다. 그 밑으로 드러난 것은 줄무늬 잠옷 소매였다.

나는 음식을 자세히 살펴보다가 한 입 먹은 후에 그가 영어를 할 줄 안다고 가정하기로 했다.

"우리가 먹고 있는 게 뭔가요?"

그는 내가 아니라 내 접시를 건너다봤다.

"아침 플로브*라고 합니다."

나는 한 입 더 먹고 나서 그 맛과 이름을 연결해보려고 했다.

"그게 뭔지 설명해주실 수 있어요?"

"당근, 양파, 약간의 양고기와 쌀이죠."

"쌀이 보이네요."

"오시 나호르**예요." 그가 말했다.

우리는 한동안 말없이 식사를 했다.

"여기서 무슨 일을 하세요?"

"죽어가는 사람들에게 얘길 하죠."

"안심시켜주시는군요."

"제가 무엇에 대해 안심시켜주겠습니까?"

"지속에 대해. 다시 깨어나는 것에 대해서요."

"그걸 믿으세요?"

"선생님은 안 믿으세요?" 내가 말했다.

"믿고 싶지 않다고 생각합니다. 저는 그저 끝에 대해 얘기할 뿐이에요. 차분하게, 조용하게."

"하지만 그런 발상, 이 사업 전체의 바탕이 되는 논리는 인정하지 않으신다는 거군요."

"저는 죽으면 영원히 끝나길 바랍니다. 선생님은 죽음을 원치 않으세요?" 그가 말했다.

"모르겠네요."

---

* 우즈베키스탄식 필라프.

** '아침 플로브'라는 뜻. 며칠 동안 계속되는 결혼식 파티 등의 행사 도중 아침 6~9시에 단체 손님에게 제공되는 요리.

"삶이 끝나도 죽지 않는다면 사는 데 무슨 의미가 있나요?"

나는 그의 악센트에서, 어느 벽지에서 쓰이는 영어의 억양과 (아마 시간과 전통과 다른 언어들에 겹겹이 둘러싸인) 어조와 성조의 근원지들을 알아내려 애썼다.

"어쩌다가 여기 오시게 됐어요?"

그가 여기에 대한 대답을 생각해내는 데는 시간이 좀 걸렸다.

"누군가가 했던 말 때문인지도 모르겠네요. 어쩌다 보니 흘러들었습니다. 소요 당시에 타슈켄트*에 살고 있었거든요. 전국에서 수백 명이 죽었지요. 거기서는 사람을 삶아 죽입니다. 중세적 사고방식이 있어서. 저는 이상하게 폭동이 한창인 나라에 입국하는 경향이 있어요. 그때는 우즈베크어를 배우면서 어느 지방 관리의 자식들을 가르치고 있었죠. 아이들에게 영어 단어 하나하나를 가르치면서 긴병을 앓아온, 관리의 아내를 보살피려고 했습니다. 성직자의 역할을 수행했죠."

그가 음식을 입에 넣고 씹어 삼켰다. 나도 똑같이 하고는 그가 이야기를 계속하길 기다렸다. 그에게서 설명을 듣고 나니 음식 맛이 제대로 느껴지기 시작했다. 양고기 같았고, 아침 플로브 같았다. 한데 그는 더 이상 할 말이 없는 듯했다.

"선생님은 성직자세요?"

"후기 복음주의 단체**의 일원이었습니다. 우리는 세계 협의회를 탈퇴한 급진자들이었죠. 7개국에 지부가 있었어요. 숫자는 5, 7, 4, 8로 계속 바뀌었지

* 우즈베키스탄의 수도.

** '하나님의 교회'를 말하는 것으로 보인다. 1934년 미국의 라디오·텔레비전 전도사 허버트 암스트롱이 세운 교단으로, 종말론을 믿으며 토요일에 안식일을 지낸다.

만. 우리는 손수 지은 단순한 구조물에서 모임을 가졌어요. 고대이집트 무덤에서 영감을 얻어, 분묘라고 불렀죠."

"분묘요."

"납작한 지붕, 비스듬한 벽, 직사각형 바닥."

"무덤 안에서 만났군요."

"우리는 그 해, 그 날, 그 순간을 열렬하게 기다리고 있었습니다."

"뭔가가 일어나길 말이죠."

"무슨 일이 일어날까? 유성체, 즉 암석이나 금속으로 이루어진 고체 물질일 수도 있었고 우주에서 떨어지는 직경 200킬로미터의 소행성일 수도 있었죠. 우리는 천체물리학을 알았습니다. 그래서 어떤 물체가 지구에 충돌하리란 걸 알았죠."

"그렇게 되길 바랐군요."

"그렇게 되길 갈망했죠. 그렇게 되게 해달라고 끊임없이 기도했습니다. 그것은 저 멀리, 광활한 은하계로부터, 모든 물질 입자를 품은 무한한 우주에서 올 터였으니까요. 완전한 미지의 영역이었죠."

"그런데 그 일이 일어났군요."

"그것들은 바다에 떨어집니다. 궤도에서 이탈한 인공위성, 우주 탐색기, 우주 쓰레기, 인간이 만든 우주 잔해 파편. 항상 바다에 떨어지죠." 그가 말했다. "그런데 그 일이 일어난 겁니다. 뭔가가 스치듯이 지구에 부딪히는."

"첼랴빈스크* 말이죠." 내가 말했다.

그는 그 이름의 여운이 지속되게 놔두었다. 이름 자체가 증명이었다. 이런

* 2013년 2월 15일 러시아 첼랴빈스크 상공에서 운석이 폭발해 유성우가 내렸다. 위력이 원자폭탄의 33배에 달해 1200여 명이 부상했고 3000여 채의 건물이 파손됐다.

일들이 정말로 일어난다는. 이런 사건—규모나 피해 정도와 상관없이—의 발생에 몰두하는 사람들은 허상을 좇는 게 아니었다.

그가 말했다. "시베리아는 파편을 받기 위해 거기 있었던 겁니다."

나는 그가 대화 상대를 쳐다보지 않는다는 사실을 깨달았다. 떠돌이답게 사람들의 이름과 얼굴을 인식하지 못하는 경향이 있었던 것이다. 방에서 방으로, 나라에서 나라로 이동할 때 교체될 수 있는 요소였기 때문이다. 그는 이야기를 한다기보다는 독백을 했다. 어떤 구불거리는 선, 자기만의 선을 따라 움직였는데 대개 그 선상에는 기꺼이 그의 이야기를 듣는, 임의의 몸뚱이가 되려는 누군가가 있었다.

"여기 호스피스 있는 거 알아요. 거기서 말기 환자들에게 이야기하시는 건가요?"

"그곳은 호스피스라고 불립니다. 피신처라고도 불리죠. 정확히 뭔지는 저도 몰라요. 매일 경호원이 저 밑의, 번호 붙은 층에 저를 데려다줄 뿐이니까."

그는 최첨단 장비와 훈련된 직원들에 대해 이야기했다. 하지만 저는 그걸 보고 12세기 예루살렘을 떠올립니다. 그가 말했다. 기사단이 순례자들을 보호하던 시절 말이에요. 저는 옛 플랑드르 회화에 나올 법한 수척한 얼굴들을 보면서 때때로 제가 문둥이들과 전염병 환자들 사이를 걷고 있다고 상상하곤 합니다.

"저는 기사들, 템플기사단*원들이 피 흘리고 처형하고 목욕**하는 것을 생각합니다. 세계 각지에서 온 사람들, 병으로 죽어가는 사람들, 그들을 돌보는 사

---

* 1118년 위그 드팽이 결성한 프랑스의 기사수도회. 성지 경비, 순례자 보호, 이교도 정벌 등의 임무를 맡았다.

** 목욕재계가 기사 임명식의 일부였다.

람들, 그들을 위해 기도하는 사람들을 생각하죠."

"그러고 나서 자신이 누구이고 어디에 있는지를 기억해내는군요."

"제가 누구인지를 떠올립니다. 저는 기독교 자선단체 회원이에요. 제가 어디 있는지가 중요했던 적은 한 번도 없습니다."

로스도 순례자들을 언급했었다. 이곳을 새로운 예루살렘으로 만들 의도는 없었는지 몰라도 사람들은 보다 우월한 존재 양식, 혹은 적어도 신체 조직의 부패를 막아줄 과학적 처리 방법을 찾기 위해 먼 길을 떠나 이곳에 왔다.

"선생님 방에는 창문이 있나요?"

"저는 창문을 원하지 않아요. 창문 반대편에 뭐가 있습니까? 정신을 흩뜨리는 바보 같은 것이 있을 따름이죠."

"하지만 방이 제 방과 똑같다면 너무 작잖아요."

"방은 위안이자 명상입니다. 손을 뻗으면 천장을 만질 수 있죠."

"수도자의 방이란 말이군요. 그리고 옷요. 전 지금 선생님이 입고 계신 옷을 보고 있어요."

"스카풀라*라는 겁니다."

"수사복이군요. 하지만 너무 수사복 같지가 않아요. 그런 옷은 회색 아니면 갈색 아니면 검은색 아니면 흰색 아닌가요?"

"러시아 수도자가 있고, 그리스 수도자가 있지요."

"네."

"카르투시오회 수도자도 있고, 프란치스코회 수도자도 있고, 티베트 수도자

---

* 수사나 수녀가 헐렁한 원피스 형태의 옷 위에 뒤집어쓰는 직사각형 모양의 천으로, 무릎 아래까지 내려오며 후드가 달려 있는 경우도 있다.

도 있습니다. 일본의 수도자도 있고, 시나이* 사막의 수도자도 있지요."

"선생님 옷, 이거 말이에요. 이건 어디 옷이죠?"

"의자에 걸쳐져 있는 걸 봤어요. 지금도 그 광경이 머릿속에 그려집니다."

"훔쳤군요."

"이 옷을 본 순간 제 것임을 알았죠. 예정된 일이었어요."

질문 한두 개를 던질 수도 있었다. 누구 의자였냐, 무슨 방이었냐, 어느 도시였냐, 어느 나라였냐. 하지만 그렇게 하면 이 사내의 서술 방식에 모욕이 되리란 걸 알았다.

"생을 몇 시간 혹은 며칠 남겨둔 사람들을 돌보지 않을 때는 뭘 하세요?"

"제가 하는 일은 그게 전부입니다. 사람들에게 얘기를 하거나 축복을 하죠. 그들은 제게 손을 잡아달라고 하고 자신의 삶에 대해 들려줘요. 이야기를 하거나 들을 힘이 남아 있는 사람들은요."

그가 일어서는 모습을 지켜봤다. 처음 흘끗 봤을 때 생각했던 것보다 키가 컸다. 그가 문을 향해 움직이자 무릎까지 내려오는 수사복 밑에서 잠옷 바지가 펄럭였다. 그는 검은색과 흰색이 섞인 농구화를 신고 있었다. 그를 웃긴 사람으로 여기고 싶지 않았다. 확실히 아니었으니까. 나는 사실 그의 존재, 겉모습, 그가 한 말, 우연이 이끌어온 여정에 위축되었다. 그의 수사복은 물신, 그 중에서도 심각한 물신이었고 수도자의 스카풀라이자 그가 영적인 힘이라고 믿는 것이 담긴 샤먼의 망토였다.

"제가 마시고 있는 게 홍차인가요?"

"녹차입니다." 그가 말했다.

나는 그가 우즈베크어 단어나 구를 말하길 기다렸다.

---

* 이스라엘과 국경을 맞대고 있는 이집트의 시나이반도.

아티스가 말했다. "10년인가 12년 전이었어, 수술받은 게, 오른눈 말이야. 수술이 끝났을 때 병원에서 딱딱한 안대를 한동안 쓰라고 줬지. 집에서 안대를 하고 의자에 앉아 있었어. 간호사도 있었지. 로스가 고용했더라고, 필요도 없는데. 우리는 안내문에 적힌 지침을 철저히 지켰어. 그런데 의자에서 자다가 한 시간 후에 깨서 안대를 떼고 주위를 둘러봤을 때 갑자기 모든 게 달라 보였어. 깜짝 놀랐지. 내가 지금 뭘 보고 있는 거지? 늘 그 자리에 있는 것들이었어. 침대, 창문, 벽, 바닥. 하지만 그 밝기와 광채가 달랐지. 침대보와 베갯잇, 그 풍부한 색감, 색깔의 깊이. 뭔가가 안에서부터 스며 나오는 것만 같았어. 그런 건 여태껏 본 적이 없었지, 단 한 번도." 그녀가 말했다.

우리 둘은 전날 그랬던 것처럼 앉아 있었는데 그녀가 하는 말을 듣기 위해서는 몸을 앞으로 기울여야만 했다. 그녀는 시간이 좀 흐른 뒤에야 다시 이야기를 계속할 준비가 됐다.

"우리가 뭔가를 볼 때 일정 수준의 정보와 감각, 실제 눈앞에 있는 것의 일부만 받아들인다는 건 알아. 자세한 내용이나 정확한 용어는 모르지만 시신경이 완전한 진실을 말하지 않는다는 건 안다고. 우리는 낌새만 보는 거야. 나머지는 스스로 지어낸 것, 실제를 나름대로 재구성한 거지. 철학적 의미에서 실제라고 부를 수 있는 게 존재한다면 말이지만. 여기, 이 복합건물 어딘가에서 인간 시력의 미래 모델에 관한 연구가 진행 중이라는 것도 알아. 로봇과 실험동물 말고—혹시 알아?—나 같은 사람도 실험에 사용 중인지도 모르지."

그녀는 이제 나를 똑바로 쳐다보고 있었다. 그녀는 잠깐이나마 내가 나 자신을, 그녀의 시선을 받으며 여기 서 있는 사람으로 보게 만들었다. 숱 많고 떡 진 머리, 원시인 같은 머리를 한, 꽤 키 큰 남자. 그것이 의자에 앉은 여자가 수행 중인 심층 탐사로부터 내가 차용할 수 있었던 전부였다.

이제 그녀의 관심사는 그날 그녀가 보았던 것으로 대체되었다.

"하지만 그곳, 낯익은 방의 풍경은 달라져 있었어." 그녀가 말했다. "그리고 창문 너머로 내가 뭘 봤게? 티끌 하나 없는 짙은 푸른색 하늘이었어. 하지만 간호사에겐 아무 말 안 했지. 내가 뭐라고 하겠니? 그리고 양탄자, 맙소사, 그때까지 '페르시아'는 예쁜 수식어라고만 생각했었는데. 뭐라고 표현해야 할지 모르겠지만 그 형태와 색깔, 무늬의 대칭, 온기, 붉은빛에 뭔가가 있었다고 한다면 내가 과장하는 걸까? 나는 양탄자에, 그다음에는 창틀에 매혹됐어. 그것은 흰색, 평범한 흰색이었지만 그런 흰색은 한 번도 본 적이 없었지. 나는 지각 작용에 영향을 끼칠 수 있는 진통제를 복용하고 있지도 않았고 안약만 하루에 네 번씩 넣고 있었어. 어마어마한 깊이의 흰색, 명암이 없는 흰색. 나한테 명암은 필요 없었어. 있는 그대로의 흰색이 필요했지. 내가 정말 과장하고 있지도, 완전히 지어내고 있지도 않은 걸까? 그때 무슨 생각을 했는지는 분명히 기억해. 난 생각했어. 이게 세상의 진정한 모습인가? 이것이 우리가 보는 법을 배우지 못한 현실인가? 나중에 덧붙인 게 아니야. 이것이 동물들이 보는 세상인가? 처음 몇 초 동안 창밖을 내다보면서, 우듬지와 하늘을 보면서 이렇게 생각했어. 이것이 오직 동물들만 볼 수 있는 세상인가? 야생의 매와 호랑이에게 속한 세상."

그녀는 이야기하는 동안 끊임없이 움직였지만 한 손만 겨우 반복적으로 까딱거리며 기억과 이미지를 검토하고 골라냈다.

"간호사를 집에 보내고 안대를 눈에 붙인 채 일찍 잠자리에 들었어. 지침 중 하나였거든. 다음 날 아침에는 안대를 떼고 집 안을 돌아다니며 창밖을 내다봤지. 시력은 향상됐지만 평범해져버렸더구나. 전날의 경험, 사물의 광채는 사라지고 없었어. 간호사가 돌아오고, 로스가 공항에서 전화하고, 나는 지침을 따랐어. 화창한 날이어서 산책을 나갔지. 어쩌면 그 경험은 사라지지 않았고 광채도 그대로였는지도 몰라. 단지 다시 억눌렸을 뿐. 굉장한 표현 아니니? 우리가 보고 생각하는 방식, 우리의 감각이 허용하는 것, 그것이 우선될 수밖에 없었으니까. 달리 뭘 기대할 수 있었겠어? 내가 그렇게 특이한가? 며칠 후 주치의를 다시 만나러 갔을 때 내가 본 것을 설명하려 했는데 의사 표정을 보곤 입을 다물었지."

그녀는 이야기를 계속했지만 때때로 흐름 혹은 리듬을 잃는 듯했다. 한 단어나 음절을 발음하다 중간에, 그녀의 눈이 자기가 묘사하려는 느낌을 찾아 헤매는 동안, 표류해버리는 경향이 있었다. 그녀의 얼굴과 손만 바쁘게 움직였고 몸은 가운의 주름들 속에 잘 싸여 있었다.

"하지만 그게 이야기의 끝이 아니죠?"

이 질문에 그녀는 기뻐했다.

"그래, 아니야."

"그런 일이 또 일어날까요?"

"그래, 바로 그거야. 내 생각은 이래. 나는 임상 샘플이 될 거야. 몇 년에 걸쳐 기술 발전이 이루어지겠지. 내 몸의 일부는 대체되거나 재건될 거야. 내 말투가 꼭 다큐멘터리 내레이션 같지? 여기 사람들과 얘기를 나눴거든. 원자 하나하나를 재조립할 거래. 내가 다시 깨어났을 때는 세상을 완전히 새로운 방식으로 지각하게 될 거라고 굳게 믿어."

"있는 그대로 느낀단 말이죠."

"꼭 그렇게 먼 미래는 아닐 수도 있어. 나는 미래를 상상할 때 이런 생각을 해. 내가 더 깊고 진실한 현실 속에 다시 태어나게 될 거라고. 눈부신 광선들이 뻗어 나오고, 모든 물질이 자신의 특성을 마음껏 발현하고, 성물이 존재하는 곳."

그녀가 '그 후로 영원한 삶'이라는 노래를 부르게 만든 장본인이 나이긴 했지만 이제는 뭐라고 대꾸해야 할지 알 수가 없었다. 내 영역 밖이었다, 전부다. 아티스는 과학이 요구하는 엄격한 조건들을 잘 알고 있었다. 여러 나라에서 작업해봤고, 다수의 대학교에서 강의도 해봤다. 지금껏 인간 발달의 여러 단계를 관찰하고, 발견하고, 조사하고, 설명해 왔다. 하지만 성물이라니, 그것이 어디 있단 말인가? 물론 성물은 어디에나 있었다. 박물관과 도서관과 성전(聖殿)에, 발굴지 땅속에, 돌과 진흙이 쌓인 폐허에. 그녀는 그것을 파내어 손에 쥐었었다. 나는 그녀가 작은 청동 신상의 이 빠진 머리에서 먼지를 불어내는 모습을 상상했다. 하지만 그녀가 방금 묘사한 미래는 전혀 다른 문제였다. 더 순수한 오라를 띠었다. 그것은 초월, 즉 평범한 경험의 측정치를 넘어서는 어떤 서정적 강렬함의 징조를 보였다.

"어떤 과정을 거치게 될지, 그게 어떤 식으로 진행될 건지, 자세하게 아세요?"

"정확히 알아."

"미래에 대한 생각도 하세요? 다시 깨어난다는 건 어떤 걸까요? 똑같은 몸일 수도 있고, 개선된 몸일 수도 있겠죠. 하지만 정신은요? 의식은 변하지 않을까요? 과연 똑같은 사람일까요? 죽을 때는 특정한 이름을 가진 사람으로 죽겠죠. 그 사람으로서, 그 이름으로 축적한 모든 역사와 기억과 수수께끼를 지닌 채로요. 하지만 깨어날 때도 그 모든 것이 그대로 있을까요? 단지 긴 밤잠을 잔 것과 같을까요?"

"로스랑 내가 맨날 하는 농담이 있어. 다시 깨어날 때의 나는 과연 누구일까? 내 영혼이 내 몸을 떠나 어딘가에 있는 다른 사람의 몸으로 옮아 갔을까? 이걸 뭐라고 하더라. 혹은 내가 필리핀의 과일박쥐라고 생각하며 깨어날까? 벌레에 굶주린 채로."

"그러면 진짜 아티스는요. 그녀는 어디 있죠?"

"어떤 남자 아기의 몸속으로 흘러들었겠지. 동네 양치기의 아들 말이야."

"아까 말씀하시려던 단어는 윤회예요."

"고맙다."

이 방 안에, 우리 주위에 뭐가 있는지 나는 알지 못했다. 내 눈에 보이는 것은 의자에 앉은 여자뿐이었다.

"모레죠?" 내가 말했다. "아니면 내일인가요?"

"상관없어."

"내일인 것 같아요. 여기는 날짜 감각이 없어요."

그녀는 잠시 눈을 감았다가 마치 우리가 처음 만나는 사이인 것처럼 나를 쳐다봤다.

"네가 몇 살이지?"

"서른넷요."

"이제 시작이구나."

"뭘 시작해요?" 내가 말했다.

뒷방 중 하나에서 운동복과 운동 양말 차림의 로스가, 수면 부족에 싸인 사내가 나타났다. 그는 뒷벽에서 의자 하나를 가져다가 아티스가 앉은 안락의자 옆에 놓고는 자기 손을 그녀의 손 위에 얹었다.

"옛날에도……" 내가 그에게 말했다. "아버지는 그런 옷을 입고 조깅을 하시곤 했죠."

"옛날에."

"그런 비싼 브랜드는 아니었는지 몰라도요."

"옛날에는 담배를 하루에 한 갑 반씩 피웠지."

"흡연의 악영향을 중화하려고 조깅을 한 거예요?"

"모든 걸 중화하려는 목적이었지."

우리 세 사람. 우리가 몇 달 만에 이렇게 한방에 있는 거라는 사실을 깨달았다. 우리 셋. 지금, 상상 이상의 방식으로, 그들이 와서 그녀를 데려가기 전날에, 우리가 여기 있는 것도 또 다른 종류의 수렴이었다. 내 생각은 이랬다. 그들이 와서 그녀를 데려갈 것이다. 그들은 그녀가 앉아서 가도록 등받이를 세울 수 있는 들것을 가지고 도착할 것이다. 캡슐과 약병과 주사기를 가져올 것이다. 그녀에게 산소마스크를 씌울 것이다.

로스가 말했다. "아티스랑도 조깅을 했었지. 안 그래? 둘이 허드슨강 가를 달려서 배터리파크까지 갔다가 돌아오곤 했잖아. 리스본에서도 뛰었지, 기억나? 새벽 6시에 그 가파른 길을 올라가서 작은 성당 앞에서 경치를 감상했잖아. 판타나우*에서도 뛰었지. 브라질 말이야." 그가 나를 위해 덧붙였다. "그 높은 길을 달리다가 사실상 정글 한가운데에 다다랐었지."

침대와 지팡이를 떠올렸다. 임종 때 침대에 누워 있던 어머니와 문가에 서 있던 여자, 어머니의 친구이자 이웃, 영원히 이름 모를 사람. 그리고 그녀가 짚고 있던 지팡이, 네 발 지팡이, 조그만 다리 네 개가 뻗어 나온 쇠지팡이.

로스의 이야기는 이런저런 기억을 떠올리는 것에서 이제는 횡설수설에 가까워졌다. 그들이 가까이에서 봤던 동물들과 새들(그 이름들을 늘어놓고), 여러 종의 식물들(그 이름을 늘어놓고), 마투그로수 고원 위를 저고도로 돌던 비행기에서 내려다본 경치.

그들이 와서 그녀를 데려갈 것이다. 그녀를 실은 들것을 밀어서 엘리베이터에 태우고 소위 '번호 붙은 층' 중 하나로 내려갈 것이다. 그녀는 죽을 것이다. 약물에 의해, 온도가 영하로 맞춰진 방 안에서. 집단 망상이, 미신과 오만과

* 유네스코 세계자연유산으로 등재된 세계 최대의 습지. 약 80퍼센트가 브라질의 마투그로수두술주(州)와 마투그로수주에 속하며 10퍼센트는 파라과이, 10퍼센트는 볼리비아에 속한다.

자기기만이 인도하는 고도로 정밀한 의학적 처치에 따라.

분노가 치솟는 것을 느꼈다. 지금까지는 이곳에서 일어나고 있는 일, 필사적인 회상에 잠긴 아버지 목소리의 리듬 속에 모호하게 숨겨진 반응에 대한 내 반발심의 깊이를 몰랐던 것이다.

그때 누가 쟁반을 들고 나타났다. 찻주전자와 찻잔과 잔 받침을 든 사내였다. 그는 쟁반을 아버지가 앉은 의자 옆의 접이식 탁자에 놓았다.

어느 쪽이든 아티스는 죽어, 나는 생각했다. 집에서, 침대에 누워서, 남편과 의붓아들과 친구들에 둘러싸여 죽거나 여기서, 모든 일이 다른 어딘가에서 벌어지는 이 전초기지에서 죽거나.

차는 이 방에 잠시 휴식을 가져왔다. 우리는 사내가 갈 때까지 말없이 앉아 있었다. 로스가 침 묻힌 손가락으로 주전자를 만졌다. 그러고는 집중해서, 흘리지 않으려 애쓰며 차를 따랐다.

차 때문에 또다시 머리끝까지 화가 났다. 찻잔과 받침, 조심스러운 차 따르기 때문에도 화가 났다.

아티스가 말했다. "이곳은, 전체가, 나한테는 끊임없이 변화하는 공간으로 느껴져. 우선 왔다 갔다 하는 사람들로 가득 차 있잖아. 그리고 나머지 사람들은, 어떤 의미에서는 나처럼 떠나가는 사람들이면서 또 다른 의미에서는 나처럼 머무는 사람들이지. 머물면서 기다리는 사람들. 이곳에서 유일하게 변하지 않는 것은 예술뿐이야. 관객을 위해 만들어진 게 아니라 그저 여기 있기 위해 만들어졌기 때문이지. 그것은 여기에 있고, 고정돼 있고, 토대의 일부이면서, 돌에 박혀 있어. 색칠한 벽들, 가짜 문들, 복도에 걸린 스크린들. 그리고 다른 곳에 있는 설치미술 작품들이 그렇지."

"마네킹도요." 내가 말했다.

로스가 내 쪽으로 몸을 기울였다.

"마네킹? 어디?"

"어딘지는 모르겠는데 복도에 여자가 있었어요. 여자가 뭔가 두려워하는 듯한 몸짓을 하고 있었죠. 적갈색 여자, 벌거벗은 여자였어요."

"또 어디 있는데?" 그가 말했다.

"모르겠어요."

"다른 마네킹은 못 봤다고? 나체상이든 뭐든, 다른 조각상은 없었단 말이지?"

"네, 전혀요."

"여기 처음 도착했을 때……" 그가 말했다. "뭘 봤나?"

"땅, 하늘, 건물들. 차가 떠나가는 걸 봤죠."

"다른 건?"

"얘기했잖아요. 입구에서 남자 둘이 저를 데려가려고 기다리고 있었다고. 가까이 가기 전까지는 그들이 있는지도 몰랐어요. 그리고 보안 검색을 거쳤죠, 철저하게."

"다른 건?"

다른 게 뭐가 있었나 생각했다. 그리고 이렇게 심각한 상황에 왜 우리가 이렇게 한가한 대화를 하고 있는가에 대한 의문에 빠졌다. 더 이상 어쩔 도리가 없는 상황에 처하면 이렇게 되는 건가? 중립적인 공간으로 후퇴하는 것인가.

"넌 그것 말고도 또 다른 걸 봤어. 아마 50미터쯤 떨어진 한구석에서. 건물 안으로 들어오기 전에."

"제가 뭘 봤는데요?"

"두 여자." 그가 말했다. "후드 달린 긴 옷을 입은."

"차도르 쓴 두 여자요. 맞아요. 더위와 먼지 속에 가만히 서 있었죠."

"그게 네가 처음 본 예술품이야." 그가 말했다.

"전혀 몰랐어요."

"꼼짝 않고 서 있지." 그가 말했다.

"마네킹들이야." 아티스가 말했다.

"사람들이 보든 안 보든. 상관없어." 그가 말했다.

"진짜 사람이 아닐 줄은 상상도 못 했어요. 그걸 뭐라고 부르는지는 알아요. 차도르. 아니면 부르카. 아니면 다른 이름들 중 하나겠지만. 저야 그것만 알면 되잖아요."

나는 손을 내밀어 로스에게서 찻잔을 받아 아티스에게 건네줬다. 우리 셋. 누군가가 그녀의 머리를 다듬고 빗어놓았다. 관자놀이에 가깝게 바짝 깎아놨다. 그것은 거의 규율에 가까워 보였다. 초췌한 얼굴을 강조하고 눈을 동공이 확장된 상태에 계속 묶어두는 효과를 가져왔다. 나는 너무 자세히 들여다보고 있었다. 그녀의 육체보다는 정신에서, 단어와 단어 사이로 가늘게 새어 나오는 망설임에서, 그녀가 무엇을 느끼는지를 보려고 애쓰고 있었다.

그녀가 말했다. "나 자신이 부자연스럽게 느껴져. 나여야 하는데 내가 아닌 누군가 같아."

나는 이 말에 대해 생각했다.

그녀가 말했다. "내 목소리도 달라. 내가 말할 때 들으면 자연스럽지 않게 들려. 내 목소리지만 나한테서 나오는 것 같지가 않아."

"약 때문에 그래." 로스가 말했다. "그뿐이야."

"내 몸 밖에서 나는 것 같아. 항상 그런 건 아니지만 가끔. 마치 나랑 엉덩이가 붙은 샴쌍둥이 자매가 있는데 걔가 말하고 있는 것 같아. 하지만 사실은 전혀 그렇지 않지."

"약 때문이라니까." 그가 말했다.

"그리고 전에 있었던 것 같은 일들이 생각나. 우리가 어떤 나이가 되면 일어난 적 없는 일을 있었던 일로 기억하게 된다는 거 알아. 그런데 이건 달라. 있었던 일이긴 한데 엉뚱한 기억을 불러낸 것처럼 느껴지거든. 내가 하고 싶은 말이 이건가? 전기신호 오류?"

나여야 하는데 내가 아닌 누군가 같아.

이것은 논리학이나 존재학을 연구하는 학생들이 분석해야 할 문장이었다. 우리는 그녀가 이야기를 계속하길 기다렸다. 그녀는 이제 연속된 조각들로, 중간중간에 멈추거나 쉬어 가면서 이야기했고, 나는 나도 모르게 고개를 숙이고 기도하는 사람처럼 집중하고 있었다.

"난 정말. 너한테 말할 순 없지만. 이걸 하고 싶어. 다른 차원에 갔다가. 돌아오는 거야. 영원히. 이 말을 속으로. 자꾸만 되뇌어. 정말 아름답잖아. 영원히. 말하고. 또 말하고. 또 말해."

그녀가 찻잔을 쥔 방식은 보호가 필요한 가보를 다루는 듯했다. 어색하게 쥐거나 부주의하게 내려놓았다간 몇 세대에 걸쳐 쌓인 기억을 배신하게 되기라도 할 것처럼.

로스는 녹색과 흰색이 섞인 운동복을 입고 앉아 있었다. 아마 국부 보호대도 한 세트일 것 같았다.

"영원히." 그가 말했다.

이제 내 차례였고 나는 간신히 그 단어를 속삭였다. 그때 그녀의 손이 떨리기 시작해서 내 잔을 내려놓고 그녀의 잔을 향해 손을 뻗어 그것을 아버지에게 건네주었다.

나는 다른 사람들의 집이 두려웠다. 방과 후에 때때로 친구가 자기 집에 가서 숙제를 같이 하자고 설득할 때가 있었다. 사람들, 다른 사람들, 내가 아닌 사람들이 사는 방식은 충격적이었다. 나는 몸에 들러붙는 듯한 친밀함, 부엌의 음식물 찌꺼기, 개수대 밖으로 삐죽 나온 프라이팬 손잡이에 어떻게 반응해야 할지 몰랐다. 내가 느끼고 싶었던 것은 호기심이었을까, 기쁨이었을까, 무관심이었을까, 우월감이었을까? 욕실 앞을 지나면서 슬쩍 들여다보니 수건걸이에는 여자 스타킹이 걸쳐져 있고, 창턱에는 약병들이 일부는 열린 채 일부는 뒤집어진 채 놓여 있고, 욕조 안에는 아동용 슬리퍼 한 짝이 있었다. 뛰어가서 숨고 싶었다. 나 자신의 깔끔 떠는 성격 때문이기도 했다. 침대 정리가 안 된 방들, 바닥에 놓인 누군가의 양말들, 잠옷 차림에 맨발인 노파, 침대 옆 의자 위에 쌓인 한평생, 굽은 등과 중얼거리는 얼굴. 시시각각 다르면서도 해가 변해도 똑같은, 이 사람들은 대체 누구란 말인가? 얼른 집으로 돌아가서 거기 있고 싶었다.

나는 국제금융계에서 이력을 쌓은 아버지와는 결국 반대되는 삶을 이룩할 거라고 생각했다. 우리, 매들린과 나는 이 문제에 대해 반쯤 진지하게 대화도 나눴다. 내가 시를 쓰게 될까, 지하실에 살게 될까, 철학을 공부하게 될까, 중서부 어딘가의 이름 모를 대학에서 초한수*를 가르치는 교수가 될까.

그리고 한편에는 로스가 있었다. 젊은 예술가들의 작품을 사고, 그들에게 자기가 메인주(州)에 지어둔 작업실을 사용하라고 권하는 로스. 구상미술을 하건, 추상미술을 하건, 개념예술을 하건, 포스트미니멀리즘을 추구하건 간에 그들은 공간과 시간과 자금이 필요한 무명의 남녀들이었다. 나는 로스가 지나치게 방대한 그의 포트폴리오에 대한 나의 반응을 억누르기 위해 그들을 이용하는 거라고 스스로를 납득시키려 애썼다.

나는 결국 나에게 맞는 길을 갔다. 계열사 가치 평가 컨설턴트. (클러스터

---

* 모든 유한수보다 큰 수. 독일의 수학자 게오르크 칸토어(1845~1918)가 세운 이론이다.

환경, 비클러스터 환경 구분 없이 일하는) 구현 분석가.* 이 직업들은 그것을 형용하는 단어에 집어삼켜졌다. 직업 이름이 곧 업무 내용이었기 때문이다. 내 일은 책상 위 모니터들 속에서 나를 마주 쳐다봤다. 그곳은 내가 속한 데가 여기라는 사실에 완전히 복종해야 하는 상황을 내가 받아들이는 공간이었다.

집에서는, 거리에서는, 비행기 탑승구에서 기다릴 때는 많이 다른가? 나는 고객 맞춤형 기술이라는 최면제를 팔아서 먹고산다. 버튼을 누를 때마다 내가 지금껏 알지 못했던, 알 필요도 없었던 뭔가를 발견한다는 짜릿함이 밀려오지만 그 뭔가는 내 달싹대는 손끝에 나타나 불안정하게 1초 동안 머물다가 영원히 사라져버린다.

어머니에게는 보풀을 떼어내는 돌돌이가 있었다. 나는 왠지 모르게 그것에 매료되어 어머니가 자신의 천 코트 등판 위에서 그 기구를 이리저리 인도하는 모양을 바라보곤 했다. 사전을 훔쳐보지 않고 돌돌이란 단어를 정의하려고 했다. 그래서 앉아서 생각하다가, 계속 생각하려고 했는데 잊어버렸다가, 다시 시작했다가, 메모지에 뭔가를 끄적거렸다가, 아까보다 더 바보가 된 기분을 느끼다가, 졸다 깨다를 반복하며 밤새우고 다음 날을 맞았다.

의복의 표면에 붙은 섬유 조각을 모으는, 회전하는 원통형 기구.

사전에는 뭐라고 정의되어 있는지 확인하지 않기로 정했음에도 이렇게 스스로 하나를 만들고 나니 만족감과 성취감 같은 것이 있었다. 돌돌이 자체는 18세기의 도구, 말을 목욕시킬 때 쓰는 물건 같아 보였기 때문이다. 사실 나는 그전부터 어떤 사물 혹은 심지어 개념을 나타내는 단어를 정의하려는 시

---

* 기업에서 새로운 소프트웨어를 도입했을 때 그것이 제대로 구현되도록 시스템을 테스트하고 현황을 보고하고 사용자들을 교육하는 사람.

도를 해왔었다. 충성심을 정의해봐, 진실을 정의해봐. 하지만 그러다 초주검이 되기 전에 그만둘 수밖에 없었다.

실업의 생태, 라고 로스는 텔레비전에서 말했다. 프랑스어로, 자막과 함께. 이 점에 대해 생각하려고 했다. 하지만 내가 이런 결론을 내리게 될까 봐 두려웠다. 그 표현이 잘난 척하기 위한 전문어가 아니고, 일리가 있을 뿐 아니라 중요한 문제들을 논하는 설득력 있는 토론으로 이어졌다는 결론 말이다.

맨해튼에서 아파트를 구하고 일자리를 구하고 나서 또다시 새로운 일자리를 찾아다닐 때는 매주 주말을 하루 종일 걸으면서 보냈다. 때로는 여자 친구도 같이. 그중에 하도 키가 크고 말라서 접으면 접힐 것 같은 여자가 있었다. 그녀는 맨해튼의 1로(路)와 이스트1가(街)가 만나는 사거리에 살았는데 그녀의 이름이 게일(Gale)인지 게일(Gail)인지 몰랐던 나는 그녀에게 물어보기 전에 조금 기다려보기로 결심했다. 하루는 그녀의 이름이 이 철자라고 생각하고 다음 날은 다른 철자라고 생각하면서 내가 그녀를 생각하는 방식, 바라보는 방식, 이야기하는 방식, 만지는 방식에 차이가 있나 판단해보려 했다.

길고 텅 빈 복도에 있는 방. 의자, 침대, 아무것도 없는 벽, 낮은 천장. 방 안에 앉아 있다가 복도를 돌아다니면 나의 자아가 한없이 작아지는 것을 느낄 수 있었다. 내 머리를 둘러싸고 있던 모든 자만한 생각들이 쪼그라들어 나만의 몽상으로 변했다. 이곳에서의 나는 그저 자기방어가 필요한 누군가에 불과했기 때문이다.

다른 사람들의 집 냄새. 거기에는 자기 어머니의 모자와 장갑을 걸치고 나를 위해 포즈를 취한 아이가 있었다. 그만했기에 망정이었지만. 그 아이는 아버지의 발톱에 생긴 무슨 흉측하고 징그러운 진균을 치료하기 위해 자기와 누나가 돌아가면서 로션을 발라줘야 한다고 말했다. 그리고 그 이야기가 우습다고 생각했다. 그런데 왜 나는 웃지 않았는가? 그는 우리가 함께 숙제를 하기 위해 식탁에 앉아 있는 동안 계속 진균이란 말을 반복했다. 커피를 흘려서 여전히 축축한 찻잔 받침 위에 식어빠진 토스트 반 조각이 털퍼덕 떨어졌다. 사인 코사인 탄젠트. 진균 진균 진균.

지금껏 내 인생에서 가장 흥미로운 생각이었다, 게일(Gale)이냐 게일(Gail)이냐는. 비록 그 생각이 여자 이름의 철자와 그것이 여자의 몸 위에서 미끄러지는 남자의 손에 미치는 효과에 대한 통찰이라고 할 만한 것은 전혀 낳지 못했지만 말이다.

SNS 시스템 관리자. 세계 각국으로 출장을 다니는 인사 관리자. 직업에서 직업으로, 때로는 도시에서 도시로 떠도는 것은 '나'라는 사람의 필수 요소였다. 나는 화제의 바깥에 있었다. 거의 항상, 화제가 뭐든지 간에. 요지는 나 자신을, 시험적으로, 시험해보자는 것이었다. 그것은 부정적 함의가 없는 정신적 도전이었다. 위험한 건 전혀 없었다. 시뮬레이션 모델의 솔루션 연구 관리자.

평소 비난을 하는 일이 거의 없는 매들린이 점심 식사를 함께 하기 위해 만난 박물관 카페테리아에서 탁자 위로 몸을 기울이며 이렇게 말했다.

생기 넘치는 애였는데, 그녀가 속삭였다. 형체 없는 남자가 됐네.

'수사'는 자기 방 의자에서 일어나 한 손을 뻗으면 천장을 만질 수 있다고 말했다. 나도 내 방에서 해봤더니 발끝으로 서야 겨우 닿았다. 다시 의자에 앉은 순간 아무도 이 사실을 모른다는 데 전율을 느꼈다.

그리고 거기 내가 있다, 지하철에 폴라와 함께. 아이다호주 트윈폴스 출신의 폴라는 열정적인 여행자이자 스테이크집의 지배인이다. 그리고 차량 반대쪽 끝에는 그 남자가 있다. 승객들에게 자신이 겪은 어려움과 잃은 것에 대해 이야기하는 남자. 늘 거슬리는 순간이다. 남자는 꿋꿋이 열차 안을, 차량에서 차량으로, 행진한다. 직업도 없고, 집도 없고, 손에는 종이컵을 든 채 자기 얘기를 하기 위해 여기 와 있다. 모든 승객의 눈에는 결연하게 초점이 없지만 물론 우리는 그를 보고 있다. 단지 베테랑 승객들, 위장 전문가들일 뿐이다. 그동안 남자는 열차의 지진파와 진동에도 불구하고 어찌어찌 균형을 잡고 차량 안을 걸어간다. 그리고 거기 폴라가 있다. 그를 대놓고 쳐다보는, 관례를 어기고 그를 분석적으로 뜯어보는 폴라. 지금은 출퇴근 시간이고 우리는, 그녀와 나는 서 있다. 내가 아이스하키에서 하듯 엉덩이로 그녀를 툭 치지만 그녀는 무시한다. 지하철은 완전히 그 남자의 공간이다. 거의 그러하다. 밖으로는 로커웨이까지, 위로는 브롱크스까지. 그는 우리의 동정심을 차지할 권리, 심지어 우리가 경계하면서도 존중하는 시선으로 바라보는 일종의 권위까지 지니고 다닌다. 우리가 그가 사라져버리길 원한다는 사실과는 별개로. 나는 그의 종이컵에 1달러짜리 두어 장을 집어넣고 다시 한번, 이번에는 재미로, 폴라를 엉덩이로 툭 친다. 그런데 남자가 낑낑대며 차량과 차량 사이의 문을 열자 아까까지 남자 쪽을 향했던 마뜩잖은 시선 중 일부를 받는 사람이 이젠 내가 된다.

나는 침실로 걸어 들어간다. 방 벽에는 스위치가 없다. 스탠드는 침대 옆 서랍장 위에 있다. 방은 컴컴하다. 눈을 감는다. 어두운 방에서 눈을 감는 사람이 나 말고도 또 있나? 이것은 무의미한 기벽인가? 아니면 나는 이름과 역사가 있는, 심리학적 근거를 가진 방식으로 행동하고 있는 건가? 여기 내 마음이 있고, 저기 내 뇌가 있다. 잠시 서서 이에 대해 생각한다.

15세기 책들의 책등을 읽으라고 나를 모건 도서관*에 끌고 가는 로스. 그는

* 미국의 금융인 J. P. 모건의 장서를 보관하기 위해 1906년 뉴욕 맨해튼에 지어진 건물로, 1924년 공공 기관으로 전환되었으며 현재는 미국 국가 사적으로 지정되어 있다.

가만히 서서 진열장 안에 놓인 린디스판 복음서*의, 보석으로 장식된 표지를 바라봤다. 그리고 두 번째, 세 번째 단**과 발코니 출입 허가까지 얻어냈다. 폐관 시간 후에 비밀 계단을 올라가 우리 둘은 허리를 수그리고 무늬가 새겨진 호두나무 책꽂이를 따라 걸으며 귓속말을 속삭였다. 구텐베르크 성경,*** 또 구텐베르크 성경, 세기가 바뀌고 또 바뀌어도, 책꽂이를 가로지르는 우아한 격자무늬.

그것이 나의 아버지였다. 그러면 내 어머니는 어떤 사람이었나?

매들린 시버트, 그녀는 원래 애리조나주 남부의 소도시 출신이었다. 우표 위의 선인장, 그녀는 그곳을 그렇게 불렀다.

그녀는 코트를 옷걸이에 걸고 갈고리 부분을 홱 돌려서 열린 옷장 문 위에 걸쳐놓는다. 그리고 코트 등판 위로 돌돌이를 굴린다. 내가 이 광경을 지켜보는 것이 만족스러운 이유는 아마도 매들린이 옷걸이에 코트를 걸고 전략적으로 옷장 문 위에 위치시킨 다음 그동안 쌓인 보풀을 돌돌이로 제거하는 단순한 행위에서 흔한 기쁨을 얻고 있다고 상상할 수 있기 때문일 것이다.

보풀을 정의해봐, 나는 속으로 생각한다. 옷걸이를 정의해봐. 그리고 실제로 그렇게 해본다. 이런 일들은, 사춘기의 다른 찌그러진 유물들 사이에서, 잊히지 않고 남는다.

나는 그 도서관에 몇 번 다시 갔었다. 개관 시간 중에, 1층에서, 맨틀피스 위에 걸린 태피스트리를 바라봤다. 하지만 아버지에게는 말하지 않았다.

---

* 8~9세기에 만들어진 장식 필사본. 그림이나 금은으로 장식된 글자, 세밀화가 들어 있는 본문도 예술적 가치가 높지만 수많은 보석으로 장식된 금속 표지가 유명하다.

** 모건 도서관 동실(東實)은 층고가 일반 건물의 3~4층 높이인 방으로, 벽 전체가 책장으로 되어 있어 그 단 수만 약 20단에 달한다.

*** 1450~1455년 구텐베르크가 서양 최초의 이동식 금속활자로 대량 인쇄한 책. 현존하는 49권 중 3권이 모건 도서관에 있다. 유네스코 세계기록유산이다.

6

남자 셋이 책상다리를 하고 깔개에 앉아 있었다. 그들 뒤로는 하늘 외엔 아무것도 없었다. 그들은 헐렁한 옷을 짝짝이로 입었다. 그중 둘은 고개를 숙였고 나머지 한 명은 정면을 똑바로 보고 있었다. 각자의 옆에는 그릇이, 땅딸막한 병 내지는 깡통이 있었다. 그중 두 명은 단순한 촛대에 꽂힌 초가, 손을 뻗으면 닿는 곳에 있었다. 잠시 후 그들은 차례로, 왼쪽에서 오른쪽으로, 겉보기에는 계획되지 않은 것처럼, 병을 집어 들고 그 안의 액체를 가슴, 팔, 다리에 붓기 시작했다. 그리고 두 명은 눈을 감은 채 머리와 얼굴에까지 천천히 붓기를 이어갔다. 가운데 앉은 세 번째 사내는 병을 입으로 가져가서 마셨다. 나는 그의 얼굴이 일그러지고 입이 반사적으로 벌어지면서 역한 냄새를 내보내는 모습을 지켜봤다. 등유 아니면 휘발유 아니면 램프 기름이었다. 그는 남은 내용물을 머리에 모두 쏟아붓고 병을 내려놓았다. 그들 모두가 병을 내려놓았다. 아까 그 두 남자가 불붙은 초를 셔츠 앞섶과 바지의 다리 부분으로 가져갔고 세 번째 남자는 가슴 주머니에서 종이 성냥을 꺼내 몇 번의 실패

끝에 마침내 겨우 불을 붙였다.

나는 스크린에서 뒤로 물러났다. 내 표정은, 등유가 세 번째 남자의 식도를 지나 몸속으로 들어갈 때 그가 보인 반응에 대한 반응으로 여전히 일그러진 채였다. 불타는 남자들은 입을 벌린 채 내 위에서 흔들리고 있었다. 나는 더 뒤로 물러났다. 그들은 형체가 없었고 소리 없이 비명을 지르고 있었다.

나는 돌아서서 복도를 걸어갔다. 그 영상은 사방에 있었다. 그 끔찍한 순간들도, 세 번째 남자가 불을 켜지 못해 계속 성냥을 그어댈 때 내가 느꼈던 고통도. 나는 그가 성냥을 켜길 바랐다. 연거푸 검어진 성냥골을 보면서, 불타는 동료들 사이에 앉아 있는 것은 그에게 참을 수 없는 노릇이었을 것이다.

복도 끝에 누군가가 서 있었다. 한 여자가 나를 쳐다보고 있었다. 여기 있는 나는 지금껏 눈에 띄지 않던 길 잃은 여행자, 영상이 비치는 스크린으로부터 뒷걸음친 남자였다. 영상들은 여전히 가까이에서 압박 중이었지만 여자는 내 어깨 너머를 보고 있지 않았다. 지금 스크린은 비어 있을 수도 있었고, 흐린 날의 텅 빈 들판을 보여주고 있을 수도 있었다. 내가 다가가자 그녀는 보일 듯 말 듯하게 왼쪽으로 고갯짓을 했고 우리가 좁은 복도로 접어들자 길이 수직으로 꺾이면서 또 다른 길쭉한 복도로 연결되었다.

그녀는 키가 작았고, 나보다 나이가 많아 보이는 것이 사십대 같았으며, 긴 원피스와 분홍색 슬리퍼 차림이었다. 나는 분신 영상에 대해서는 한마디도 하지 않았다. 이곳의 방식을 존중하여 아무 말 않은 채 무엇이든 받아들일 준비를 할 작정이었다. 우리는 보조를 맞추어 복도를 따라 걸었다. 곁눈으로 흘끗 보니 그녀의 몸에 달라붙는 원피스는 꽃무늬였고 검은 머리는 리본을 나선형으로 감아 단단하게 묶여 있었다. 그녀는 마네킹이 아니었고 지금 이 상황은 영화 속 한 장면이 아니었지만 나는 닫힌 문들 사이에 갇힌 이 휴지기가 다른 격리의 순간보다 조금이라도 길거나 넓은지 궁금해하지 않을 수 없었다.

우리는 단단한 표면처럼 보이는 것으로 가로막힌 통로에 접어들었다. 나의 경호원이 일련의 짧은 단어들을 말하자 단단해 보이던 표면에서 작은 창이 열렸다. 내가 크게 한 걸음 내딛자 돋워진 바닥에 발이 닿았고 작은 창을 통해 들여다보니 길고 좁은 방의 반대쪽 벽이 보였다.

거대한 해골이 벽에서 튀어나온 받침대에 놓여 있었다. 곳곳에 금이 가고, 세월로 인한 얼룩이 있었으며, 번쩍이는 구릿빛 청동 재질에 물 빠진 회색이 섞여 있었다. 눈구멍 주위에는 보석이 박혀 있었고 삐죽빼죽한 이는 은색으로 칠해져 있었다.

방 자체는 바위를 잘라 벽과 바닥을 만든, 소박한 공간이었다. 한 남자와 한 여자가 긁힌 자국들이 있는 떡갈나무 탁자 뒤에 앉아 있었다. 명패도, 탁자를 어지럽히는 서류도 없었다. 그들은 이야기를 하고 있었지만 딱히 서로에게 하고 있진 않았다. 그들과 마주 보는 것은 나를 등진 채 자연스럽게 나무 벤치에 흩어져 앉은 아홉 명이었다.

경호원이 사라지고 없으리란 걸 알면서도 보통 사람처럼, 확인하기 위해 뒤돌아봐서 그 순간을 망치고 말았다. 짐작대로 그녀는 없었고 내 뒤로 다섯 걸음쯤 떨어진 곳에서 미닫이문이 닫히는 중이었다.

탁자 뒤에 앉은 여자는 인간이 만드는 장관에 대해 얘기하고 있었다. 매년 하지* 때마다 흰옷을 입고 메카에 찾아와 단체로 종교의식에 참여하는 수백만 명의 신자들, 그리고 불멸의 축제 때 갠지스강 둑에 모이는 수백만, 수천만의 힌두교도들.

---

* 이슬람력 12월 7~12일에 흰옷을 입고 메카와 메디나를 순례하는 것. 이슬람교도라면 평생에 꼭 한 번은 해야 하는 의무이다.

연약해 보이는 그녀는 길고 헐렁한 튜닉*과 두건 차림을 한 채 부드러우면서도 또박또박하게 말하고 있었다. 나는 그녀의 우아한 영어 악센트와 계피색 피부를 통해 출신지가 어딘지를 알아내려 애썼다.

"산피에트로 광장이 내려다보이는 발코니에 나타난 교황을 생각해보세요. 어마어마한 숫자의 사람들이 축복받기 위해……" 그녀가 말했다. "안도하기 위해 모여 있겠죠. 교황은 그들의 미래를 축복하기 위해, 마지막 숨 이후에도 영생이 기다리고 있다며 안심시키기 위해 거기 있는 겁니다."

나는 경외심에 가득 차서 한자리에 미어터지도록 모인, 셀 수 없이 많은 사람들 사이에 있는 나 자신을 상상해보려 했지만 생각을 지속할 수가 없었다.

"여기 이 시설은 소수의 사람들을 위해 공들여 만든 작은 곳입니다. 한 명씩 한 명씩, 아주 가끔, 사람들이 보존실에 들어가죠. 평균적으로 하루에 몇 명일까요? 하지만 평균이란 건 없습니다. 여기에는 가식도 없어요. 회한, 굴복, 복종, 숭배에 빠져 몸을 뒤트는 일도 없죠. 우리는 누군가의 반지나 신발에 입을 맞추지 않습니다. 기도용 깔개도 없고요."

그녀는 몸을 웅크리고 한 손으로 다른 손을 꼭 쥔 채 앉아 있었다. 숙고한 한마디 한마디가 그녀의 진지함을 상징했기에 나는 생각을 하기로 했다.

"하지만 그래도 오래된 종교나 관습과의 연결 고리가 있을까요? 혹시 영생과 관련된, 바글바글한 전통들을 갱신하고 연장하는 급진적인 기술에 불과하진 않을까요?"

벤치에 앉은 누군가가 고개를 돌려 내 쪽을 쳐다봤다. 그 사람은 아버지였고, 다 안다는 듯 나를 향해 천천히 고개를 끄덕여 보였다. 흡사 이렇게 말하는 듯했다. 이 사람들이 바로 이 프로젝트의 형태를 결정짓는 생각과 이론의

---

* 엉덩이 아래까지 내려오는 헐렁하고 긴 셔츠.

주창자들 중 두 명이야. 꼭 필요한 인재들, 아버지는 그렇게 불렀었다. 방 안의 나머지 사람들, 그들은 로스 같은 후원자임이 분명했다. 이 돌방 안에, 등받이 없는 벤치에 앉아 있는 지원 시스템, 돈주머니들은 컨버전스의 철학적 핵심에 대해 배우기 위해 여기 있는 것이었다.

남자가 말하기 시작했다. 그러자 가까운 어딘가에서 소리가 파문처럼 왕왕 울려 나왔고, 그가 말하는 중유럽어는 성별이 없고 부드러운 디지털 목소리가 말하는 영어로 바뀌었다.

"이것은…… 이 거리감, 이 가라앉은 차원은 미래입니다. 확실하지만 한편으로는 정의하기 어렵죠. 마치 우주에서 찍은 일련의 좌표와도 같습니다. 우리의 목표 중 하나는 환경과 융화되는 의식을 정립하는 것입니다."

그는 작고 뚱뚱한 체구에, 이마가 튀어나왔고, 곱슬머리였다. 그리고 쉴 새 없이 눈을 깜빡였다. 말하기가 거북한지 말을 하는 동안 계속 손을 빙글빙글 돌렸다.

"우리는 시간의 바깥에서, 역사의 바깥에서 살게 될까요?"

여자가 우리를 다시 지상으로 데려왔다.

"미래에 대한 꿈과 희망은 이 지구상에 존재하는 삶의 복잡함과 현실을 설명하지 못하는 경우가 많습니다. 우린 그걸 알아요. 굶주린 사람들, 집 없는 사람들, 포위된 사람들, 교전 중인 파벌들, 종교들, 종파들, 국가들. 붕괴된 경제. 급격한 기후 변화. 우리는 테러의 영향을 받지 않고 살 수 있을까요? 사이버 공격의 위협을 물리칠 수 있을까요? 여기서 정말로 자급자족을 유지할 수 있을까요?"

두 사람은 모여 있는 무리 너머의 어딘가를 향해 말하는 듯했다. 그래서 나는 어딘가에, 나한테 보이지 않는 곳에, 소리와 영상을 기록 중인 장치가 있고 이 대담의 주된 목적은 자료로 남기는 것이리라고 추측했다.

또한 나의 존재는 우리 부자와 머리를 단단히 묶은 경호원만 알기로 되어 있나 보다고 추측했다.

그들은 끝에 대해, 모든 이의 끝에 대해 얘기하고 있었다. 여자는 이제 시선을 아래로 깔고 거친 나무 탁자를 향해 말했다. 나는 그녀가 정기적으로 단식을 한다고, 며칠 동안 음식은 먹지 않고 물만 조금씩 마시는 사람이라고 상상했다. 또한 그녀가 어린 시절을 영국과 미국에서 보냈고, 공부에 파묻혀 지냈으며, 눈에 띄지 않는 법과 자신을 감추는 법을 배웠을 거라고 상상했다.

"우리의 운명은 우리 별에 달려 있습니다." 그녀가 말했다.

태양은 미지의 실체다. 그들은 태양폭발, 플레어와 슈퍼 플레어, 코로나 질량 분출에 대해 이야기했다. 남자는 적절한 은유를 찾으려 애썼다. 지구의 궤도를 언급하며 동시에, 하지만 이상하게 손을 휘저었다. 나는 여자를 쳐다봤다. 그녀는 고개를 숙인 채 수십억 년, 우리의 연약한 지구, 혜성, 소행성, 대중없는 충돌, 과거에 있었던 절멸, 현재의 멸종이라는 무대장치 속에서 한동안 말이 없었다.

"재앙은 옛날이야기 속 단골손님이죠."

깜빡이는 남자가 신이 나기 시작했다고 나는 생각했다.

"어떻게 보면 우리가 여기, 이 장소에 있는 이유는 지구를 강타할 최후의 참사가 무엇이 될지는 몰라도 그에 대한 대처 방안을 마련하기 위해서입니다. 우리는 지금 종말을 연구하기 위해, 어쩌면 거기에서 살아남기 위해 모의실험을 하고 있는 걸까요? 미래를 아주 가까운 날로 앞당겨서 조정하고 있는 걸까요? 미래의 어떤 시점에 지구의 존망이 더욱 위태로워지는 순간이 온다 해도 죽음을 쉽게 받아들일 수는 없을 겁니다."

나는 남자가 집에 있는 모습을 상상했다. 가족 식사 자리에서 그는 상석에 앉았고 방 안은 옛날 영화 속 한 장면처럼 가구가 지나치게 많았다. 그는 자신이 가라앉은 차원이라 부르는 이곳에서 여러 가지 도전을 해보기 위해 대학을 떠난 교수일 거라고 나는 생각했다.

"재앙은 어린아이의 뇌리에 깊이 박힙니다."

그에게 이름을 지어주기로 결심했다. 그들, 두 사람 모두에게 이름을 지어줄 작정이었다. 그냥 재미로, 계속 집중하기 위해, 숨겨진 사람 내지 은밀한 증인이라는 보잘것없는 역할을 확장하기 위해서였다.

"그것은 개개인의 죽을 운명에서 탈피하는 것입니다. 재앙은요. 우리 몸과 마음의 약하고 두려운 부분을 압도하죠. 끝을 맞이하지만 혼자가 아닌 거예요. 폭풍의 중심에서 자신을 잃어버리게 되니까요."

그가 하는 말에 귀 기울였다. 통역은 잘됐지만 한마디도 믿어지지 않았다. 그것은 일종의 불가능한 염원을 담은 시였다. 진짜 사람들, 진짜 두려움과는 연관이 없었다. 아니면 내가 너무 옹졸하고 좁은 시야를 갖고 있었던 걸까?

"우리는 고독의 힘을 배우기 위해 여기 모였습니다. 삶의 끝과 관련된 모든 것을 재고하기 위해 여기 모였습니다. 우리가 사이버 인간의 형태로 다시 깨어날 우주는 굉장히 다른 방식으로 우리에게 말을 걸 것입니다."

이름 몇 개를 떠올렸다가 전부 기각했다. 그리고 '서보'라는 이름을 떠올렸다. 이 이름이 그의 출신국의 산물인지는 알 수 없었지만 상관없었다. 이곳에는 출신국이라는 것이 존재하지 않았으니까. 그 이름이 마음에 들었다. 그의 불룩한 몸에 어울렸다. 미클로스 서보. 이 이름에는 통역 프로그램의 목소리와 잘 대립되는 흙냄새가 있었다.

여자가 말할 때 그녀를 찬찬히 뜯어봤다. 그녀의 말은 특정인을 향해 있지 않았다. 그녀는 자유 공간을 향해 말했다. 그녀에게는 이름 하나만이 필요했다. 성(姓)도, 가족도, 간섭하는 사람도, 취미도, 돌아가야 하는 특별한 장소도, 여기에 있어선 안 될 이유도 없었다.

두건은 그녀의 독립 깃발이었다.

"고독, 그래요. 당신 혼자서 냉동 상태로 지하 묘지, 캡슐 안에 있다고 생각해보세요. 신기술 덕분에 뇌가 자의식이 있는 수준으로 기능하게 될까요? 이것이 당신이 직면해야 할지도 모르는 문제입니다. 깨어 있는 의식. 죽을 때의 고독. 혼자. 혼자라는 단어를 생각해보세요. 중세 영어의 다 해서 하나에서 유래한 말입니다. 인격은 던져버려요. 인격은 가면, 당신의 삶을 구성하는 뒤죽박죽 드라마에서 만들어진 성격이니까요. 가면은 벗겨지고 인격은 진정한 의미에서 당신이 됩니다. 다 해서 하나. 자아. 자아란 무엇일까요? 당신을 구성하는 모든 것입니다. 다른 사람들을 제외한. 친구도, 낯선 이도, 연인도, 자식도, 산책할 길거리도, 먹을 음식도, 당신 얼굴을 볼 거울도 제외한. 하지만 다른 사람이 아무도 없다면 당신이 존재하긴 할까요?"

아티스는 스스로가 부자연스럽게 느껴진다는 얘기를 한 적이 있었다. 이것이 성격인가? 얼음 속에서 일시 정지되면 금방 달라지거나 약해지거나 강해져서 순수한 자아로 탈바꿈하는 반(半)허구가? 여기에 대해 생각하고 싶지 않았다. 여자에게 지어줄 이름에 대해 생각하고 싶었다.

그녀는 중간중간 쉬어가면서 시간의 성질에 대해 말했다. 냉동 보존실에서는 연속체—과거, 현재, 미래—라는 개념에 어떤 일이 일어날까? 당신은 1일, 1년, 1분을 이해할까? 이 능력은 점점 퇴화하다 결국 사라질까? 시간 감각이 없는 당신은 얼마나 인간다울까? 그 어느 때보다 더? 아니면 아직 태어나지 않은, 태아와 같은 상태가 될까?

그녀는 미클로스 서보, 구세계의 교수를 쳐다봤고, 나는 그를 스리피스 양복을 입은 모습, 1930년대에서 튀어나온 사람으로, 마그다라는 이름의 여자와 불륜 관계를 맺고 있는 저명한 철학자라고 상상했다.

"시간은 아주 어렵습니다." 그가 말했다.

이 말은 나를 미소 짓게 했다. 나는 등을 약간 구부리고 감시창 앞에 서서—창이 눈높이 바로 밑에 위치해 있었기 때문이다—나도 모르게 방 저쪽 끝에 있는 해골을 또 쳐다보고 있었다. 이 지역의 공예품이자 아마 노략질한 물건으로 보이는 그 해골은 삶의 끝에 과학적으로 접근하는 이 환경에서 보게 되리라고는 전혀 기대하지 못한 것이었다. 일반적인 사람 두개골 크기의 다섯 배 정도 됐고 이제 보니 아까는 알아채지 못했던 모자를 쓰고 있었다. 그 인상적인 두개모*는 수많은 작은 새들이 두개골에 납작하게 내려앉은 형상으로, 황금색 새 떼가 날개 끝끼리 서로 연결되어 있었다.

그것은 진짜 거인의 두개골처럼 보였다. 노골적인 죽음의 분위기, 당황스러운 공예와 은빛 미소, 감동적이기엔 지나치게 냉소적인 민속예술. 나는 사람도 가구도 없는 텅 빈 방, 돌벽으로 둘러싸인 차디찬 방을 상상했다. 거기라면 해골이 적소에 있는 것으로 보일 듯했다.

두 남자가 방에 들어왔다. 키가 크고 피부가 하얀 쌍둥이는 낡은 작업복 바지와 그에 어울리는 회색 티셔츠 차림이었다. 그들은 각각 탁자 양쪽 끝에 가서 서더니 자기소개도 없이 이야기를 시작했다. 서로 말할 기회를 주고받는 것이 물 흐르듯 자연스러웠다.

"지금은 우주력 1년의 첫 찰나입니다. 우리는 우주의 시민이 되어가는 중이죠."

"물론 의문들도 있습니다."

"우리가 일단 생명 연장술을 완성하고 영원한 재생 가능성에까지 접근하면 우리의 에너지, 우리의 염원은 어떻게 될까요?"

"우리가 이룩한 사회제도는요?"

---

* 유대교도나 가톨릭 사제가 머리에 쓰는, 두개골에 딱 달라붙는 챙 없는 모자.

"우리는 무기력과 방종이 지배하는 미래 문화를 설계하고 있는 걸까요?"

"죽음은 축복 아닌가요? 그것은 우리 삶의 가치를 1분 단위로, 1년 단위로 정의하지 않나요?"

"그 밖에도 많은 의문들이 있죠."

"진보된 기술을 통해 삶을 조금 더 연장하는 것으로 충분하지 않나요? 꼭 계속, 계속, 계속해서 살아야 하나요?"

"왜 인간의 허접한 과욕 때문에 혁신적인 과학을 타락시키나요?"

"우리가 문자 그대로의 불멸성을 획득하면 시간을 초월하는 예술형식과 문화적 경이는 무가치해져버리나요?"

"미래의 시인들은 무엇에 대해 쓸까요?"

"역사는 어떻게 될까요? 돈은 어떻게 될까요? 하느님은 어떻게 될까요?"

"그 밖에도 많은 의문들이 있죠."

"우리가 통제 불가능한 수준의 인구와 환경 스트레스를 향해 조금씩 나아가고 있는 것은 아닐까요?"

"개체 수는 너무 많고, 공간은 너무 적지 않나요?"

"지구가 늙고 구부정한 사람들, 치아 없는 미소를 가진 수백억 명으로 가득한 별이 되는 건 아닐까요?"

"죽는 사람들, 우리를 제외한 나머지 사람들은 어떤가요? 나머지 사람들은 항상 존재할 겁니다. 그들은 죽어가는데 왜 어떤 사람들은 계속 살아야 할까요?"

"세계의 반이 부엌을 새것으로 바꾸는 동안 나머지 반은 굶주리고 있습니다."

"우리는 무한한 장수라는 조건을 충족하면 몸과 마음을 괴롭히는 모든 문제를 치료할 수 있을 거라고 믿고 싶은 걸까요?"

"그 밖에도 많은 의문들이 있죠."

"삶을 정의하는 요건은 그것에 끝이 있다는 사실입니다."

"자연은 훼손되지 않고 오염되지 않은 형태로 돌아가기 위해 우리를 죽이고 싶어 합니다."

"영원히 사는 우리는 과연 어떤 쓸모가 있을까요?"

"우리는 어떤 궁극적인 진리와 마주하게 될까요?"

"사람들이 나를 소중하게 여기는 이유는 내가 언젠가는 죽는다는 사실이 주는 고통 때문이 아닐까요?"

"그 밖에도 많은 의문들이 있죠."

"죽는다는 것의 의미는 무엇일까요?"

"죽은 사람들은 어디에 있을까요?"

"내가 더 이상 내가 아니게 되는 순간은 언제일까요?"

"그 밖에도 많은 의문들이 있죠."

"전쟁은 어떻게 될까요?"

"이런 기술의 발전은 전쟁의 종말을 가져올까요, 아니면 이미 만연한 분쟁을 새로운 수준으로 끌어올릴까요?"

"개인의 죽음이 더 이상 불가피한 것이 아니게 되었을 때, 한동안 잠잠했던 '핵전쟁에 의한 몰살'이라는 생각은 어떻게 될까요?"

"전통적인 한계들은 모두 사라지기 시작할까요?"

"미사일은 저절로 발사대에서 내려오게 될까요?"

"기술 자체에 살의가 있을까요?"

"그 밖에도 많은 의문들이 있죠."

"하지만 우리는 이런 의문들을 거부합니다. 우리 프로젝트의 핵심을 비껴가기 때문이죠. 우리는 인간적이라는 말이 의미하는 바의 경계를 넓히고 싶습니다. 넓힌 다음에 넘어서고 싶어요. 인간의 생각을 바꾸고 문명의 에너지가 향하는 방향을 바꾸기 위해 할 수 있는 일이라면 뭐든 하고 싶습니다."

그들은 이런 식으로 한동안 말을 계속했다. 그들은 과학자도, 사회 이론가도 아니었다. 대체 뭐 하는 자들이었을까? 일종의 모험가였지만 무슨 종류인지는 알 수 없었다.

"우리는 이 황무지, 이 외진 사막의 불모지를 개조했습니다. 합리성으로부터, 책임감 있는 사고라는 부담으로부터 스스로를 분리하기 위해서요."

"여기, 오늘, 이 방에서, 우리는 미래를 향해, 우리를 용감하다고 혹은 별나다고 혹은 어리석다고 판단할지도 모를 사람들에게 이야기하고 있습니다."

"두 가지 가능성을 고려하세요."

"우리는 미래를, 우리 모두의 미래를 완전히 다시 쓰고 싶었는데 남은 것은 백지 한 장뿐입니다."

"아니면…… 지구상의 모든 삶을 영원히 바꾼 몇 안 되는 사람들에 속했는지도 모르죠."

나는 그들에게 스텐마르크 쌍둥이라는 이름을 붙였다. 그들은 스텐마르크 쌍둥이였다. 얀과 라르스, 혹은 닐스와 스벤.

"캡슐 안의 잠자는 사람들. 들어간 사람들과 들어갈 사람들."

"그들은 정말로 죽은 걸까요? 그들이 죽었다고 말할 수 있을까요?"

"죽음은 문화적 산물이지, 인간이 피할 수 없는 것에 의한 엄정한 판결이 아닙니다."

"그들은 보존실에 들어가기 전과 같은 사람들일까요?"

"우리는 그들의 몸을 나노봇으로 지배할 겁니다."

"그들의 장기를 재생하고, 신체를 재건할 겁니다."

"배아 줄기세포."

"효소, 단백질, 뉴클레오타이드."

"이것들은 우리가 연구할 주제, 우리가 갖고 놀 장난감이 될 겁니다."

스벤이 이 마지막 문장을 지닌 채 청중 쪽으로 몸을 기울이자 후원자들 사이에서 재미있어하는 웅성거림이 일었다.

"나노봇 부대 여러 개가 각각에 적합한 뇌의 수용기에 주입됩니다. 러시아 소설. 잉마르 베리만, 스탠리 큐브릭, 구로사와 아키라, 안드레이 타르콥스키의 영화. 고전 예술품. 여러 가지 언어로 동요를 부르는 아이들. 루트비히 비트겐슈타인*의 명제, 논리학과 철학 분야의 음성 텍스트. 가족사진과 비디오, 본인 취향의 포르노. 캡슐 속에서는 옛 연인들의 꿈을 꾸고 바흐와 빌리 홀리데이의 음악을 듣습니다. 음악이나 수학의 뒤얽힌 구조도 연구하죠. 헨리크 입센의 희곡을 다시 읽고 어니스트 헤밍웨이의 강처럼, 시내처럼 흐르는 문장을 다시 찾기도 합니다."

나는 아직도 이름이 없는, 두건 쓴 여자를 다시 쳐다봤다. 내가 이름을 지어주어야만 비로소 진짜가 될 터였다. 그녀는 이제 허리를 꼿꼿이 세우고 양손을 탁자 위에 놓고 두 눈을 감은 채로 앉아 있었다. 명상을 하는 것이었다. 그렇게 믿고 싶었다. 그녀는 스텐마르크 쌍둥이가 한 말을 한마디라도 들었을까? 그녀의 머릿속에는 어떤 단어도, 주문(呪文)도, 종교적인 음절도 없었다.

나는 그녀를 아르주나라고 불렀다가 다시 아르자나라고 불렀다. 둘 다 예쁜 이름이었지만 적합하지 않았다. 나는 지금 닫힌 공간 속에 갇힌 채, 이름을 지으면서, 악센트를 구분하면서, 사람들의 과거와 국적을 지어내고 있었다. 그런 구분을 버리라고 요구하는 환경에 대한 얄팍한 응수였다. 마음을 다잡

* 오스트리아 출신의 영국 철학자(1889~1951). 언어철학, 분석철학 분야의 대표적 사상가이다. 저서로 《논리 철학 논고》《철학적 탐구》 등이 있다.

아야 했고 이 상황에 적절히 대처해야 했다. 하지만 내게 상황에 적절히 대처할 능력이 있었던 적이 단 한 번이라도 있었나? 내가 해야 할 일을 나는 이미 하고 있었다.

나는 스텐마르크 쌍둥이의 말에 귀 기울였다.

"시간이 지나면 우리의 수명 연장에 대한 반동으로 죽음을 숭배하는 종교가 등장할 겁니다."

"죽음을 다시 가져오겠죠."

"죽음 숭배자 무리는 무작위로 사람들을 죽이러 나설 겁니다. 남녀 구분 없이 시골을 어슬렁거리다가 우연히 마주치는 사람들을 조악한 무기로 죽일 거예요."

"어떤 면에서는 의식처럼 보이는, 굶주린 자들의 피바다가 펼쳐지겠죠."

"시체 앞에서 기도하고, 시체 앞에서 성가를 부르고, 시체에다 차마 입에 담을 수 없는 짓을 할 겁니다."

"그러고 나서 시체를 태우고 그 재를 자기 몸에 바르겠죠."

"아니면 시체 앞에서 기도하고, 시체 앞에서 성가를 부르고, 먹을 수 있는 부위를 먹을 겁니다. 남은 것은 태우고."

"사람들은 어떤 형태로든 소멸이라는 패턴을 다시 확인하기 위해 자신의 뿌리—죽음에 홀려 있는—로 돌아갈 거예요."

"죽음은 고치기 힘든 버릇이니까요."

닐스가 주먹을 들어 올려 엄지손가락으로 자기 어깨 너머를 가리켰다. 벽 앞에 놓인 해골을 가리키는 것이었다. 그 순간 직관적으로 알았다. 뼈로 만들어진 그 크고 노골적인 물체가 이 쌍둥이의 작품임을, 그리고 외모는 평범하지만 실체는 악마 연구가인 이 두 사내가 이 복합건물 전체의 외관과 마무리와 본성을 결정한 자들임을. 톤과 분위기, 반쯤 땅속으로 가라앉은 구조물 자체와 그 안에 있는 모든 것이 그들의 디자인이었던 것이다.

전부 스텐마르크였다.

내가 괴이하고 괴리적이라고 생각한 모든 요소가 사실은 고립과 은닉이라는 그들의 미학을 반영한 것이었다. 텅 빈 복도, 색깔 패턴, 사무실과 연결되는 혹은 연결되지 않는 사무실 문. 미로 같은 순간, 정지된 시간, 둔화된 내용, 설명의 결여. 나는 나타났다 사라지는 스크린, 소리 없는 영상, 얼굴 없는 마네킹을 떠올렸다. 그리고 내 방, 그 방의 으스스한 무미건조함, (일부러 그렇게 구상하고 디자인한) 특징 없음, 그와 비슷하게 생긴 방들, 어쩌면 500개 혹은 1000개, 이런 생각을 하자 나까지 점점 무개성해지는 듯한 기분이 들었다. 또 죽은 사람들, 혹은 죽었을지도 모르는 사람들, 혹은 정체가 무엇이건 간에 냉동 보존 되어 캡슐 안에 똑바로 서 있는 사람들. 그 자체가 예술이었다. 다른 어디에서도 그렇지 않겠지만 여기에서만은.

형제는 연설 방법을 바꿔서, 녹음 장치를 향해서가 아니라 남녀 아홉 명으로 이루어진 청중에게 직접 말하기 시작했다.

"우리는 여기서 6년을 보냈습니다. 쉬지도 않고, 일에 파묻혀서. 그러고 나서 짧지만 만족스럽게 집에 다녀온 뒤로는 계속 왔다 갔다 하고 있지요."

"때가 되면."

"이 말에는 일종의 필연성이 있습니다."

"때가 되면, 우리는 마침내 안전한 북쪽 집을 떠나 이 외딴곳으로 올 겁니다. 늙고 약해져서, 다리를 절고 발을 끌면서, 최후의 심판에 다가가기 위해."

"우리는 여기서 뭘 발견하게 될까요? 그것은 약속입니다. 전 세계의 조직화된 종교들이 내세우는, 형언할 수 없는 내세보다 더 확실한 약속."

"우리는 약속이 필요한가요? 왜 그냥 죽지 않습니까? 왜냐하면 우리가 인간이기에, 매달리기 때문입니다. 이 경우에는 종교적 전통이 아니라 현재와 미래의 과학에 매달리는 것이죠."

그들은 조용하고 친밀하게 말하고 있었다. 조금 전 대거리 때보다 더 호혜적이었고 자기선전의 기미는 전혀 없었다. 청중은 말없이 완전히 몰두해 있었다.

"죽을 준비가 됐다는 것이 기꺼이 사라지겠다는 뜻은 아닙니다. 몸과 마음은 우리에게 이제 세상을 떠날 때가 됐다고 말할지도 모릅니다. 하지만 우리는 그럼에도 움켜쥐고 부여잡고 할퀴어대죠."

"완전히 두 명의 스탠드업 코미디언이군."

"유리 같은 물질 안에 갇힌 채, 세포 하나하나가 개조되어, 때가 되길 기다립니다."

"때가 되면, 우리는 돌아올 겁니다. 우리는 과연 어떤 사람이 되어 있고, 무엇을 마주하게 될까요? 몇십 년 뒤, 혹은 그 이전의, 혹은 그 이후의 세상을 생각해보세요. 그때 세상에 무엇이 존재할지 상상하는 것은 쉽지 않습니다. 지금보다 더 좋을 수도, 나쁠 수도, 혹은 너무 완벽하게 달라져서 우리가 판단을 내리지 못할 정도로 깜짝 놀랄 수도 있죠."

그들은 미래 행성의 생태계에 대해 이야기하며 재건된 환경, 파괴된 환경이라는 이론을 제시했다. 그러고 나서 라르스가 양손을 들어 휴식을 알렸다. 청중이 이 변화를 받아들이기까지는 시간이 조금 걸렸지만 곧 방 안에는 침묵이, 스텐마르크 형제의 침묵이 자리 잡았다. 형제는 텅 빈 눈으로 정면을 쳐다봤다.

스텐마르크 형제는 오십대 초반이었고—내가 그렇게 정했다—피부가 너무 얇고 창백해서 내가 있는 곳에서도 가지 뻗듯 갈라지는 손등의 푸른 정맥이 보일 정도였다. 나는 그들을 전 시대에 활동하던, 거리의 무정부주의자들로 정했다. 하나같이 그들의 예술적 기술로 연출한, 지역 규모의 폭동이나 그보다 큰 내란을 조직하는 데 조용히 헌신했으리라고 생각했다. 그러고 나니 왠지 모르게 그들의 결혼 여부가 궁금해졌다. 그래, 그들은 자매와 결혼했을 것이다. 그 네 사람이 나무가 우거진 곳을 걸어가는 모습이 보였다. 형제가 앞장섰다 자매가 앞장섰다 하면서. 그것은 가풍이자 게임이었다. 두 부부 사이의 거리를 냉정하게 측정하고 세심하게 지켰다. 나의 반쯤 정신 나간 상상 속에서 그 거리는 5미터였다. 피트*나 야드**가 아니라 꼭 미터로 재어야만 했다.

라르스가 두 손을 내리자 휴식이 끝났고 쌍둥이는 다시 말하기 시작했다.

"여러분 중 몇몇은 저희처럼 여기 다시 온 분들일 겁니다. 사랑하는 이가 떠나는 모습을 보기 위해. 그리고 당연히 자신이 저렇게 떠나는 건 어떨까 생각하기 시작했죠. 언젠가, 여러분 각자가, 때가 됐을 때."

"오늘 우리가 여기서 얘기한 것 중에 여러분의 의욕을 꺾을 만한 얘기가 있을지도 모른다는 건 압니다. 괜찮습니다. 우리의 시각을 단순하게 보면 그러니까요. 하지만 이렇게 해보세요. 돈과 불멸에 대해 생각해보세요."

"여기 이렇게 모인 여러분. 여러분은 기다려오지 않았습니까? 자기 자신을 위한 신화를 창출할 방법을 말입니다. 자고로 영속적인 삶이란 입이 떡 벌어질 정도로 부유한 사람들의 것이죠."

"왕들, 여왕들, 황제들, 파라오들."

"더 이상 꿈속에서 들리는 유혹의 속삭임이 아닙니다. 이건 현실이에요. 수십억 달러를 손끝으로 만질 때의 황홀한 촉감, 그 이상을 기대할 수 있는 겁니다. 존재적 차원의 도약을 하세요. 슬프고 암울하고 비통한 죽음의 대본을 평범한 방식으로 다시 쓰세요."

---

* 1피트는 30.48센티미터이다.

** 1야드는 91.44센티미터이다.

그것은 영업용 발언이 아니었다. 그것이 무엇인지는 알 수 없었다. 도전인지, 조롱인지, 선택받은 부자들의 허영심에 대한 공격인지, 아니면 단순히 그들이 자기도 모르게 늘 듣길 원했던 말을 들려주려는 시도인지.

"자궁 속에서 보낸 시간 덕분에 캡슐은 우리에게 익숙하지 않나요? 우리가 돌아올 때는 과연 몇 살이 되어 있을까요? 우리의 선택은 여러분의 선택입니다. 신청서의 빈칸만 채우시면 됩니다."

죽음에 대한 이 모든 이야기가 지겨워져서 감시창으로부터 좀 떨어져 섰다. 하지만 안에서 들려오는 목소리로부터 벗어날 수는 없었다. 형제는 일련의 스웨덴어 혹은 노르웨이어 단어들을 외더니 그다음에는 노르웨이어 혹은 덴마크어 단어들을 늘어놓고 나서 또다시 독일어 단어들의 연속, 목록, 긴말을 읊어댔다. 나는 약간 알아듣고 나머지는 못 알아듣다가, 아니, 대부분 못 알아듣다가, 아니, 거의 다 못 알아듣다가, 암송이 계속되면서 깨달았다. 대부분의 경우 단어들이 벨트, 보르트 아니면 토트라는 음절로 시작한다는 것을. 그것은 온 방을 홀리는 예술이자 단조로운 주문 같은 음향예술이었다. 그리고 그들의 목소리와 그날 오후의 모든 무겁고 원대한 주제들에 대한 내 반응은 그 자리에 쪼그려 앉다가 연속으로 스쿼트 점프를 실시하는 것이었다. 뛰어올랐다가 쪼그려 앉고, 쪼그려 앉았다가 뛰어올랐다. 두 팔을 앞으로 쭉 뻗으면서 다섯 번, 열 번, 열다섯 번. 그리고 다시 내려갔다 올라갔다 순수한 발산. 투덜거리듯이 소리 내어 횟수를 세었다.

나는 곧 나무 위에 사는 유인원이라는, 나 자신의 평행 이미지를 만들어냈다. 길고 털 많은 두 팔을 머리 위로 쭉 뻗으면서 자기방어를 위해 방방 뛰고 짖어대며 근육을 키우고 지방을 태우는 유인원.

어느 순간 쌍둥이가 아닌 누군가가 청중을 향해 말하고 있음을 알게 되었다. 미클로스였다. 성은 잊어버렸다. 깜빡이는 사내는 이제 거세된 통역을 통해 존재와 비존재라는 주제에 대해 이야기하고 있었다. 나는 스쿼트 점프를 계속했다.

내가 감시창으로 돌아갔을 때 스텐마르크 쌍둥이는 없었고 미클로스는 여전히 말하고 있었으며 두건 쓴 여자는 아까와 같은 자세로 의자에 허리를 꼿꼿이 펴고 앉아 탁자에 양손을 올려놓고 있었다. 두 눈은 여전히 감겨 있었고 모든 것이 아까와 똑같았지만 한 가지 차이점은, 그녀를 지켜보고 있으려니, 지금은 그녀의 이름을 알겠더라는 것이었다. 그녀는 아티스였다. 아티스 외에 달리 누가 되겠는가? 그것이 그녀의 이름이었다.

나는 닫힌 공간 안에 서서 미닫이문이 열리길 기다리고 있었다. 그것을 미닫이문이라고 부르면 안 된다는 건 알았다. 여기서 사용되는 진보된 용어, 전문적인 단어나 어구가 분명 있을 터였지만 나는 모든 가능성을 고려하라는 암묵적인 도전을 물리쳤다.

문이 열리자 밖에서 경호원이 기다리고 있었다. 복도를 따라 걸어가서 또 다른 복도로 접어드는 동안 이번에도 우리 둘 다 아무 말이 없었고 나는 몇 분 후에 로스의 사무실이나 방에서 그를 만나게 되리라고 예상했다.

어느 문 앞에 다다르자 경호원이 가만히 서서 기다렸다. 나는 그녀를 쳐다보다가 문을 쳐다봤고 우리 둘은 기다렸다. 내가 원하는 것이 있음을, 그것이 담배임을 깨달았다. 가슴 주머니 안의 반쯤 구겨진 담뱃갑을 집어서 꺼내고, 재빨리 불을 붙이고, 천천히 빨아들이고 싶은 상습적인 욕구였다.

다시 한번 경호원을 쳐다봤을 때 마침내 지금 무슨 일이 벌어지고 있는지 이해했다. 그것은 내 문, 내 방으로 들어가는 문이었던 것이다. 내가 한 발을 내디뎌 문을 열었을 때도 여자는 가지 않았다. 돌방에서 벤치에 앉아 있던 로스가 묘한 표정을 한 채 몸을 돌려 나를 쳐다봤던 순간을 떠올렸다. 그것은 다 안다는 표정, 아버지가 아들에게 짓는, 남자 대 남자의 표정이었다. 돌이켜 생각해보니 그가 나를 위해 준비해둔 상황, 지금 이 상황을 말하고 있었던 것임을 깨달았다.

침대에 앉아 그녀가 옷 벗는 모습을 지켜봤다.

그녀가 천천히 머리에서 리본을 풀자 머리카락이 어깨로 떨어지는 것을 지켜봤다.

허리를 숙여서 그녀가 슬리퍼를 벗을 때 한 짝을 손에 쥐었다.

긴 원피스가 그녀의 몸 위를 미끄러져 바닥으로 떨어지는 것을 지켜봤다.

침대에서 일어나 그녀의 안으로 들어가서 그녀를 벽에 대고 문지르며 어떤 흔적, 며칠이 지나야 사라질 몸 자국을 벽에 남기는 상상을 했다.

침대에서 그녀가 자기 나라 말—우즈베크어든 카자흐어든 어느 나라 말이든—로 나에게 말하는 것을 듣고 싶었지만 그런 친근함은 이 상황에 맞지 않음을 알고 있었다.

잠시 동안, 두 손으로도 온몸으로도, 아무 생각도 하지 않았다.

그리고 고요함이 찾아오자 또다시 담배 생각이 났다. 우리가 문밖에 서 있을 때 내가 원했던 그것.

우리 둘의 숨소리를 듣고 있다가 나도 모르게, 우리를 에워싼 풍경을 상상하고 그것을 다듬어서 추상적으로, 중심에 있는 우리의 부드러운 가장자리로 만들고 있었음을 깨달았다.

그녀가 천천히 옷 입는 모습을 지켜보면서 그녀에게 이름을 지어주지 않기로 결심했다. 그녀는 이름이 없어야 그 방에 더 잘 섞여 들었기 때문이다.

7

로스 록하트는 가짜 이름이다. 어머니는 내가 열아홉인가 스무 살 때 어느 날 무심하게 이 사실을 언급했다. 로스는 자신이 대학 졸업 직후에 이 일을 실행에 옮겼다고 그녀에게 말했다. 수년 동안 처음에는 공상하듯, 나중에는 진지하게 결심하고 이 문제를 생각했는데 후보 이름 목록을 만든 다음, 마음의 거리를 두고 비판적으로 검토하면서 하나씩 지워나갈 때마다 자아실현에 점점 더 가까워졌다.

그것이 매들린이 사용한 단어였다. 자아실현. 텔레비전을 무음으로 해놓고 보면서 다큐멘터리 내레이션 같은 부드러운 목소리로 그렇게 말했다.

그건 도전이었어, 그가 그녀에게 말했다. 장려책이자 유인책이었다. 더 열심히 일하도록, 더 냉철히 생각하도록, 스스로를 달리 보기 시작하도록 동기부여 해줄 거라는 생각이었다. 그렇게 세월이 어느 정도 흐르면 로스 록하트가 종잇장에 끼적거린 글자에 불과할 때 자신이 어렴풋이 그리기만 했던 사람이 실제로 될 터였다.

나는 어머니가 얘기하는 동안 뒤에 서 있었다. 한 손에는 가게에서 사 온 칠면조 샌드위치를, 다른 손에는 진저에일 잔을 들고 있었다. 내 회상은 내가 거기 서서 생각하고 씹는 방식에 의해 빚어진다. 내가 매들린이 하는 얘기에 골똘히 집중한 채 샌드위치를 한 입 베어 물 때마다 그 씹는 행위는 점점 더 의식적이 되어갔다.

나는 지금 1초 1초가 흐를 때마다, 한마디 한마디를 들을 때마다 그 사내에 대해, 그리고 나 자신에 대해서도 점점 더 많은 것을 알아가고 있었다. 내가 걷고 말하고 구두끈을 묶는 방식이 왜 그런지에 대한 해답이 여기 있었다. 매들린의 짧은 설명에 포함된 조각들만으로도 그렇게 많은 것이 그렇게 쉽게 명백해진다는 사실은 정말이지 흥미로웠다. 나의 불가사의했던 청소년기가 해독(解讀)되었다. 내가 당연히 되어야 하는 사람이 아닌, 다른 누군가였기 때문이었다.

왜 나한테 더 일찍 말해주지 않았어? 나는 그녀가 이 질문을 떨궈내 주길 기다렸지만 그녀는 내 질문을 들은 기색이 전혀 없었다. 그저 어깨 너머로 그의 본명이 뭔지 말해줄 동안만 텔레비전 화면에서 눈을 뗐을 뿐이었다.

그는 니컬러스 새터스웨이트(Nicholas Satterswaite)로 태어났다. 나는 반대쪽 벽을 쳐다보며 생각에 잠겼다. 그 이름을 소리 없이 입술만 움직이며 몇 번이나 발음했다. 여기, 내 앞에 완전히 발가벗겨져서 펼쳐진 사내가 있었다. 이 사람이 나의 진짜 아버지였다. 자기 가문의 역사, 이 성의 글자들 안에 차곡차곡 접혀서 들어가 있는, 아주 먼 조상부터 나에게까지 이르는 모든 이들의 삶을 버리는 것을 선택한 남자가.

그가 거울을 들여다볼 때 보이는 것은 가짜 사내다.

매들린은 다시 텔레비전을 보기 시작했고 나는 음식을 씹으며 자수를 셌다. 성과 이름을 합치면 스무 자, 성만 하면 열두 자. 이 숫자들은 내게 아무것도 말해주지 않았다. 뭘 말해줄 수 있었겠는가? 하지만 나는 그 이름 안으로 들어가 그것을 해석하고 그 안에 나를 욱여넣어야 했다. 새터스웨이트라는 이름을 썼다면 나는 어떤 사람이 되고 무엇이 되었을까? 그때, 열아홉 살 때에도 나는 여전히 뭔가가 되어가는 중이었다.

가공의 이름이 갖는 매력은 이해가 됐다. 그림자 같은 존재였던 사람들이 무지갯빛 허구 속으로 들어갈 수 있었으니까. 하지만 그것은 아버지의 구상이지 내 것이 아니었다. 록하트라는 이름은 나한테 전혀 맞지 않았다. 너무 빡빡하고 너무 앙다문 이름이었다. 견고하고 결단력 있는 록하트, 록하트라는 단단한 담장. 그 이름은 나를 배제했다. 내가 할 수 있었던 일은 그저 밖에서 들여다보는 것뿐이었다. 나는 이 문제를 그렇게 이해했다. 어머니 뒤에 서서, 그녀가 그 남자와 결혼했을 때 성을 록하트로 바꾸지 않았다는 사실을 상기하면서.

내가 이 사실을 더 일찍 알았다면 어떻게 됐을까 생각했다. 제프리 새터스웨이트. 내가 혼잣말을 안 하고, 살이 찌고, 근육이 생기고, 생조개를 먹고, 여자애들이 진지하게 평가하는 눈빛으로 나를 바라보게 만들 수 있었을지도 몰랐다.

하지만 내가 정말로 혈통에 신경을 썼던가? 혹시라도 내가 새터스웨이트가(家)의 가계도를 조사하고, 그 이름 안에 포함된 사람과 장소를 찾아내려는 시도를 했으리라고 생각하기는 어려웠다. 내가 대가족의 구성원, 누군가의 손자, 조카, 사촌이 되고 싶었나?

매들린과 나는 각자가 상대방이 필요로 했던 사람이었다. 서로가 상대의 유일한 짝이었다. 나는 텔레비전 화면을 보면서, 니컬러스 새터스웨이트라는 이름의 어떤 점 때문에 그가 그토록 이름을 버리고 싶어 했던 거냐고 물었다. 특징이 없다는 거, 그녀가 말했다. 쉽게 잊힌다는 점. 철자법과 어쩌면 발음에

서까지도. 순전히 미국적인 관점에서만 보면 그 이름은 뿌리도 없고 열매도 없었다. 하지만 다른 한편으로는 앵글로색슨이라는 혈통이 있었고 거기에 포함된 책임도 있었다. 그의 아버지는 그 이름을 기준으로 아들을 평가했다.

하지만 록하트라는 이름은 어떤가? 혈통은 어디이며 책임은 무엇인가? 그녀도 몰랐고 나도 몰랐다. 로스는 알았을까?

화면에서는 고속도로의 차들을 공중에서 찍은 실시간 화면과 함께 교통 상황 보도가 나오고 있었다. 그것은 하루 24시간 방송되는 교통 방송 채널이었다. 무음 상태에서 시야 안으로 들어왔다가 다시 시야 밖으로 나가는 차들의 행렬이 영원히 끝나지 않을 것처럼 한동안 지속되자 화면은 점차 그 얄팍한 현실성을 벗어났다. 그녀가 지켜보고 내가 지켜보는 가운데 화면은 환영처럼 변했다. 나는 차량 행렬을 바라보면서 먼저 여덟 대에, 그다음엔 열두 대에 본명의 철자를 하나씩 붙여서 불렀다. 처음부터 끝까지, 도합 스무 자. 나는 계속했다. 여덟 대 세고, 그다음에 열두 대. 매들린이 정정할지도 모른다고 생각하며 이름의 철자를 소리 내어 외쳤다. 하지만 그 이름의 철자를 그녀가 알아야 할, 혹은 신경 쓸 이유가 어디 있단 말인가?

그날 있었던 일 중에, 어쩌면 그해 전체를 통틀어서, 떠오르는 것은 이게 전부다. 내가 자동차들을 보면서 글자를 세고 샌드위치를 씹었던 것. 단풍 시럽으로 요리한 칠면조 가슴살을 얹은 그 호밀 빵 샌드위치는 우리 집에서 조금 떨어진 조리 식품점에서 팔았는데 항상 겨자를 모자라게 뿌려주곤 했다.

체온으로 데워진 시트 속에서 잘 자고 일어난 나는 앞에 놓인 식사가 아침인지 점심인지 헷갈렸다. 음식 자체에는 아무런 단서도 없었다. 어떻게 이게 가능했나? 스텐마르크 형제가 식사 유닛을 디자인했기 때문이다. 그들의 설계도를 상상했다. 이를테면 탁자 4개, 16개, 256개와 같이 순차적으로 규모가 커지는 수백 개의 식사 유닛. 각각의 유닛이 철저하리만치 실용적이었다. 접시, 식기, 탁자와 의자, 음식에 이르는 모든 것이 완벽하게 규율에 따라 꿈을 실현하고 있었다.

천천히 먹으면서 음식을 음미하려 했다. 아티스 생각을 했다. 오늘이 바로 그들이 와서 그녀를 데려가는 날이다. 하지만 그녀의 심장이 멈추면 무슨 일이 일어날지에 대해 나는 어떻게 생각하고 있나? 로스는 그것에 대해 어떻게 생각할까? 내가 무엇을 믿고 싶은 건지 확신이 서지 않았다. 냉동 보존에 대한 로스의 믿음이 진짜라고 믿고 싶은 걸까, 아니면 그가 스스로의 의심을 잠재우기 위해 오랜 시간에 걸쳐 이 확신의 힘을 만들어낸 거라고 믿고 싶은 걸까. 죽음이 임박했다는 사실이야말로 가장 깊은 자기기만을 부추기지 않나? 의자에 앉아 차를 홀짝이는 아티스, 떨리는 목소리와 두 손, 기억에만 집중하는 몸.

그때 수사가 걸어 들어오자—나는 소스라칠 뻔했다—마치 작은 방이 그의 주위로 모여드는 것만 같았다. 그는 수사복 밑에 후드 달린 운동복을 입고 있었고 그 후드는 목 뒤로 젖혀져 있었다. 접시, 유리잔, 식기가 창구에서 나오자 그는 그것들을 가지고 탁자로 갔다. 나는 그가 자리에 앉아 접시를 적당한 위치에 놓도록 놔뒀다.

"다시 만나고 싶었어요. 물어볼 게 있거든요."

그가 동작을 멈췄다. 질문을 기다리는 것이 아니라 단지 이 거슬리는 소음이 사람 목소리인가, 누군가가 자신에게 말을 걸고 있는 건가를 생각하는 중이었다.

그가 음식을 먹기 시작할 때까지 기다렸다.

"스크린 말이에요." 내가 말했다. "복도에서 나왔다가 천장 속으로 사라지잖아요. 마지막 화면, 마지막 영상은 자기희생에 관한 거였어요. 보셨어요? 그 사람들이 승려라고 생각했는데 정말 승려였나요? 저는 그들이 기도용 깔개 위에 무릎을 꿇고 있다고 생각했어요. 세 남자가요. 끔찍한 광경이었죠. 보셨어요?"

"저는 스크린을 보지 않습니다. 주의를 돌리기 위한 거니까요. 하지만 네, 티베트에, 중국에, 인도에 분신하는 승려들이 있긴 하죠."

"시위로서요." 내가 말했다.

이 말은 사내에게서 추가적인 대화를 끌어내기엔 지나치게 빤했다. 나는 그때 내가 그런 화제를 꺼낸 것, 그리고 그 끔찍한 순간—사람들이 대의를 위해 죽는—을 스크린으로 목격한 데 대한 일종의 칭찬을 기대했던 것 같다.

그때 그가 말했다. "승려들도 있고, 환속한 승려들이나 승녀들도 있고, 그 밖의 사람들도 있죠."

"그중 한 명은 등유인지 휘발유인지를 마셨어요."

"그들은 가부좌를 틀고 앉거나 길거리를 달리죠. 이를테면 불타는 사내가 거리를 달리는 겁니다. 만약에 제가 그런 광경을 눈앞에서 본다면 그와 함께 달릴 겁니다. 그가 달리면서 비명을 지른다면 저도 그와 함께 비명을 지를 거고요. 그가 쓰러지면 저도 쓰러질 겁니다."

운동복은 검은색이었는데 소매가 수사복 밑으로 삐져나와 있었다. 그는 포크를 접시 위에 놓고 뒤로 기대앉았다. 나는 식사를 멈추고 기다렸다. 그가 어느 대도시의, 어딘지 알 수 없는 모퉁이에 위치한 따분한 카페에 앉아 있는 사내라고 상상했다. 다른 사람들이 혼자 내버려두는 유형의 특이한 인물, 자주 눈에 띄지만 그에게 말 거는 사람은 거의 없는 남자. 그의 이름은 뭘까? 이름이 있긴 할까? 그는 자기 이름을 알까? 왜 저런 옷을 입을까? 어디에 살까? 그가 이런저런 주제에 대해 독백을 늘어놓는 것을 들은 몇몇 사람들이 경계하듯 쳐다보는 사내. 깊고 또렷하고 내밀한 목소리, 분별 있는 대답이 보장되기에는 지나치게 산발적인 발언들.

하지만 수사는 그 사내가 아니었다. 그렇지 않은가? 수사는 여기서 맡은 역할이 있었다. 그는 피신처 혹은 피난처에 들어간 남녀들, 그들이 아는 유일한 인생에서 마지막 며칠 혹은 몇 시간만을 남겨둔 사람들과 이야기를 나눴고 내생과 관련된 포괄적인 약속에 대한 환상도 가지고 있지 않았다.

그가 나를 쳐다봤을 때 나는 그가 무엇을 보았는지 알았다. 그가 본 것은 약간 옆으로 구부정한 자세로 의자에 앉은 사내의 형체였다. 그 눈빛에서 그 이상은 알아낼 수 없었다. 내가 씹고 있던 음식은 상상컨대 고기인 듯했다.

"저는 뭔가를 해야 했습니다. 같이 뛰겠다고 약속하는 것 이상을, 어떤 말을 하거나 옷을 입는 것 이상을 해야 했어요. 우리를 갈라놓는 것들이 태어날 때부터 주어진 것일 때, 그러한 구분이 밤낮으로 우리를 따라다니며 괴롭힐 때, 우리가 어떻게 타인과 조화를 이루겠습니까?"

그의 목소리는 이야기를 들려주는 듯한 말투, 암송이나 회상 같은 느낌을 띠기 시작했다.

"저는 티베트 히말라야산맥에 있는 신성한 산에 가기로 결심했습니다. 그곳은 거대하고 하얀 얼음 피라미드였죠. 저는 그 산이 가진 모든 이름을 모든 언어로 익혔습니다. 모든 역사와 신화를 공부했죠. 그 지역까지 가는 데만 며칠이 걸리는 힘든 여행이었습니다. 일주일이 넘어서 마침내 다다른 뒤 마지막 날은 걸어서 가야 했고요. 산기슭에 도착하는 사람들이 셀 수 없이 많았습니다. 그들은 양옆에 짐 보따리를 주렁주렁 매단 채 포장 벗긴 트럭에 올라타거나 굴러떨어지듯 트럭에서 내려서 주위를 빙빙 돌며 위를 올려다보곤 했습니다. 거기에는 얼음눈으로 도금된 산봉우리가 있었죠. 한마디로 우주의 중심이었습니다. 보급품과 텐트를 실어 나를 야크를 데려온 사람들. 사방에 세워진 텐트들. 사방에 걸린 기도 깃발들*. 기도 바퀴**를 든 남자들, 양털 복면을 쓰고 낡은 판초를 입은 남자들. 우리 모두는 해발 5000미터에 위치한 높은 둘레 길을 순행하기 위해 거기 모였습니다. 저는 그중에서도 가장 힘든 방식으로 그 길을 걷기로 결심했지요. 한 걸음 걸을 때마다 땅바닥에 엎드려서 몸을 쭉 펴는 겁니다. 다시 일어나 한 걸음 걸은 다음 땅바닥에 엎드려 몸을 쭉 폅니다. 아주 오랜 관습 속에서 훈련받으며 자라지 않은 사람은 며칠, 몇 주가 걸릴 거라고 그들은 제게 말했죠. 지난 2000년간 매년 수천 명의 순례자들이 산봉우리 바로 밑을 걷거나 기어 왔습니다. 6월의 눈보라. 악천후 속의 죽음. 한 걸음 내딛고 땅바닥에 엎드려서 몸을 쭉 폅니다."

그는 종교적 침묵의 단계에 대해, 명상과 깨달음의 상태에 대해, 불교와 힌두교와 자이나교*** 의식(儀式)의 연약한 성질에 대해 이야기했다. 그는 이제 나를 보고 있지 않았다. 벽을 쳐다보며 벽을 향해 말했다. 나는 포크를 쥔 채 앉아 있었고, 그 포크는 접시와 내 입 사이에서 멈춰 있었다. 그가 금욕과 탄트라****적인 지복에 대해 이야기하는 동안 나는 포크 끝에 꽂힌 고기 비스름한 물체를 바라봤다. 이것은 내가 씹어 삼킬 짐승의 살이었다.

"저는 안내인이 없었습니다. 텐트를 실어 나를 야크 한 마리만 있었죠. 덩치 크고 털 많은 갈색 동물. 저는 녀석을 계속 쳐다봤어요. 온통 갈색에 덥수

---

* 티베트 불교와 관련된 글자와 그림이 인쇄된 네모 깃발로, 공중에 줄을 치고 청(하늘) 백(구름) 적(불) 녹(물) 황(땅)의 순서로 매단다. 행복과 평안을 기원하는 의미이다.

** 옴마니반메훔 등의 주문이 산스크리트어로 새겨진 원통. 티베트 불교에서는 축에 고정된 이것을 돌리면 주문을 입으로 외는 것과 같은 효과가 있다고 믿는다.

*** 기원전 6세기경 인도의 마하비라(본명 니간타 나타풋다)가 수립한 종교로, 불교보다도 더 철저한 불살생, 불간음, 무소유, 금욕, 고행을 실천한다.

**** 힌두교, 불교, 자이나교에서 비밀리에 전해지는 교의와 의례. 성교, 요가, 기 수련 등을 통해 성력(性力)을 완전히 지배함으로써 해탈과 신통력을 얻는 것을 목표로 한다.

룩하고 1000살은 먹은 듯한. 야크 한 마리. 저는 순행을 시계 방향으로 해야 할지 시계 반대 방향으로 해야 할지 조언을 구했습니다. 행동 규율이 있거든요. 총 거리는 52킬로미터가 될 터였죠. 울퉁불퉁한 지형, 고산병, 눈과 센바람. 한 걸음 내딛고 땅바닥에 온몸을 쭉 펴고 엎드리기. 저는 빵과 치즈와 물을 가지고 주행로로 올라갔습니다. 서양인은 한 명도 보이지 않았어요. 서양인은 한 명도 없었죠. 말 담요*를 두른 사내들, 긴 가운을 입은 사내들, 작은 나막신을 손에 낀 사내들. 땅바닥을 길 때 자갈과 돌로부터 손을 보호하기 위해 손에 나막신을 낀 것이었어요. 순행하는 높이에 도달하기. 돌길 따라가기. 좁게 혹은 넓게 한 걸음 내딛고 땅바닥에 엎드리기. 쭉 뻗기. 저는 텐트 밖에 서서 그들이 걷거나 기는 모습을 지켜봤습니다. 아주 정연한 행위였어요. 그들에게서는 열의도, 성스러운 감정도 보이지 않았죠. 얼굴도 몸도 그저 결연하게, 그들이 여기에 온 목적을 행할 뿐이었고 저는 그 모습을 지켜봤습니다. 그 외에 서서 쉬는 사람들, 이야기하는 사람들, 그들을 지켜봤죠. 저는 이렇게 할 작정이었어요. 무릎을 꿇고, 몸을 쭉 뻗으며 땅바닥에 엎어져서, 손가락으로 눈에 자국을 찍고, 무의미한 말 몇 마디를 한 후에, 내 손가락이 만든 자국을 향해 조금 움직인 다음, 일어나서, 숨을 들이쉬고, 한 걸음 내디딘 뒤에, 다시 무릎 꿇기. 그러면 살을 에는 차가운 바람에 제 몸 여기저기가 감각을 완전히 잃겠죠. 완전한 공(空)을 열망하는 사람들. 땅바닥에 엎드려서, 무릎 꿇고 절하고 땅바닥에 부딪쳐서, 영원히 까지고 멍든 이마를 갖게 될 사람들. 저는 이렇게 할 작정이었어요. 한 걸음 내딛고, 무릎 꿇은 다음에, 땅바닥에 절하고 나서, 내 손가락이 만든 자국을 향해 조금 움직인 다음, (한 걸음 내디딜 때마다) 존재하지 않는 단어 몇 마디 말하기."

* 말이 춥지 않도록 입히는 옷.

그는 자신이 하고 싶었던 일을 계속 스스로에게 상기시켰고 그렇게 반복할수록 그의 목소리는 스트레스 받은 것처럼 들리기 시작했다. 말을 하면서 기억이 재구성될 수도 있나? 그는 입을 다물었지만 기억은 계속해서 떠올렸다. 텐트 앞에 서 있는 그의 모습이 보였다. 맨머리에, 버려진 옷을 겹겹이 껴입은, 키 큰 남자. 그가 기어갈 수 있었던 시간이 한 시간이었는지 일주일이었는지 물어봐선 안 됨을 느꼈다. 하지만 나는 그 행위 자체, 그것의 원칙, 파편적인 나의 환영과는 아주 거리가 먼 사내의 의도, 고된 전통과 순수한 숭배로 가득하고 솔직하고 힘든, 타인들을 위한 행위에 반응했다.

잠시 후 그가 다시 식사를 시작하길래 나도 그렇게 했다. 포크에 꽂힌 고기에 대한 나의 예민함은 완전히 거짓이었음을 깨달았다. 설사 그것이 야크 고기였다 할지라도 죄책감을 느끼지 않았을 것이다. 씹어서 삼켰다. 그리고 내가 참여하는 모든 행위가 어느 정도 수준에선 설명되어야 한다는, 온전한 언어로 표현되어야 한다는 사실을 이해하기 시작했다. 씹다와 삼키다라는 단어를 생각하지 않고는 씹어서 삼킬 수가 없었기 때문이다. 내게 스텐마르크 쌍둥이를 비난할 자격이 있나? 어쩌면 방, 내 방, 자기 성찰적인 상자는 비난해도 됐을지도 모른다.

그가 다시 나를 쳐다봤다.

"현대 생활의 얄팍함. 저는 그것을 손가락으로 뚫을 수도 있습니다."

그러고는 내 어깨 너머를 바라보며 유리잔을 들고 서서 마지막으로 한 모금 마시고는 잔을 탁자에 내려놓고 문을 향해 걸어갔다. 내가 어깨 너머를 흘끗 돌아보니 문간에 축구 셔츠와 운동복 바지를 입은 사내가 서 있었다. 수사가 그를 따라 나가길래 나도 탁자를 밀치고 일어나 그 둘을 따라갔다.

순수한 충동은 머리가 아니라 몸이 생각하게 만든다. 수사는 내 행동을 알고 있었지만 아무 말도 하지 않았다. 두 번째 긴 복도 끝에 다다르자 경호원이 뒤돌아서 나를 보았고 그와 수사는 내가 보기에 이 지역에서 쓰이는 튀르크어 계열의 언어 중 하나로 대화를 나눴다. 그러고 나서 경호원이 나에게 팔을 허리 높이로 들라고 손짓하더니 자기 바지의 좁은 주머니에서 작고 뾰족한 도구를 꺼내 내 손목 밴드에 붙은 디스크에 갖다 댔다. 이제 내가 전에는 들어갈 수 없었던 구역의 출입 허가를 받은 것으로 이해했다.

우리 셋이 어떤 공간에 들어가고 출입문이 등 뒤에서 스르륵 닫히자 아마 수평 방향인 듯한 움직임, 가늠할 수 없는 속도의 고요한 미끄러짐이 희미하게 느껴졌다. 속도뿐 아니라 시간도 나의 추산 능력을 넘어서는 듯했다. 잠시 흐릿한 느낌이 스치고 나서 몇 초일 수도, 어쩌면 몇 분일 수도 있는 시간이 흐른 뒤 우리는, 내 생각엔, 수직 통로 안으로 집어넣어져서 번호 붙은 층으로 내려갔다. 그 결과는 거의 유체 이탈에 가까운, 둥둥 떠다니는 듯한 느낌이어서 두 사람이 무슨 말을 했을 수도 있지만 나는 듣지 못했다.

널조각을 붙인 문이 열리자 우리는 널찍하고 낮고 컴컴한 공간으로 이어지는 통로를 걸어가게 됐다. 그곳에는 마치 도서관 개인 열람실처럼 칸막이로 나뉜 자리들이 줄지어 늘어서 있었다. 수사가 여기서 걸음을 멈추더니 손을 등 뒤로 뻗어 운동복에 달린 검은 후드를 자연스럽게 머리에 썼다. 나는 이 순간을 일종의 의식으로 해석하기로 했다.

그를 따라 칸막이 사이를 몇 발짝 걸으니 그 안에 학생이 아닌 환자가 있는 것이 보였다. 앉아 있는 사람들, 선 채로 묶여 있는 사람들, 반듯이 누운 사람들, 미동도 않는 사람들, 눈 뜬 사람들, 눈 감은 사람들, 빈자리도 상당수 되었다. 이곳이 수사의 일터, 즉 호스피스였고 나는 칸막이 사이로 난, 거미줄 같은 통로를 따라 그가 가는 대로 따라갔다. 가장 가까운 벽의 질감이 보였다. 결이 거칠고, 색깔은 중간색에 검은색과 회색 줄무늬가 번지면서 서로 뒤섞여 있었다. 어두운 조명과 낮은 천장과 옹기종기 모인 남녀들. 이 구역에서 일반적인 한 칸의 넓이. 이러한 설계에 붙일 스텐마르크 같은 뭔가, 마땅한 분류를 찾을 수가 없었다.

의자 혹은 침대에 앉은 환자들을 쳐다봤다. 사실 그것은 의자도 아니고 침대도 아니었다. 푹신하고 등받이가 없는 길쭉한 의자였다. 이 중에 어떤 사람이 자고 있고, 진정제를 맞았고, 약한 혹은 강한 마취제에 취해 있는지를 구분하기는 어려웠다. 때로는, 여기저기에서, 완전히 팔팔하게 깨어 있는 것처럼 보이는 사람이 눈에 띄었다.

우리가 있는 통로 끝에서 수사가 걸음을 멈추고 나를 향해 돌아선 순간, 내가 경호원의 존재를 확인하기 위해 반대 방향으로 돌아서 보니 그는 거기에 없었다.

"기다리는 중입니다." 그가 말했다.

"네, 알아요."

뭘 안다는 거였을까? 내가 포위된 듯한, 거의 갇힌 듯한 기분이었다는 것? 수사에게 그의 대체적인 심경, 여기 있을 때 느끼는 기분에 대해 물었다.

"저는 아무런 감정도 느끼지 않습니다."

그에게 장의자에 대해 물었다.

"저는 그것을 아기 침대라고 부릅니다."

그에게 우리가 뭘 기다리고 있는 거냐고 물었다.

"저기 오네요." 그가 말했다.

어두운색 작업복을 입은 다섯 명이 있었는데 그중 두 명은 빡빡머리였고 통로를 따라 우리가 있는 방향으로 움직이고 있었다. 그들은 도우미 아니면 잡역부 아니면 응급 구조사 아니면 경호원이었다. 그들은 우리 근처의 한 칸막이에서 멈춰 서더니 두 명은 헤드보드에 있는 장치들을 확인하고 한 명은 환자에게 말을 걸었다. 그러고 나서 그들 중 세 명이 한 줄로 서서 떠나기 시작하자 빡빡이 잡역부 둘이 바퀴 달린 장의자를 밀고 따라갔다. 나는 나머지 환자들을 생각하면서, 이 이상한 무리가 통로를 지나 어둠 속으로 들어가는 모습을 지켜보는 동안 그들이 느꼈을 강렬한 기대감—자기 차례가 다가온다는—을 상상하려 애썼다.

내가 수사 쪽으로 돌아섰을 때 그는 이미 근처 칸막이에 있는 사람과 대화 중이었다. 그 사람은 여자였고 앉아 있었다. 그는 가까이 다가가서 그녀의 두 손 위에 양손을 포갠 채, 내가 듣기에, 영어와 러시아어가 뒤섞인 듯한 언어로 횡설수설하며 조용히 그녀에게 이야기했다. 그가 말하는 모습이 힘겨워 보이긴 했지만 여자의 머리가 응답하듯 끄덕였기에 지금이 그가 맡은 바를 다하도록 놔둬야 할 때임을 알았다.

수사는 낡고 해진 외투, 즉 수사복 차림이었다.

나는 누군가가 제지하길 기대하며 한동안 돌아다녔다. 그러면서 대기체(待機體) 중 누군가에게 말을 걸까 생각했다. 그들을 안마하거나 심박계를 확인하는 도우미가 보이지도 않았고 치료 음악이 들리지도 않았다. 내가 반쯤 빈 창고—거의 눈을 깜빡이거나 손가락을 움찔하지도 않는 인체를 보관하는—에 실수로 들어온 게 아닌가 하는 생각이 들기 시작했다.

내가 떨고 있음을 깨달았다. 약간의 오한에 불과했지만 그것 때문에 말없이 주위를 한 바퀴 둘러보고 위를 올려다봤다가 아래를 내려다봤다. 사방이 똑같은 중간색, 여러 색조의 회색, 수수하고 칙칙한 색깔이었고 중간중간 천장이 더 낮은 곳, 조명이 더 어두운 곳이 보였다. 어쩌면 이곳은 스텔마르크 형제가 생각하는 방공호인지도 몰랐다.

통로를 따라 걸으면서 이 구역의 환자 몇 명을 흘끗거렸다. 그리고 그 표현 자체가 완전히 잘못됐다고 생각했다. 하지만 그들이 환자가 아니라면 대체 뭐란 말인가? 그러고 나서 로스가 이곳의 지배적인 분위기를 묘사할 때 사용한 단어들을 생각했다. 숭배와 경외. 내가 보고 있었던 게 그건가? 나는 보았다. 눈, 손, 머리카락, 피부색, 얼굴 생김새를. 인종과 민족을. 환자가 아니라 순종적이고 조용한 실험체를. 나는 아이섀도를 바른 채 진정제를 맞고 누워 있는 여자 앞에 섰다. 내 눈에 보인 것은 평화, 편안, 존엄이 아니라 타인의 지배하에 있는 사람이었다.

장의자에 앉아 있는 건장한 남자 옆에 멈춰 섰다. 니트 셔츠를 입은 그가 골프 카트에 털썩 앉아 있는 친구를 닮았다고 생각했다. 그의 앞으로 가서 기분이 어떠냐고 물었다.

그가 물었다. "당신 누구요?"

나는 배우고자 하는 열의로 가득 찬 방문자라고 그에게 말했다. 그리고 그가 꽤 건강해 보인다고도 했다. 그가 이곳에서 보낸 시간에 대해 알고 싶다고, 어딘지 몰라도 그들이 그를 데려갈 곳으로 가기 전까지 얼마나 더 있어야 되는지 궁금하다고 말했다.

그가 물었다. "당신 누구요?"

내가 말했다. "으슬으슬하고 꿉꿉하고 너무 좁다고 느껴지지 않으세요?"

그가 말했다. "당신, 내가 다 꿰뚫어 보고 있어."

그때 그 소년을 보았다. 예전에 어느 복도에서 전동 휠체어를 타고 속이 텅 빈 경호원 둘과 함께 지나가던 아이임을 곧바로 알아봤다. 그가 여기 장의자에 아주 가만하고 눈부신 모습으로, 마치 콘트라포스토* 조각처럼 머리와 어깨는 한쪽으로 틀고 골반과 다리는 반대쪽으로 튼 자세로 앉아 있었다.

나는 뭐라고 말해야 할지 몰랐다. 그래서 내 이름을 말했다. 너무 가까이

---

* 그리스 고전기 조각에서 처음 등장하여 르네상스 시대에 꽃피운 입상의 자세. 무게중심을 한쪽 다리에 실어 인체가 자연스럽게 S자 곡선을 그리게끔 한다.

다가가지 않도록 조심하면서 부드럽게 말을 걸었다. 나이가 몇 살이냐고, 어디에서 왔냐고 물었다.

고개가 왼쪽을 향한 상태에서 눈동자가 위로 치솟았다가 내가 서 있는 오른쪽으로 홱 움직였다. 지금 여기의 나에게로 생각을 집중하고 있는 듯했다. 짧았던 우리의 지난번 만남까지 떠올리고 있는지도 몰랐다. 그러고 나서 그가 말을 하기 시작하는데 말이라기보다는 무의미한 소음, 웅얼거리는 것도 더듬는 것도 아니고 단지 왠지 모르게 깨진 것처럼 들리는 불분명한 일련의 소리를 만들어내기 시작했다. 그가 자기 생각을 표현하고 있고 거기서 내가 아는 어떤 언어의 흔적이나 뉘앙스조차 감지할 수 없는데도 그는 상대방이 자신의 말을 못 알아들을 수도 있음을 인식하는 기색이 전혀 없었다.

그가 입과 눈 외에는 꼼짝도 하지 않길래 나는 그가 가시거리를 늘일 필요가 없는 위치로 이동했다. 그리고 아무 말 않고 가만히 서서 듣기만 했다. 그의 출신국이 어딘지, 누가 그를 여기에 데려왔는지, 그가 언제 보존실로 갈 것인지 추측하려 들지 않았다.

내가 한 유일한 일은 그의 손을 잡고 그에게 남은 시간이 얼마나 되나 추측한 것뿐이었다. 그렇게 그의 신체장애, 상체와 하체 간의 비정렬, 그 끔찍한 뒤틀림을 보고 있다가 문득 내가 언젠가 그의 몸과 뇌에 적용될 신기술—그가 다시 세상에 돌아올 때는 달리기, 뜀뛰기, 연설을 할 수 있는 사람으로 만들어줄—에 대해 생각하고 있음을 깨달았다.

내가 아무리 깊은 회의에 빠져 있었다 한들 어떻게 그런 생각을 하지 않을 수 있었겠는가?

거기에 얼마나 있었는지는 모르겠다. 그가 갑자기 말을 멈추고 곧바로 잠들어버리길래 그의 손을 놓고 수사를 찾으러 갔다.

호스피스 구역 안을 성큼성큼 걸어가다가 누군가의 장의자 위에서 이런저런 몸짓을 하고 있는 수사의 모습이 보이자 안심이 됐다. 그리고 돌방에서 했듯이 그에게도 이름을 지어줄까 하는 생각이 들었다. 하지만 이름—그의 경우 가짜 성(姓)—은 굉장히 부담스러웠다. 수사였기 때문에. 그는 장의자 혹은 아기 침대에 앉은 실험체 한 사람 한 사람에게 말을 걸고 있었다.

소년을 생각했다. 내가 이름을 지어줬어야 했던 사람은 그 소년이었음을 깨달았다. 그랬더라도 그의 말, 그에게서 튀어나왔던 소리를 해석하는 데 도움은 안 됐겠지만 적어도 듣는 동안 무언가, 정체성의 조각을, 그의 주위를 맴돌던 의문들을 해소하는 작은 구성 요소는 감지했을 것이다.

수사 가까이에 서서 그가 사람들에게 다가가 뭐라고 말하는지 들으려 했다. 한번은 그가 나이 지긋한 여자에게 에스파냐어로, 그녀를 낳았을 때 고통스럽게 누워 있었을 어머니를 생각하면 편안하게 여기 누워 있다는 것 자체가 축복이라고 말했다. 이 말은 이해할 수 있었지만 그가 모든 사람에게 한 모든 말을 알아들은 건 아니었다. 그러다 마침내 그가 한 중년 남자에게 영어로, 그가 냉동 상태로 있게 될 장소는 땅속 아주 깊숙한 곳, 세상과 격리된 이 홀보다 더 깊은 곳이라고 말했다. 아마 세상의 종말로부터도 안전할 것이다. 수사는 세상의 종말에 대해 아주 열정적으로 이야기했다.

운동복에 달린 후드를 쓴 수사가.

우리가 아까 들어올 때 지났던 통로를 향해 걸어가는 동안 나는 이곳에서 이루어지는 처리에 관해 몇 가지 질문을 했다.

"이곳은 피난처이자 대기소입니다. 저들은 죽기를 기다리고 있지요. 여기 있는 모든 사람이 여기서 죽습니다." 그가 말했다. "죽은 사람을 세계 각지에서 한 명씩 컨테이너에 넣어 가져온 뒤에 보존실에 넣는 제도는 없어요. 사전에 계약을 하고 죽은 다음에 완벽하게 보존된 상태에서 여기로 보내지는 죽은 사람은 없단 말입니다. 그들은 여기서 죽습니다. 죽기 위해 여기에 오는 거예요. 그것이 그들에게 주어진 역할이죠."

그가 할 말은 그게 전부였다. 우리를 원래 있던 층으로 데려다줄 공간 안에 들어섰을 때 처음에 같이 왔던 경호원은 보이지 않았지만 수사는 그가 나타나길 기다릴 생각이 없어 보였다. 우리가 부드럽게 위로 이동하는 동안 나는 이 상황이 의미하는 바를 이해하기 시작했다. 적어도 지금은 내 손목 밴드에 붙은 디스크를 다시 제한된 레벨로 돌려놓을 수도 있는 사람이 없다는 것이었다.

나는 아무 말도 하지 않았고, 수사도 아무 말도 하지 않았다.

내 방 안에 들어선 나는 눈에 보이거나 만질 수 있는 모든 것을 쳐다보며 각각의 이름을 말해보았다. 그런데 코딱지만 한 욕실에 전에 없던 손 소독제 병이 놓여 있는 바람에 익숙한 사물을 가리키는 평범한 단어들에 몰두해 있던 머릿속이 어지러워졌다. 세면대 위의 거울을 들여다보면서 내 이름을 소리 내어 말했다. 그리고 아버지를 찾으러 갔다.

8

이제껏 써왔던 사무실에 로스는 없었다. 사무실에는 아무것도 없었다. 책상과 의자들도 사라지고, 컴퓨터 장비도, 벽에 붙은 도표도, 유리잔이 놓인 쟁반 받침대도, 위스키병도 사라지고 없었다. 잠시 불안감을 느꼈지만 곧 그렇게 이상하진 않다는 생각이 들었다. 아티스가 지하로 내려가고 로스는 자기가 구축해둔 세계로 돌아갈 때가 머지않았기 때문이었다.

아티스가 가운과 슬리퍼 차림으로 두 손을 허벅지 위에서 깍지 낀 채 의자에 앉아 있는 모습을 기대하며 스위트룸으로 갔다. 그녀에게 무슨 말을 할 것인가? 그녀는 어떤 모습일까. 더 마르고 창백해졌을까? 말을 못하거나 맞은편에 앉은 나를 보지 못하는 건 아닐까?

하지만 의자에는 아버지가 앉아 있었다. 나는 맨발에 티셔츠와 명품 청바지 차림의 로스를 보고 잠시 멈춰 서서 정보를 취합해야만 했다. 내가 방에 들어섰을 때 그는 나를 쳐다보지 않고 단지 어떤 형체가 어슬렁거리며 자신의 시야 안으로 들어오는 것을, 방 안에 있는 다른 사람의 인기척을 알아채기만 했다. 나는 아티스에게 했던 것처럼 가까운 벤치에 그와 마주 보게 앉았다. 다만 지금은 그녀를 마지막으로 볼 기회를 놓쳤다는 사실을 안타까워하고 있다는 점이 달랐다.

"아버지가 알려주실 줄 알았는데요."

"취소됐어."

"또요. 또 취소됐다고요. 아티스는요?"

"침실에 있다."

"그리고 내일 내려갈 거야. 이렇게 말씀하시려고 했죠?"

자리에서 일어나 침실 문을 향해 걸어가서 열어 보니 거기 그녀가 있었다. 침대에 누워 이불을 덮고 눈은 뜬 채로. 그녀의 두 손이 담요 위에 놓여 있길래 천천히 다가가서 한 손을 잡아 그러쥐고 기다렸다.

그녀가 말했다. "제프리."

"네, 제프리예요. 아니, 저예요."

"어느 쪽으로 할지 정해." 그녀가 속삭였다.

나는 미소를 지으면서, 그녀 앞에서는 나보다 제프리가 되는 경향이 있다고 말했다. 하지만 그게 다였다. 그녀의 눈이 감겼고 나는 잠시 기다리다가 그녀의 손을 놓고 방을 나왔다.

로스는 양손을 주머니에 넣은 채 벽에서 벽을 향해 걷고 있었는데 깊은 생각에 잠겼다기보다는 어떤 혁신적인 운동 프로그램의 훈련 순서를 따르고 있는 것처럼 보였다.

"그래, 내일 내려갈 거야." 그가 별일 아닌 듯이 말했다.

"의사들이 아티스한테 무슨 수작을 부리고 있는 건 아니다?"

"내가 너한테 부리고 있는 것도 아니고."

"내일이라고요."

"아침 일찍 연락이 갈 거다. 여기로 와. 이 방에, 새벽에, 제일 먼저."

그는 계속 왔다 갔다 했고 나는 앉아서 쳐다봤다.

"아티스 상태가 정말 지금 이걸 해야 할 정도인 거예요? 아티스가 마음의 준비가 됐고 미래를 시험해보고 싶어 한다는 건 알아요. 하지만 의식도 또렷하고 말도 하잖아요."

"떨림, 경련, 편두통, 뇌 병변, 신경계 붕괴."

"유머 감각도 멀쩡한데요."

"이 층에서는 더 이상 할 수 있는 게 없어. 아티스도 그렇게 생각하고 나도 마찬가지야."

나는 계속 그를 쳐다봤다. 맨발과 주머니에 넣은 손의 생명력을 강조하는 새로운 운동 프로그램. 그에게 간단히 물었다. 여기, 이 복합건물에 몇 번이나 와봤냐고. 와서 구경하고 이야기를 들었냐고.

"이번까지 포함해서 다섯 번이다. 두 번은 아티스랑 같이 왔었지. 그 경험 덕분에 나 자신에 대한 생각이 더 단단해졌어. 몇몇 걱정거리를 놓을 수 있었지. 털어버렸어. 그리고 내면에 대해 더 많이 생각하기 시작했다."

"아티스에 대해서도요."

"그리고 아티스에 대해서도. 아티스는 이렇게 광범위하고 영향력이 큰 프로젝트도 누군가의 일상, 순간순간의 일부가 될 수 있다는 사실을 납득하게 만든 사람이지. 내가 어디에 있건, 어디를 가건, 혹은 평범하게 식사를 하거나 잠자리에 들 때도 여기에 대한 생각이 뇌리를, 피부를 떠나지 않았다. 사람들은 특이한 경험이나 믿기 힘든 상황에 대해 얘기하는 걸 좋아하지. 아무도 이런 걸 만들 수는 없다면서 말이야. 하지만 누군가가 그걸, 그 모든 걸 만들어 낸 거다. 그게 바로 여기고."

"어쩌면 제 시야가 너무 좁은지도 모르겠어요. 이런 경험에 적합지 않은 거겠죠. 제가 하는 거라곤 지난 며칠 동안 여기서 보고 들은 것을 기존에 알던 사물과 연결 짓는 일밖에 없는 것 같아요. 말하자면 연쇄 역결합*이랄까요. 냉동 보존 캡슐, 실린더, 탈출 로켓, 도로 요금소, 전화박스, 매표소, 샤워 칸막이, 초소."

그가 말했다. "옥외 변소를 빠뜨렸구나."

그는 주머니에서 손을 빼고 아까보다 빠른 속도로 몇 분 더 걷다가 걸음을 멈추곤 저쪽 벽에 기대서서 과장스럽게 큰 소리를 내며 숨을 깊이 들이쉬고 내쉬었다. 그러고는 의자로 돌아와서 조용히 말했다.

"내 마음에 걸리는 게 뭔지 말해주마."

"말씀해보세요."

"사람들은 일반적으로 남자가 먼저 죽는다고 생각하지. 남자가 먼저 죽는 게 당연하지 않니? 너는 그런 종류의 육감 없어? 우리는 마음속으로 느끼잖아. 우리는 죽고, 그들은 살 거라고. 그게 자연법칙 아니냐?"

"달리 보는 시각도 있어요." 내가 말했다. "여자들이 죽고 나면 남자들이 마음껏 서로를 죽일 거라는 거예요."

그는 이 말이 마음에 든 것 같았다.

"헌신적인 여자들. 자기 남자의 욕구에 따르고, 늘 순응하고, 희생하고, 사랑을 베풀고, 뒷바라지하지. 매들린. 그 이름 맞지? 네 엄마 말이다."

나는 불안한 마음으로 기다렸다.

"매들린이 나를 찌른 적 있는 거 아니? 그래, 모르는구나. 매들린이 말 안 했겠지. 왜 굳이 그러겠어? 네 엄마는 스테이크 나이프로 내 어깨를 찔렀단다. 내가 식탁에 앉아 스테이크를 먹고 있는데 뒤에서 다가와 어깨를 찔렀지.

---

* 프로그래밍 용어.

별 네 개짜리 레스토랑에서 쓸 법한, 거친 남자 느낌이 물씬 나는 스테이크 나이프는 아니었지만 그래도 우라지게 아팠다. 그리고 새 셔츠가 피범벅이 됐지. 그게 다야. 다른 일은 없었어. 나는 응급실에 가지 않고 욕실, 우리 집 욕실에 가서 응급처치를 잘했다. 경찰에 신고도 하지 않았어. 그냥 집안싸움이라고 생각했으니까. 뭣 때문에 싸웠는지는 기억이 안 나지만. 새로 산 좋은 셔츠를 버렸다, 그게 내가 기억하는 전부야. 네 엄마는 어쩌면 그 셔츠가 마음에 안 들어서 나를 찔렀는지도 몰라. 나를 찌른 게 셔츠에 대한 앙갚음이었는지도 모르지. 결혼 생활에는 이런 일이 비일비재하단다. 옆집 부부에게 무슨 일이 있는지는 아무도 모르는 거야. 자기 결혼 생활에서 무슨 일이 일어나고 있는지도 알기 힘들거든. 그때 너는 어디 있었을까? 모르겠구나. 자고 있었을 수도 있고, 여름 캠프에 갔을 수도 있고, 개 데리고 산책 나갔는지도 모르지. 우리가 한 2주 동안 개 키우지 않았니? 어쨌든 그 스테이크 나이프를 버린 것만은 확실해. 왜냐하면 우리 셋이 머리를 맞대고 거기서 피와 세균과 기억을 완전히 제거할 방법을 고안한다 해도 그게 다시 쓰기에 적합한 식기가 될 거라고는 생각되지 않았기 때문이야. 우리 모두가, 너랑 나랑 매들린이 동의한 가장 철두철미한 방법이더라도 말이지."

그제야 나는 한 가지를 깨달았다. 로스가 수염을 밀어버렸다는 사실이었다.

"그날 밤 우린, 매들린이랑 나는, 평소처럼 한 침대에서 잤다. 그리고 또 평소처럼 아무 말도, 혹은 거의 아무 말도 하지 않았지."

이 마지막 말을 하는 그의 목소리는 처음보다 부드러웠다. 마치 뭔가에 홀린 것처럼. 그가 또 다른 층위의 회상에 다다랐다고 믿고 싶었다. 아까보다 더 깊지만 그렇게 음산하지는 않고 후회와 상실감이라는 요소가 담겨 있으며 어쩌면 죄책감을 공유하는지도 모르는.

그는 다시 벽으로 돌아가서 걷기 시작했다. 두 팔은 더 빠르고 높게 흔들고, 숨은 규칙적으로 헉하고 들이쉬면서. 나는 뭘 해야 할지, 무슨 말을 해야 할지, 혹은 어디로 가야 할지 알지 못했다. 이 네 개의 벽은 그의 것이지 내 것이 아니었다. 나는 집으로 돌아가는 여정의 무념무상한 시간들, 지나갈 시간대들, 지속적인 비행기 소음에 대해 생각하기 시작했다.

나는 열네 살 때 절뚝거리는 습관을 개발했다. 가짜처럼 보이는지 아닌지는 신경 쓰지 않았다. 집에서는 연습을 위해 방에서 방으로 갈 때 절름거리며 걸었고 의자나 침대에서 일어난 다음에 정상적인 걸음걸이로 돌아가지 않으려 애썼다. 그것은 따옴표 안에 들어 있는 절뚝거림이었다. 남들 눈에 띄기 위한 것인지 나만을 위한 것인지는 알 수 없었다.

어머니의 옛날 사진, 플리츠 원피스를 입은 열다섯 살 매들린의 사진을 곧잘 들여다보곤 했는데 그때마다 슬퍼졌다. 하지만 그녀는 아프지도 않았고 죽은 것도 아니었다.

어머니가 일하러 간 동안에는 대신 전화를 받아서 메모해두었다가 그녀가 집에 오면 꼭 말해줬다. 그리고 어머니가 그 사람에게 전화하길 기다렸다. 계속 지켜보며 기다렸다. 그러다가 세탁소 아줌마가 전화했다는 사실을 한 번 말하고 또 말하면 그녀는 특유의 표정으로 나를 쳐다봤다. 내가 너를 이런 표정으로 쳐다보고 있는 이유는 네가 내 얼굴만 보고도 내가 당연히 할 필요가 없는 말이 거기 담겨 있음을 알 수 있을 때 굳이 입 아프게 얘기할 까닭이 없기 때문이라는 뜻이었다. 나는 안절부절못했다. 그 표정 때문이 아니라 어머니가 회신해야 하는 전화 때문이었다. 왜 전화를 걸지 않는 걸까. 뭐 그렇게 중요한 일을 하고 있길래 전화를 할 수 없는 걸까. 시간이 흐르고 있고, 해가 지고 있고, 상대방이 기다리고 있고, 내가 기다리고 있는데.

책벌레가 되고 싶었지만 실패했다. 유럽 문학에 빠지고 싶었다. 바로 거기,

퀸스의 아무 특징 없는 지역에 위치한, 우리의 소박한 '정원 딸린 아파트'에, 유럽 문학에 빠진 내가 있었다. 빠지다라는 말이 핵심이었다. 내가 빠지기로 결심한 이상, 실제로 작품을 읽을 필요는 없었다. 몇 번 시도하고 노력도 해봤지만 실패했다. 그러니까 엄밀히 말해 빠진 것은 아니었지만 그럴 생각은 늘 있었고, 의자에 앉아 자막이 있는 프랑스나 독일 영화를 텔레비전으로 보고 있을 때도, 의자에서 책을 읽는 내 모습을 그리곤 했다.

훗날 집을 떠난 뒤에도 본가에 꽤 자주 들렀던 나는 언젠가부터, 우리가 같이 밥을 먹을 때 매들린이 천 냅킨 대신 종이 냅킨을 사용한다는 걸 알아차리게 되었다. 그 이유는 당연히 식구가 그녀 혼자 또는 그녀와 나뿐이기 때문이었다. 언제나처럼 혼자 하는 식사든 둘이 하는 식사든 결과는 어차피 똑같았다. 유일한 차이점은 그녀가 혼자 있을 때는 종이 냅킨 옆에 접시, 포크, 나이프를 놓고 나서 (종이든 아니든) 이 냅킨마저도 얼룩이 생기지 않도록 사용을 피하고 가까운 갑에서 삐죽 나와 있는 티슈, 크리넥스 울트라 소프트, 윌트라 두로 입 또는 손가락을 닦거나 아니면 부엌 개수대 위 시렁에 걸린 키친타월 두루마리까지 걸어가서 한 귀퉁이만 찢어 입을 닦은 후 얼룩진 부분이 보이지 않도록 접어서 나중에 또 쓰려고 식탁으로 가져오고 종이 냅킨은 건드리지 않는다는 것이었다.

절뚝거림은 나의 신조, 내 식의 몸풀기 또는 허들 넘기였다. 몸과 다리가 따로 놀았던 첫 며칠이 지난 뒤부터 절뚝거림은 자연스럽게 느껴지기 시작했다. 학교에서 마주친 아이들은 주로 히죽히죽 웃거나 흉내를 냈다. 어떤 여자애가 나에게 눈덩이를 던졌을 때 나는 그것을 장난으로 해석하고 그에 맞게 반응하여 내 사타구니를 잡고 혀를 날름거렸다. 절뚝거림은 내가 고수해야 할 무언가, 스스로를 이런 일을 하고 있는 사람으로 차차 인식하기 위한 우회적 방법이었다. 사람을 정의해봐, 나는 속으로 생각한다. 인간을 정의해봐. 동물을 정의해봐.

매들린은 가끔 릭 린빌이라는 이름의, 키 작고 상냥하고 뚱뚱한 사내와 극장에 가곤 했다. 나한테는 확실히 둘 사이에 연애 감정이 없어 보였다. 통로 쪽 자리, 바로 이것 때문이었다. 어머니는 꼼짝없이 갇히는 것이 싫어서 통로 쪽 자리를 요구했다. 극장에 간다고 옷을 차려입지도 않았다. 얼굴, 손, 머리 모양도 늘 수수하게 유지했다. 한편 나는 어머니 친구의 키와 몸무게와 성격에 맞는 이름을 찾으려 애썼다. 릭 린빌은 비쩍 마른 이름이었기 때문이다. 어머니는 내 대안들을 잠자코 들어주었다. (성 말고) 이름부터. 레스터, 체스터, 칼하인츠, 토비, 모비. 나는 학교에서 작성한 목록을 읽고 있었다. 모턴, 노턴, 로리, 롤런드. 그녀는 나를 쳐다보며 듣고 있었다.

이름들. 가짜 이름들. 아버지의 이름에 대한 진실을 알게 되었을 때, 중서부의 큰 대학교에 재학 중이던 나는 연휴를 맞아 집에 와 있었다. 우리 학교에서는 미식축구 경기가 열리는 화창한 토요일이면 한 지점에서 다른 지점으로 행진하는 모든 학생들의 모든 셔츠, 스웨터, 청바지, 반바지, 치마가 야단스러운 보라색과 금색으로 이루어진 일렬종대로 수렴되는 경향이 있었다. 그 상태로 우리는 스타디움을 채웠고 자리에서 방방 뛰었으며 텔레비전 카메라가 쫓아오길 기다렸다가 일어나서 파도 타기를 하고 소리를 질러댔다. 이 짓을 20분 동안 하고 나면 내 얼굴에 붙박인 미소가 일종의 자해흔으로 생각되기 시작했다.

나는 손대지 않은 종이 냅킨이 지엽적인 문제라고 생각하지 않았다. 그것은 삶의 보이지 않는 성질이었다(비록 내가 그것을 보고 있기는 했지만). 어머니가 어떤 사람인지를 말해주는 것이었다. 내가 그녀가 어떤 사람인지를 알게 되고 그것을 본가에 들를 때마다 눈으로 확인하게 되면서 안 그래도 지나치게 주위에 신경을 쓰는 성벽이 한층 더 심해졌다. 내가 본 것을 확대 해석하는 경향이 내게 있었던 건 사실이지만 실제로 자주 목격하게 되면서 이 작은 순간들이 겉보기보다 훨씬 많은 것을 내포하고 있다고 생각하지 않을 수 없었다. 하지만 그것들이 뭘 의미하는지는 몰랐다. 종이 냅킨, 찬장 서랍 속의 식기들, 시간순 즉 올바른 순서로 배열하기 위해 깨끗한 스푼을 식기 건조대에서 집어 서랍 안에 넣을 때 반드시 같은 크기의 다른 깨끗한 스푼들 위가 아니라 제일 밑에 넣는 어머니의 방식. '가장 최근에 사용한' 스푼과 포크와 나이프는 제일 밑에, '다음에 사용할' 것들은 제일 위에. 그 사이에 있는 식기들은 위에 있는 것들이 사용되고 씻기고 말려져서 제일 밑으로 들어감에 따라 차차 위로 올라올 것이었다.

나는 곰브로비치*를 폴란드어로 읽고 싶었다. 폴란드어를 전혀 몰랐음에도. 이 작가의 이름만 알았던 나는 그것을 소리 없이 또는 소리 내어 계속 외었다. 비톨트 곰브로비치. 그의 작품을 원서로 읽고 싶었다. 이 표현이 내게 매력적으로 다가왔다. 원서로 읽다. 저녁 식사 중인 매들린과 나, 콘플레이크 그릇에 담긴 후텁지근한 스튜 비슷한 것, 나는 열네 살 아니면 열다섯 살이고 계속 그 이름을 부드럽게 왼다, 곰브로비치, 비톨트 곰브로비치, 머릿속에서 그 이름이 써지는 것을 보며 말한다, 이름 그리고 성을—어찌 사랑하지 않을 수 있으랴—그때 어머니가 마침내 그릇에서 시선을 들고 차갑게 속삭인다, 그만해.

그녀는 지금이 몇 시인지를 아는 데 능했다. 손목시계도 없고, 시야 안에 시계가 하나도 없을 때에도. 가령 내가 어머니를 시험한다고 치자. 예고 없이. 우리가, 그녀와 내가, 한 블록 한 블록 걸으며 산책하고 있을 때. 그녀는 늘 3분

* 폴란드의 유대인 소설가, 극작가(1904~1969). 정신분석, 역설, 부조리, 반민족주의로 특징화되는 작품을 썼다. 대표작으로 《페르디두르케》《포르노그라피아》 등이 있다.

내지 4분의 오차 내에서 현재 시간을 맞힐 수 있었다. 매들린은 그런 사람이었다. 그녀는 일기예보를 들으면서 교통 채널을 시청했다. 신문을 쳐다보고 있어도 꼭 뉴스를 보고 있는 건 아니었다. 거실 앞으로 튀어나온 작은 발코니 난간에 새가 내려앉는 것을 보고는 계속 그 자리에서 꼼짝 않고 지켜봤다. 그 새도 가만히 햇볕을 쬐며 긴장한 모습으로 언제든 날아갈 준비를 한 채, 뭘 보고 있는지 몰라도 계속 같은 곳을 쳐다보고 있었다. 그녀는 식품 포장이나 약병이나 보디로션 통에 붙어 있는 작은 형광 주황색 스티커를 굉장히 싫어했다. 특히 복숭아에 붙은 스티커는 용서할 수 없었다. 나는 그녀가 스티커를 떼서 눈앞에서 없애버리기 위해, 사실 그보다는 원칙을 지키기 위해, 엄지손톱을 스티커 밑으로 밀어 넣는 모습을 바라보곤 했다. 때로는 산산조각 난 스티커를 차분히 떼어낸 다음 손가락으로 돌돌 말아서 부엌 개수대 밑의 쓰레기통에 던져 넣기까지 몇 분씩 걸리기도 했다. 그녀, 그리고 새, 그리고 가만히 서서 그들을 바라보던 나, 참새, 때로는 황금방울새, 내가 손을 움직인다면 새가 난간에서 날아가버리리란 걸 아는 것 그리고 그걸 안다는 사실, 내가 개입할 가능성, 이 모든 것들 때문에 나는 새가 사라진다 해도 어머니가 알아차리기나 할지 궁금해졌지만 그때 내가 한 일이라고는 자세를 꼿꼿이 하고—겉으로는 티도 안 났지만—무슨 일이 벌어지길 기다린 것뿐이었다.

나는 매들린의 친구 릭 린빌의 메시지를 적어두었다가 그에게서 전화 왔었다고 말하고는 그녀가 전화하길 기다렸다. 엄마 극장 친구 릭, 이렇게 말한 뒤에 약 올릴 심산으로 그의 전화번호를 한 번, 두 번, 세 번 반복해 말하면서 그녀가 식료품을 체계적으로, 마치 전사자의 유해를 법의학적으로 보존하듯, 정리하는 것을 지켜봤다.

그녀는 가끔 우리가 먹을 식사를 요리했고, 드물게 포도주를 마셨으며, 내가 아는 한은 절대, 독주를 마시지 않았다. 때로는 나에게 식사 준비를 시켜놓고 자기는 식탁에 앉아 무심하게 지시를 내리며 회사에서 가져온 일을 하기도 했다. 이것이 그녀의 하루를 구성하고 그녀의 존재감을 더욱 짙게 만드는 단순한 일과였다. 나는 아버지가 내 아버지이길 바라는 것보다 훨씬 강렬하게 그녀가 내 어머니라고 믿고 싶었다. 하지만 아버지는 떠나고 없었으므로 두 사람을 비교하는 것은 무의미한 일이었다.

그녀는 종이 냅킨이 더럽혀지지 않길 원했다. 천 냅킨을 종이로 바꾸고 나더니 그때부터 종이와 천이 구분이 안 간다고 여기기 시작했다. 나는 종국에는 가계도가, 직계들을 이어 만든 하나의 도표가 생길 거라고 생각했다. 천 냅킨, 종이 냅킨, 키친타월, 티슈, 코 푸는 휴지, 화장지, 그다음에는 쓰레기통 속으로 들어가서 재활용 가능한 플라스틱 포장—형광 주황색 스티커는 어머니가 이미 떼어내 구겨 버려서 없는—부스러기까지.

릭 린빌 외에도 또 다른 남자가 있었지만 어머니는 이름을 가르쳐주지 않았다. 금요일에만, 아마 한 달에 두 번 아니면 한 번만 그를 만났고 절대 나를 동반하지 않았다. 나는 유부남, 지명수배자, 과거 있는 남자, 벨트와 어깨 장식이 달린 레인코트를 입은 외국인을 상상했다. 내가 느낀 불안에 대한 위장이었다. 내가 그 남자에 대해 더 이상 질문하지 않게 된 후 어느 날 금요일의 행사는 막을 내렸고 그때부터 나는 기분이 좋아져서 다시 질문을 하기 시작했다. 그가 벨트와 어깨 장식이 있는 레인코트를 입었냐고 물었다. 그건 트렌치코트라는 거야, 그녀가 말했다. 그녀의 목소리에 말문이 막히게 하는 뭔가가 있어서 나는 그가 탄 소형 비행기를 스리랑카—옛 이름은 실론인—앞바다에 추락시키고 시신도 못 찾게 하기로 결심했다.

어떤 단어들은 내 앞의 공중에 위치해 있어서 손을 뻗으면 닿을 것만 같았다. 베사라비아*인(人), 안쪽, 투명한, 팔라펠**. 나는 이 단어들 속에서 나를 보았다. 절뚝거림 속에서, 내가 절뚝거림을 개량하고 키운 방식에서 나를 보았다. 하지만 아버지가 나를 자연사박물관에 데려가려고 나타나면 그 습관을 지웠다. 아들을 자연사박물관에 데려가는 것은 아내와 소원해진 남편 고유의 영역이었기에 우리는, 수많은 아버지들과 아들들은, 공룡과 인류 조상의 뼈 사이를 그렇게 어슬렁거렸다.

어머니가 나에게 손목시계를 준 뒤부터 나는 학교에서 집으로 돌아오는 동안 계속 분침을 확인하면서 그것을 지리적 표지, 내가 (걷기 시작했을 때 분침이 위에 있었냐 아래에 있었냐에 따라) 북반구 또는 남반구 어딘가에서 접근하고 있을지도 모를 장소들—아마 케이프타운에서 티에라델푸에고섬을 거쳐 이스터섬을 들른 다음 어쩌면 통가까지—을 나타내는 일종의 항해 기구로 간주하기 시작했다. 통가가 나의 반원형 항로상에 있는지 없는지는 알지 못했지만 그 이름 자체만으로 쿡 선장***의 이름과 함께 항로에 포함될 자격이 충분했다. 쿡 선장이 통가를 발견했거나 방문했거나 아니면 통가인을 데리고 영국에 돌아왔기 때문이다.****

결혼 생활이 끝나자 어머니는 풀타임으로 일하기 시작했다. 같은 회사, 같은 상사—부동산 전문 변호사—였다. 그녀가 전문대에서 포르투갈어를 전공했던 것이 유용했다. 회사의 몇몇 고객이, 대개 투자 목적으로, 맨해튼의 아파트를 사는 데 관심 있는 브라질인이었기 때문이다. 결국 그녀는 매도인의

---

* 동유럽의 옛 지명. 서쪽 경계는 프루트강, 동쪽 경계는 니스터강으로 현재의 몰도바와 우크라이나에 걸친 지역이다.

** 중동 요리. 병아리콩이나 누에콩으로 만든 반죽을 경단 또는 납작한 떡 모양으로 빚어서 튀긴 다음 야채, 소스, 피타 빵과 함께 먹는다.

*** 영국의 탐험가(1728~1779). 세 번의 세계 일주를 통해 거의 현재 지도에 가까운 태평양 지도를 완성하여 영국의 식민지 개척에 크게 이바지하였다.

**** 쿡 선장은 사우스샌드위치제도를 발견했고, 통가를 방문했으며, 타히티 원주민을 데리고 영국으로 돌아왔다.

변호사, 담보대출 회사, 아파트 관리 회사 간의 거래와 관련된 세부 사항을 다루기 시작했다. 사고, 팔고, 투자하는 사람들. 아버지, 어머니, 돈.

몇 년 후 나는 애착으로 맺어진 관계를 말로 표현할 수 있다는 걸 알게 됐다. 어머니는 애정의 원천, 믿을 수 있는 존재, 나와 내 자기 지각에서 비롯된 작은 중죄들 사이에 자리한 굳건한 천칭이었다. 그녀는 나에게 더 사교적이 되라거나 더 많은 시간을 숙제에 할애하라고 강요하지 않았다. 내가 성인 채널 보는 것을 금지하지 않았다. 내가 정상적인 걸음걸이로 돌아올 때가 되었다고 말했다. 나의 절뚝거림은 진짜 질환을 잔혹하게 악용하는 것이라고 말했다. 내게 손톱 아랫부분의 하얀 초승달이 속손톱, 룬*-열-라라고 불린다고 말했다. 코와 윗입술 사이 피부의 움푹 들어간 곳이 인중이라 불린다고 말했다. 관상이라는 고대 중국의 기술에서 인중은 이런 이런 것을 의미해. 그게 정확히 무엇인지는 기억하지 못했다.

나는 그녀가 금요일마다 만나는 남자가 브라질인일 거라고 결론지었다. 나에게 그는, 이름과 형태를 가진 릭 린빌보다 흥미로웠지만 금요일 저녁이 어떻게 끝나는가, 그들이 영어와 포르투갈어로 무슨 말을 하고 함께 무엇을 했는가라는—이것은 이름 없이, 형태 없이 유지될 필요가 있었다—언급되지 않는 화제가 항상 있었고 그다음에는 남자의 정체에 대한 그녀의 침묵이 있었다. 심지어는 아예 남자가 아닐지도 몰랐다. 그것이 내가 직면하게 된, 또 다른 문제였다. 아예 남자가 아닐지도 모른다는 것. 알 수 없는 곳에서 또는 모든 곳에서 머릿속에 떠오르는 것들, 누가 알겠는가, 누가 신경 쓰겠는가, 그래서 어쨌다는 건가. 나는 모퉁이를 돌아 산책하다가 노인들이 아스팔트 코트에서 테니스 치는 것을 쳐다봤다.

* 룬(lune)은 초승달 모양을 뜻한다.

그리고 그날, 그해가 왔다. 내가 어딘가의 공항 가판대에서 한 잡지를 흘끗 봤던. 거기에는 《뉴스위크》 표지에 세계 3대 금융의 신 중 한 명으로 실린 로스 록하트가 있었다. 그는 새로운 머리 모양에, 가는 줄무늬 양복 차림이었고 나는 그의 연쇄살인범 같은 구레나룻 얘기를 하기 위해 매들린에게 전화했다. 그런데 그녀의 이웃이, 쇠지팡이 또는 네 발 지팡이를 짚는 여자가 전화를 받더니 어머니가 뇌졸중을 일으켰다며 당장 집으로 오라고 내게 말했다.

기억 속의 배우들은 자세가 고정되어 있어 진짜 같지가 않다. 책이나 잡지를 든 채 의자에 앉아 있는 나, 무음 상태로 텔레비전을 보고 있는 어머니.

평범한 순간들이 삶을 구성한다. 어머니는 이 명제를 믿어도 됨을 알았고, 나 또한 결국은 우리가 함께 보낸 세월에서 그것을 배웠다. 엄청난 도약도, 추락도 아니다. 나는 이슬비처럼 내리는 과거의 작은 파편을 들이마시고 내가 누구인지 안다. 전에는 알지 못했던 것이 시간의 필터를 거친 지금은 더 선명하다. 다른 누구에게도, 아주아주 조금이라도, 아무에게도, 그 누구한테도, 절대 속하지 않는 경험이다. 나는 그녀가 돌돌이를 사용해 천 코트에서 보풀을 제거하는 모습을 지켜본다. 코트를 정의해봐, 나는 생각한다. 시간을 정의해봐, 공간을 정의해봐.

"수염 미셨네요. 알아채는 데 몇 분 걸렸어요. 이제 막 수염에 익숙해지려는 참이었는데."

"내가 생각해온 것들이 있어."

"네."

"한동안 고민해온 것들." 그가 말했다. "그런데 그게 분명해졌다. 내가 해야 할 일이 있다는 걸 알았어. 그게 유일한 해답이야."

"네."

안락의자에 앉은 로스, 푹신한 벤치에 앉은 제프, 대화 중인 긴장한 두 남자, 침실에서 죽기를 기다리는 아티스.

그가 말했다. "아티스랑 같이 갈 거다."

그 말이 무슨 뜻인지 내가 이해했나, 그의 얼굴을 읽고 곧바로, 그러고 나서 혼란스러운 척했나?

"아티스랑 같이 간다고요."

그 말을 따라 할 필요가 있었다. 아티스랑 같이 간다. 어떤 면에서는 내 역할이 생각하는 것, 뻔한 대사를 읊는 것임을 이해했다.

"그러니까 사람들이 아티스를 데리고 내려가서 거기서 해야 할 일을 할 때 같이 가겠다는 거죠? 그 과정을 감시하고 싶으시다는 거잖아요."

"같이 가고, 함께하고, 똑같이 할 거야, 옆에서 나란히."

우리 중 한 사람이 다시 말을 시작하기까지는 긴 기다림이 있었다. 그 말에 담긴 단순한 사실, 그 뒤에서 쌓이는, 내 속을 뒤집어놓는 어마어마한 힘.

"무슨 말씀인지 알아요. 하지만 제가 물어봐야 마땅한 질문이 떠오르지 않는 것 같아요."

"나는 이 문제를 꽤 오랫동안 생각해왔어."

"그 말은 벌써 했어요."

"아티스 없이 살게 될 삶을 살고 싶지 않아."

"가까운 사람, 깊이 애착하는 사람의 죽음이 가까워지면 누구나 그렇게 느끼지 않아요?"

"나 아닌 사람이 어떤지는 모르지."

그것은 약간의 무력함이 곁들여진, 괜찮은 대사였다.

또다시 긴 침묵, 허공을 보는 로스. 그는 그녀와 같이 갈 거다. 그 행위는 그가 지금껏 말하고 행해 온 모든 것을 부정했다. 그의 삶 또는 나의 삶을 연속만화로 만들었다. 이것은 구원을 위한 노력인가? 그 모든 것을 성취한 후에, 그 모든 부를 남들을 위해 관리하고 자신을 위해 축적한 후에 이제 와 받으려는 일종의 영적 구제인가? 시장 전략의 달인, 예술품 컬렉션과 은신처로 쓸 수 있는 섬과 슈퍼미드사이즈 제트기의 소유자인 그가? 아니면 그는 장기적인 결과를 낳는 잠깐의 광증을 앓고 있는 건가?

아니면 뭔가?

혹, 그냥 사랑일 수도 있을까? 그 모든 무조건적인 말들. 그는 그것들을 어딘가에서 얻은 걸까? 가짜 이름을 가진 남자, 반쪽짜리 남편, 사라진 아버지인 그가. 나는 이 폭주를, 질주하는 마음속 불평을 멈추라고 스스로에게 말했다. 로스 같은 자산가가 자연사하기 20년 전에 보존 시설의 캡슐 안에 들어가는 냉동 표본이 되는 것을 선택하다니.

"아버지가 저한테 인간의 수명이 얼마나 짧은지에 대해 일장 연설 하시지 않았어요? 우리의 삶은 초 단위로 계산할 수 있다면서요. 그런데 지금 그걸 더 짧게 단축하겠다고요, 일부러."

"나는 한 형태의 삶을 끝내고 또 다른, 훨씬 더 영속적인 형태의 삶을 시작하겠다는 거야."

"현재 형태에서 아버지는 정기검진을 받겠죠, 제 추측으론. 물론 그러실 거예요. 의사들이 뭐라고 하던가요? 아니면 한 명, 입 냄새가 심하고 약간 절름발이인 의사뿐인가요? 그 사람이 심각해질 수도 있는 뭔가가 아버지 몸속에서 진행 중이라고 말했어요?"

그가 손사래를 쳤다.

"검사하라며 보내고 또 보냈겠죠. 폐, 뇌, 췌장을."

그가 나를 쳐다보면서 말했다. "한 명이 죽으면 나머지 한 명도 죽어. 실제로 그런 일이 있잖니, 안 그러냐?"

"아버지는 건강한 사람이에요."

"그래."

"그런데 아티스와 같이 가겠다고요."

"그래."

나는 여전히 저열한 동기를 찾고 있었다.

"말해봐요. 범죄라도 저질렀어요?"

"범죄라."

"대규모 사기. 그 업계에서는 그런 일이 늘 일어나지 않아요? 투자자들이 사기 당하잖아요. 또 뭐가 있지? 엄청난 금액이 불법 송금 되고요. 또 뭐가 있지? 아, 몰라. 하지만 이런 것들은, 그래, 사람이 사라질 만한 이유잖아요."

"얼간이처럼 헛소리 좀 하지 마."

"헛소리하지 말라고요, 알았어요. 하지만 바보 같은 질문 하나 더 할게요. 냉동을 시작하기 전에 죽어야 하지 않아요?"

"특별 유닛이 있어. 제로 K라는. 특정한 종류의 이행(移行)을 거쳐 다음 단계로 넘어가겠다는 실험체의 자유의사를 근거로 그곳에 들어가게 돼."

"바꿔 말하면 죽게 도와준다는 거네요. 하지만 이 경우에는, 아버지의 경우에는, 개체가 죽음 근처에도 있지 않잖아요."

"한 명이 죽으면 나머지 한 명도 죽어."

또다시 침묵.

"저는 지금 완전히 비현실적인 경험을 하고 있어요. 당신을 보면서 당신이 우리 아버지라는 걸 이해하려 애쓰고 있다고요. 맞아요? 제가 보고 있는 남자가 우리 아버지인 게?"

"너한테는 비현실적이겠지."

"저한테 이런 얘기를 하고 있는 사람은 우리 아버지예요. 맞아요? 그리고 그 사람은 아티스와 같이 갈 거라고 말해요. '나는 아티스랑 같이 갈 거야.' 맞아요?"

"네 아버지 맞아. 그리고 너는 내 아들이지."

"아뇨, 아뇨. 아직 거기까지는 준비 안 됐어요. 저보다 앞서가지 마세요. 저는 당신이 우리 아버지라는 사실을 인정하려고 최선을 다하고 있다고요. 아직 당신 아들이 될 준비는 안 됐어요."

"너는 그 점에 대해 생각해봐야 할지도 모르겠구나."

"시간을 주세요. 시간이 지나면 그 점에 대해 생각할 수 있을지도 몰라요."

내가 내 몸 밖에 있는 듯한 감각이었다. 자기가 무슨 말을 하는지 알고는 있지만 그것을 말하고 있다기보다는 그냥 듣고 있는 데 가까웠다.

"충고 한마디 하마." 그가 말했다. "내가 하는 말 잘 들어라."

"저는 아버지가 세뇌됐다고 생각해요. 아버지는 이 시설의 희생자예요. 사교(邪教) 집단의 일원이라고요. 모르시겠어요? 단순한 구식 광신이에요. 질문 하나. 카리스마 있는 우두머리는 어디 있죠?"

"널 위해 모든 걸 준비해뒀다."

"이게 저를 얼마나 하찮은 인간으로 만드는지 아세요?"

"앞일은 걱정할 필요 없어. 너는 수락하느냐 거부하느냐만 선택하면 돼. 넌 이 사실을 아는 상태로 내일 여기를 떠날 거다. 정오에 차가 데리러 올 거야. 항공편도 마련해뒀다."

"저는 수치스러워요, 완전히 너절한 놈이 됐어요."

"돌아가는 도중에 내 동료를 만날 텐데 그 사람이 모든 걸 자세하게 설명해주고 네게 필요할 수도 있는 모든 서류, 오늘부터 네가 하고 싶은 게 무엇인지를 결정하도록 도와줄 보안 문서를 줄 거다."

"저더러 선택하라고요."

"수락하느냐, 거부하느냐."

나는 소리 내어 웃으려 했다.

"시간제한이 있나요?"

"시간은 얼마가 걸리든 상관없다. 몇 주건, 몇 달이건, 몇 년이건."

그는 여전히 나를 쳐다보고 있었다. 이 사람이 바로 10분 전에 두 팔을 흔들면서 벽과 벽 사이를 맨발로 걸었던 남자다. 이제 이해가 됐다. 그는 마지막으로 생각을 하면서, 그것을 또 재고하면서, 특별 유닛에는 화장실이 있을까 궁금해하면서, 감방 안을 왔다 갔다 하는 죄수였던 것이다.

"근데 아티스는 이걸 얼마 동안 알고 있었던 거예요?"

"내가 알았을 때 아티스도 알았지. 확신이 서자마자 말했으니까."

"그랬더니 뭐래요?"

"아티스랑 내가 하나의 삶을 공유한다는 걸 이해하려고 해봐. 내가 내린 결정은 우리의 유대를 더 깊게 만들 뿐이야. 아티스는 아무 말도 안 했다. 그냥 어떤 눈빛으로 나를 쳐다봤는데 말로 표현할 엄두가 안 나는구나. 우리는 함께 있길 원해."

거기에 대해서는 뭐라 할 말이 없었다. 다른 화제들 역시 마찬가지였다. 아주 구체적인 한 가지만 빼고.

"여기 책임자들 말이에요. 그 사람들이 아버지의 바람을 이뤄줄 거죠."

"그 얘기는 할 필요 없어."

"그자들이 해줄 거잖아요. 아버지이기 때문에. 간단한 주사지만 심각한 범죄행위를."

"그쯤 해둬라." 그가 말했다.

"그 대가가 뭔가요? 이미 그들에게 넘긴 것을 훨씬 뛰어넘는, 어떤 자산과 주식을 준다는 유서와 신탁과 유언장을 작성해놨죠?"

"말 끝났냐?"

"명백한 살인인가요? 아니면 지독하게 때 이른 조력 자살의 한 형태인가요? 아니면 철학자들이 분석해야 하는 형이상학적 범죄인가요?"

그가 말했다. "그만해."

"한동안 죽기, 그리고 다시 영원히 살기."

무슨 말을 더 해야 할지, 무엇을 해야 할지, 어디로 가야 할지 알지 못했다. 사흘, 나흘, 닷새, 내가 여기 얼마나 오래 있었건 간에. 시간이 압축되고, 바짝 졸라매지고, 겹치고, 낮도 없고, 밤도 없고, 문은 많은데 창문은 없었다. 나는 물론 이곳이 개연성의 가장 끄트머리에 위치해 있음을 알았다. 아버지가 그렇게 말했었다. 아무도 이런 걸 만들 순 없어, 그가 말했었다. 이곳은 그 주장을, 그들의 주장을 3차원으로 구현한 것이었다. 말 그대로 비개연성의 건축물이었다.

"밖을 내다볼 수 있는 창문이 필요해요. 저 바깥에, 이 문들과 벽들 너머에 뭔가가 있다는 걸 알아야겠어요."

"침실 옆에 딸린 객실에 창문이 있다."

나는 "됐어요"라고 말하고 벤치에 그대로 있었다.

내가 창문을 언급한 이유는 창문이 하나도 없을 거라고 추측했기 때문이었다. 어쩌면 내 뜻에 반(反)하는 것을 하나 더 원했는지도 몰랐다. 자충수에 빠진 사내를 동정하라.

"너는 네 아비가 어떤 사람인지 안다고 생각했지. 이 결정 때문에 하찮은 인간이 된 기분이라는 말은 그런 뜻 아니었냐?"

"무슨 뜻이었는지 저도 모르겠어요."

그는 내가 아직 아무것도 하지 않았다고 말했다. 아직 살지 않았다고 했다. 네가 하는 일은 허송세월뿐이잖냐, 그가 말했다. 그는 한 주(週)에서 다음 주로, 한 해에서 다음 해로 이어지는 나의 고집스러운 표류를 언급했다. 그리고 이런 생활이 그가 방금 나에게 한 말 때문에 위협받는지 알고 싶어 했다. 직업에서 직업으로, 도시에서 도시로.

"스스로를 과대평가하시네요." 내가 말했다.

그는 내 얼굴을 뚫어져라 쳐다보고 있었다.

반(反)경력, 그가 말했다. 무경력. 이게 지금 바뀌어야만 할까? 그는 그것을 나의 작은 비헌신교(敎)라고 불렀다.

그는 점점 더 화가 나고 있었다. 그가 무슨 말을 했는지는 중요치 않았다. 그의 말 자체, 목소리의 힘이 이 순간을 형성하고 있었다.

"네가 만나온 여자들 말이다. 그 여자들한테 관심을 갖는 것도 스마트폰에 입력해둔 지침에 따르는 거냐? 오래갈 수도 없고, 가지도 않을 거고, 가본 적도 없겠지."

그녀는 그를 찔렀다. 우리 어머니는 스테이크 나이프로 이 남자를 찔렀다.

이제 내 차례였다.

"아티스랑 같이 가는 거요. 그건 아티스를 신기루로 만드는 거예요." 내가 말했다. "빛의 왜곡 속으로 곧장 걸어 들어가는 거라고요."

그는 당장이라도 튀어 오를 것처럼 보였다.

나는 조용히 말했다. "차가운 보존실에서 경영자로서 결정을 내릴 수 있겠어요? 경제성장과 자기자본 이익률 간의 관계를 분석할 수 있나요? 고객의 프랜차이즈를 확정할 수는 있어요? 중국은 여전히 인도보다 우위에 있나요?"

그가 나를 때렸다. 손바닥 아래쪽으로 내 가슴을 밀쳐서 아팠다. 벤치가 내 무게중심에 따라 흔들렸다. 나는 일어나서 방을 가로질러 객실로 갔고 거기서 곧장 창문으로 갔다. 서서 바라봤다. 노는 땅, 피부와 뼈, 믿을 만한 비교 대상 없이는 높이를 가늠할 수 없는 먼 산마루들을. 하늘은 열고 광활했고,

서쪽에서는 낮이 희미해져가고 있었다. 그것이 서쪽이었다면, 그것이 하늘이었다면.

천천히 뒷걸음치면서 전망이 창틀이라는 테두리 안에서 스스로를 줄여가는 것을 지켜봤다. 그러고 나서 창문 자체를 봤다. 높고 좁고 위쪽은 아치형인. 란세트 창*이구나, 나는 그 용어를 떠올리며 생각했고 그와 함께 다시 현실 속 나로, 작아진 시각, 확고부동한 무언가, 의미를 가진 단어로 되돌아왔다.

침대는 정리되어 있지 않았고 옷이 흩어져 있었다. 여기가 아버지가 잤던 곳이자 또다시, 하룻밤 더, 오늘 밤 잠잘 곳임을 알았다. 단, 잠을 이루진 못하겠지만. 아티스가 있는 옆방에 들어가서 잠시 서 있다가 침대로 다가갔다. 그녀가 깨 있는 것을 봤다. 아무 말 없이 몸만 앞으로 수그렸다. 그리고 그녀가 나를 알아보길 기다렸다.

그녀가 입술을 움직이며 소리 없는 세 마디.

우리랑 같이 가자.

그것은 농담이었다. 애정 어린 마지막 농담. 하지만 그녀의 얼굴에는 미소의 기미가 보이지 않았다.

로스는 다시 벽과 벽 사이를, 아까보다 천천히 왔다 갔다 하고 있었다. 그가 검은 안경을 쓰고 있다는 건, 적어도 나한테는, 이제 그가 보이지 않음을 의미했다. 나는 문으로 향했다. 그는 나에게 여기, 이 방으로, 제일 먼저, 새벽에 오라고 상기시켜주지 않았다.

한 여자에 대한 사랑, 그래. 하지만 나는 스텐마르크 쌍둥이가 돌방에서 부유한 후원자들에게 직접 했던 말을 떠올렸다. 도약을 해라, 그들은 말했다. 불

---

* 폭이 좁고 첨두아치의 반지름이 창 폭보다 긴 창문.

멸이라는, 억만장자의 신화를 살아라. 그러니 지금이면 안 될 이유가 어디 있나, 나는 생각했다. 로스가 달리 또 성취할 것이 뭐가 있나? 미래주의자들에게 피 묻은 돈을 줘라. 그러면 당신이 영원히 사는 것을 가능케 해줄 것이다.

캡슐은 로스의 마지막 특권의 전당이 될 터였다.

9

나는 문을 두드리고 기다렸다. 다음 문으로 가서 또 두드리고 기다렸다. 그리고 복도를 걸어가면서 기다리지 않고 연속으로 여러 문을 두드렸다. 이틀인가 사흘 전에도 이 짓을 했다는 사실이 떠올랐다. 어쩌면 2~3년 전이었는지도 몰랐다. 걸어가서 두드린 다음 결국은 문이 하나라도 열렸나 보려고 뒤돌아봤다. 음량이 '저(低)'로 설정된 전화가 그 문들 중 하나 뒤의 책상에서 울리는 것을 상상했다. 문을 두드리고 나서 손잡이를 잡으려고 손을 뻗었다가 손잡이가 없음을 깨달았다. 내 손목 밴드의 디스크와 호환될 수도 있는 장치를 문에서 찾아봤다. 복도를 걸어가서 모퉁이를 돈 후, 일단 두드리고 나서 자성(磁性) 부품을 찾는 방식으로 모든 문을 확인했다. 문들은 다양한 파스텔색으로 칠해져 있었다. 문이 없는 반대쪽 벽에 기대서서 맞은편에 있는 열 개 내지 열한 개의 문을 쭉 훑어보고 완전히 똑같은 문은 하나도 없음을 알았다. 이것은 후생에 속하는 예술이었다. 단순하고 꿈 같고 환각적인, 생애 마지막 것들에 동반되는 예술이었다. 너는 죽었어, 그것은 말했다. 복도를 걸어가서 모퉁이를 돈 다음 첫 번째 문을 두드렸다.

내 방에서 이 문제에 대해 생각하려 했다. 몸이 고장 나기 한참 전에 보존실에 들어갈 마음의 준비가 된 사람이 여기에 로스 한 명일 리 없었다. 이 사람들은 정신이상인 것인가, 아니면 새로운 의식(意識)의 최전선에 있는 것인가? 침대에 누워서 천장을 바라봤다. 조금 전 선언의 성격을 고려할 때 아버지-아들의 대거리는 더 신중했어야 했다. 나는 멍청하고 변명의 여지가 없는 말을 했다. 내일 아침에 로스와 얘기를 나누고 그와 아티스가 아래층으로 내려갈 때 곁에 있을 것이다.

조금 자다가 식사 유닛으로 갔다. 텅 비었고, 냄새도 없고, 수사도 없고, 창구에 음식도 없고, 점심이라기엔 늦고, 저녁이라기엔 일렀지만, 여기서 그런 관습들을 지킨단 말인가?

내 방으로 돌아가고 싶지 않았다. 침대, 의자, 벽, 기타 등등, 기타 등등, 기타 등등.

우리랑 같이 가자, 그녀는 말했다.

스크린 속에서는 불이 타오르고, 일군의 수송기들이 말라 죽은 우듬지 위로 화학물질을 뿌려, 짙고 희부연 안개를 드리우고 있었다.

그다음엔 소도시의 텅 빈 거리를 걸어가는 한 인물, 열기와 불꽃에 붕괴된 집들과 탄 음식처럼 쪼그라든 잔디밭 장식물들.

그다음엔 회색 풍경을 구불구불 가로지르는 하얀 연기 두 줄기의 위성 영상.

이제 다른 곳에서 마스크 쓴 사람들, 카메라 높이에서 이동하는, 걷고 있거나 다른 사람들이 실어 나르는 수백 명, 이것은 질병인가 바이러스인가, 천천히 움직이는 남녀의 긴 줄, 이것은 곤충 또는 유해 동물에 의해 전염되는가

공기감염 되는가, 이제는 수천 명이 된, 영원처럼 느껴지는 고통스러운 속도로 걷고 있는, 죽은 눈을 한 사람들.

그다음엔 양손으로 머리를 감싼 채 자기 차 지붕에 앉아 있는 한 여자, 가까운 거리의 작은 언덕을 내려가는 불꽃(또 불).

그다음엔 평지를 휩쓰는 잔딧불과 환한 불꽃 앞에서 윤곽만 보이는, 철조망과 평행하게 전속력으로 달려 화면 밖으로 나가버리는 들소 무리.

빠르게 바뀐 다음 장면은 다가오는 거대한 파도 그리고 방파제 위로 치솟는 물, 솜씨 좋게 편집됐지만 흡수하기 힘든, 서로 뒤섞이는 여러 세트의 이미지, 흔들리는 탑, 무너지는 다리, 지각의 틈에서 터져 나오는 재와 용암의 극단적인 클로즈업, 나는 그것이 더 오래 지속되길 원했다, 그것은 바로 여기 있었다, 내 머리 바로 위에, 용암, 마그마, 용융된 암석, 그러나 몇 초 뒤에는 구부러진 나무줄기 하나가 서 있는 마른 호수 바닥이 나타났다가 다시 삼림지와 탁 트인 땅 위의, 마을을 휩쓸고 고속도로까지 침범하는 들불.

그다음엔 멀리서 본, 굽이치는 연기에 삼켜지는 나무 우거진 산비탈들, 산길에서 사라졌다가 쪼개진 소나무들의 숲과 갈색 맨땅에서 다시 나타나는, 헬멧 쓰고 배낭 멘 소방관 무리.

그다음엔 클로즈업, 불꽃으로 폭발할 것 같은 화면, 개울을 뛰어넘고 카메라를 향해 튀어 올라 내가 서서 보고 있는 복도로 나오려는 듯한 불꽃.

나는 한동안 정처 없이 걷다가 한 여자가 문 여는 것을 보고는 거기에 위치한 공간이 어떤 종류인지도 개의치 않고 들어갔다. 작업반을 50미터 따라가다가 우회해서 어떤 통로로 들어간 다음 긴 경사로를 지나 손잡이가 달린 문에 다다랐다. 머뭇거리다가 마음을 비우고 손잡이를 돌린 다음 문을 밀어 열고 땅과 공기와 하늘 속으로 걸어 들어갔다.

이곳에는 담으로 둘러싸인 정원, 나무, 관목, 꽃식물이 있었다. 서서 바라봤다. 열기가 내가 도착했던 날보다 덜했다. 바로 이것이 내게 필요했던 것이다. 방들과 복도들과 유닛들로부터 멀리 떨어진 곳. 새벽에 아티스와 로스가 아래로 내려갈 때 닥쳐올 상황에서 내가 보고 듣고 느끼게 될 것에 대해 어쩌면 차분히 생각할 수도 있을 실외 공간. 돌포장 된 굽잇길을 따라 30초 동안 걷다가 이곳이 사막의 오아시스가 아니라 다듬은 산울타리, 음지나무, 격자울타리를 기어오르는 들장미까지 제대로 갖춘 영국식 정원임을 묵묵히 깨달았다. 그리고 그보다 더 이상한 점이 있었다. 나무껍질, 풀잎, 온갖 종류의 꽃, 이 모든 것이 코팅하거나 에나멜을 칠한 것처럼 희미한 광택을 띠었다. 이 중 어느 것도 진짜가 아니었고 그 모두가, 정원을 쓸고 가는 산들바람에도 흐트러지지 않았다.

나무와 식물에 레이블이 달려 있길래 학명 몇 개를 읽었지만 수수께끼 내지 역설 내지 계략—셋 중 무엇이었건 간에—만 더 심화됐을 뿐이었다. 스텐마르크 쌍둥이, 또 그들이었다. 카르피누스 베툴루스 파스티지아타, 유럽서어나무, 녹색 나뭇잎, 촉감이 말끔하고 매끄러운 좁다란 줄기, 일종의 플라스틱 아니면 유리섬유, 박물관 수준의 품질, 계속 레이블을 확인했다, 멈출 수가 없는 듯했다, 옆에서 치고 나와 서로 뒤섞이는 라틴어 조각들, 헬리안투스 데카페탈루스,* 끝으로 갈수록 폭이 좁아지는 잎사귀, 환한 노란색 꽃잎의 돌려나기, 그리고 키 큰 참나무 그늘의 벤치와 거기 가만히 앉은 형체, 헐렁한 회색 셔츠와 회색 바지를 입고 은색 두개모를 쓴, 명백히 사람. 그가 내 쪽을 돌아보고 고개를 끄덕이길래—허락의 몸짓—천천히 다가갔다. 그는 상당히 나이 든 남자로, 말랐고, 윤기 나는 갈색 피부, 뾰족한 얼굴과 가느다란 손, 교각을 지

---

* 박엽해바라기.

탱하는 쇠줄 같은 목 힘줄을 갖고 있었다.

"당신이 아들이군요." 그가 말했다.

"그런 것 같습니다, 맞아요."

"당신이 어떻게 통상적인 안전 장치들을 피해서 여기까지 왔는지 궁금하네요."

"제 디스크가 오작동 했나 봅니다. 제 손목 장신구 말이에요."

"마술처럼 말이죠." 그가 말했다. "오늘 저녁엔 산들바람이 부네요. 이 또한 마술 같죠."

그는 내게 벤치에 같이 앉자고 했는데 그 벤치는 꼭 축소된 교회 신도석 같았다. 그의 이름은 벤에즈라였고, 그가 말하길, 자기는 여기에 나와서 수년 후의 어떤 순간에 대해 생각하는 걸 좋아한다고 했다. 다시 태어난 그가 이 정원에 돌아와 똑같은 벤치에 앉아서 예전에, 대개 혼자, 여기 앉아서 지금 이 순간을 상상하던 때에 대해 생각하는 바로 그 순간.

"똑같은 나무에 똑같은 담쟁이겠죠."

"그럴 것 같습니다." 그가 말했다.

"아니면 완전히 새로운 뭔가가 있든지요."

"지금 여기 있는 것들이야말로 완전히 새로운 겁니다. 이곳은 달로 환생한 이 행성의 후생이에요. 인공적인 재료들, 유물 같은 정원. 더 이상 변하지 않는 생명과 특별한 관계가 있죠."

"이 정원은 일종의 모방이기도 하지 않나요? 아니면 일종의 노스탤지어인가요?"

"당신이 자신과 함께 가져온 관습들을 떨어내기에는 아직 너무 이른 것 같군요."

"그럼 로스는요, 그는 어떤가요?"

“로스는 금방 탄탄한 이해를 습득했지요.”

“지금 저는 존경하는 여자의 죽음과 그녀가 사랑하는 남자—우연히 제 아버지이기도 한—의 경솔하게 때 이른 죽음에 직면했어요. 그런데 전 뭘 하고 있나요? 사막의 불모지 한가운데 위치한 영국식 정원 벤치에 앉아 있죠.”

“우리는 그의 계획을 부추기지 않았습니다.”

“하지만 로스가 그 일을 하도록 놔둘 거잖아요. 당신네 팀이 그 일을 하도록 놔둘 거고요.”

“여기서 시간을 보내는 사람들은 결국 자신이 누군지를 깨닫습니다. 다른 사람들과의 상의를 통해서가 아니라 자기반성, 자기현시를 통해서요. 광토 한 정(町), 그리고 황무지가 주는 압도적인 느낌. 이 방들과 복도들, 고요, 대기하는 상태. 이곳의 우리 모두가 무슨 일이 일어나길 기다리고 있지 않나요? 여기 있는 우리의 목적을 더욱 뚜렷이 규정해줄, 다른 곳에서의 어떤 사건. 그리고 훨씬 은밀한 사건까지도. 보존실에 들어가길 기다리면서, 거기서 무엇을 맞닥뜨릴지 알게 되길 기다리면서. 기다리는 사람들 중 일부는 꽤 건강합니다, 그래요, 극소수지만. 그래도 그들은 급진적 수준의 자기 재생을 체험하기 위해 현생의 남은 부분을 포기하는 것을 택했어요.”

“로스는 늘 기대 수명 예측의 달인이었어요.” 내가 말했다. “그런데 여기서, 지금, 지난 사나흘 동안, 저는 그 사람이 무너지는 것을 보고 있어요.”

“그것도 또 다른 종류의 대기 상태입니다. 마침내 결정을 내리길 기다리는 거죠. 그는 남아 있는 오늘 낮과 잠 못 이룰 긴 밤 동안 그 문제에 대해 더 깊이 생각할 수 있어요. 만약 그에게 시간이 더 필요하다면 그렇게 조정될 겁니다.”

“하지만 쉽고 간단하게 말하면, 그 남자는 자기가 그 여자 없이는 살 수 없다고 믿는 거잖아요.”

"그렇다면 당신이 로스에게, 그가 떠난 뒤 남을 것들에 그의 생각과 마음을 바꿀 만한 가치가 있다고 말해야겠죠."

"남을 것들이 뭔데요? 투자 전략요?"

"아들이 남죠."

"그건 소용없을 거예요." 내가 말했다.

"아들, 그리고 그가 이 넓고 끔찍한 세상에 아버지를 계속 두기 위해 할 수도 있는 일."

그는 자기 목소리에 담긴 약간의 리듬에 집게손가락과 가운뎃손가락의 휘저음을 동반하는 경향이 있었다. 이 사내의 출신 배경을 추측하고 싶은, 또는 지어내고 싶은 충동에 맞닥뜨렸다. 벤에즈라라는 이름 자체가 창작이다, 난 그렇게 정했다. 성경적 주제와 미래적 주제의 합성물임을 암시하는 그 이름은 사내에게 잘 어울렸고 지금 우리가 있는 곳은 그의 세계 멸망 후 정원이었다. 그가 자기 이름을 이미 말해버려서 아쉬웠고, 내가 그에게 이름 지어줄 기회를 갖기도 전에 그가 스스로 이름을 지어버려서 아쉬웠다.

그는 아직도 아버지들과 아들들에 대해 이야기하고 있었다.

"그 사내에게 스스로 선택한다는 품위를 허락하세요. 그의 돈은 잊어요. 그의 삶은 당신 경험의 한계를 뛰어넘는 곳에 있습니다. 그에게 슬퍼할 권리를 주세요."

"그의 슬픔은, 알겠어요. 하지만 그의 선택은, 안 돼요. 여기서 그런 것이 허용된다는 사실, 프로그램의 일부라는 사실도 용납할 수 없어요."

"여기서도 다른 곳에서도, 향후 몇 년 안에는, 드문 일이 아니게 될 겁니다."

우리는 한동안 말없이 앉아 있었다. 그는 양쪽 발등에 작고 밝은 무늬가 있는 어두운색 슬리퍼를 신고 있었다. 나는 컨버전스에 대해 질문하기 시작했다. 그는 직접적인 답변은 하지 않았지만 이야기하는 과정에서 이 공동체가 계속 커지고 있으므로 빈자리가 채워질 것이고 건설 프로젝트가 지표 밑에서 시작될 거라고 언급했다. 그러나 활주로는 확장이나 현대화 없이 계속 단순한 요소로 남을 것이었다.

그가 말했다. "고립이 핵심임을 이해하는 이들에게는 고립이 문제 되지 않습니다."

평범한 배경 속의 그를 상상해보려 했다. 북적이는 거리에서 천천히 움직이는 자동차 뒷좌석에 있는 그, 또는 북적이는 거리를 굽어보는 언덕 꼭대기의 자기 집에서 저녁 식탁 상석에 앉아 있는 그. 하지만 설득력이 없었다. 다른 어느 곳도 아닌 오직 여기, 정원 담 너머의 광대한 빈 공간을 배경으로 이 벤치에 앉아 있는 그의 모습만 보였다. 그는 토착적 존재였다. 고립이 핵심이었다.

"우리는 수명 연장 계획이 인체 냉동 보존술을 개선하려고 시도하는 방법을 낳으리란 걸 압니다. 노화 과정을 재설계하는 방법, 진행성 질환의 생리를 뒤집는 방법을 낳겠죠. 그렇게 해서 어떤 진정한 혁신에서든 우리가 선두에 서게 되리라 믿습니다. 유럽에 있는 우리 기술 연구소들은 변화를 위한 전략을 검토 중이에요. 우리의 포맷에 적용 가능한 생각들. 물론 아직까진 마음이 현실을 앞서가고 있지만 여기가 바로 우리가 있고 싶은 곳입니다."

이런 사내에게도 가족이 있을까? 이런 사람도 이를 닦고, 치통이 있으면 치과에 갈까? 내가 그의 삶을 상상해볼 수나 있을까? 다른 사람의 삶. 1분도 안 돼. 1분도 상상할 수 없어. 육체적, 정신적, 영적 삶. 단 1초도. 그의 다부진 몸 안에는 너무 많은 맹세가 담겨 있어.

나는 진정하라고 스스로를 타일렀다.

그가 말했다. "우리는 얼마나 연약합니까. 그렇지 않나요? 지구상의 모든 곳의 모두가."

나는 그가, 하루 한두 번이 아니라 매일 하루 종일 먹을 것을 찾느라 고생하는 수억 명, 미래의 수십억 명에 대해 이야기하는 것을 들었다. 그는 식량 분배 체계, 기후 체계, 삼림 소실, 가뭄 확산, 조류와 해양 생물의 떼죽음, 이산화탄소 수치 상승, 식수 부족, 넓은 지역을 뒤덮는 바이러스의 급증에 대해 자세하게 이야기했다.

전 지구적 고통을 유발하는 이런 인자들은 이곳의 사색을 구성하는 자연스러운 요소였지만 암송하는 기색은 찾을 수 없었다. 이 문제들을 잘 아는 것으로 보아 그가 이에 대해 공부했고, 몇몇 양상을 목격했으며, 이에 대한 꿈을 꿨음을 알 수 있었다. 그는 내가 감탄하지 않을 수 없는 화술이 실린 자분자분한 말투로 이야기했다.

다음으로는 다양한 형태의 대량 살상을 동반하는 생물학전이 있었다. 독소, 병원체, 자기 복제 개체. 그리고 도처의 난민들. 임시변통한 숙소에서 살고, 본디 살던 도시와 마을은 파괴되어 돌아갈 수 없고, 구조선이 뒤집히면 바다에서 죽는, 엄청난 숫자의 전쟁 피해자들.

그는 뭔가를 찾는 듯한 눈빛으로 나를 쳐다보고 있었다.

"이런 것들이 예전보다 더 강렬하게 보이고 느껴지지 않나요? 위험과 경고가? 당신이 아무리 안전하다고 느껴도 뭔가가 쌓이고 있지 않나요? 웨어러블 기술, 유체 이탈을 가능케 하는 온갖 음성 명령과 초연결*에 둘러싸여 있어도 말입니다."

나는 그에게, 지금 쌓이고 있는 것은 일종의 심리적 유행병일 가능성이 높다고 말했다. 소망하는 바 쪽으로 기운 우려의 인식. 사람들이 가끔 원하고 필요로 하는, 순수하게 분위기적인 무언가.

* 정보 통신 기술의 발달로 '언제, 어디서나, 무엇이든(사람이든 사물이든)' 온라인인 상태.

그 표현이 마음에 들었다. 순수하게 분위기적인.

그는 한층 더 탐색하듯이 나를 쳐다봤다. 내 발언을 언급할 가치도 없을 만큼 어리석다고 생각하거나 내가 한 말을, 상황상 지켜야 하는 사회적 관습에 따르기 위한 행동으로 해석하는 듯했다.

"분위기적이다, 그래요. 1분 뒤면 침착이 다시 지배하죠. 그런데 하늘을 가르는 빛과 폭발음과 충격파가 있고 러시아의 한 도시가, 그토록 갑작스럽게 닥치지 않는다면 오히려 혼란스러울, 압축된 현실 속으로 들어갑니다. 그것은 자연의 공격이자 우리의 노력과 예견과 스스로를 보호하기 위해 소환할 수 있는 모든 재주를 넘어서는 명령이에요. 유성, 첼랴빈스크는."

그가 나를 향해 미소 지었다.

"말해보세요. 어서. 첼랴빈스크라고." 그가 말했다. "여기서 그리 멀지 않아요. 사실 꽤 가깝죠, 이 지역에서 뭔가를 가깝다고 부를 수 있다면. 사람들은 방방이 뛰어다니면서 귀중한 문서를 챙깁니다. 안전한 어딘가로 갈 준비를 하죠. 개와 고양이를 이동 가방에 집어넣고."

그는 말을 멈추고 생각에 잠겼다.

"여기서 우리는 텍스트를 뒤집습니다. 뉴스를 거꾸로 읽죠. 죽음에서 삶으로." 그가 말했다. "우리가 고안한 장치들은 역동적으로 체내에 들어가서 개조된 부위가 되고 우리가 다시 살기 위해 필요한 통로가 됩니다."

"그 기적이 일어나는 곳이 사막인가요? 우리는 고대의 경신(敬神)과 미신을 답습하기 위해 여기 있는 건가요?"

내가 굴복할 의사가 없음을 알리는 말을 듣자 그는 즐거워했다.

"말살된 미래에 대한 대응책에 굉장히 진기한 반응을 보이는군요. 이해하려고 해보세요. 이 모든 일이 미래에 일어날 겁니다. 이 미래가, 이 순간에. 당신이 이 생각을 받아들일 수 없다면 지금 당장 집에 가는 게 좋아요."

전문가답게, 내가 안심하게끔, 말을 걸고 일깨우라고 로스가 이 사내에게 부탁했는지 궁금했다. 그가 하려는 말에 내가 관심이 있었나? 나는 어느새 불길한 오늘 밤과 다가올 아침에 대해 생각하고 있었다.

"우리는 하나의 감정, 하나의 인식을 공유합니다. 스스로를 초이성적 존재로 생각하고 있죠. 이 장소 자체, 구조물 자체, 기존의 모든 믿음을 멋대로 수정하는 과학. 인간 생존력 실험."

그는 여기서 말을 멈추고 바지 주머니에서 손수건을 꺼내 거침없이 코를 푼 다음 손수건으로 닦았는데 이것 때문에 내 기분이 나아졌다. 진짜 삶, 신체 기능 때문에. 나는 그가 하던 말을 끝내길 기다렸다.

"여기 있는 우리는 다른 어느 곳에도 속하지 않습니다. 역사 밖으로 떨어져 나왔기 때문이죠. 우리는 여기 있기 위해 과거의 우리와 우리가 있던 곳을 버렸어요."

그는 손수건을 살피더니 조심스레 접었다. 그 작고 네모난 것을 주머니 속으로 천천히 움직이는 데 시간이 좀 걸렸다.

"그렇다면 여기는 대체 어디일까요?" 그가 말했다. "미개발 희귀 광상(鑛床), 오일 머니와 억압 국가들과 인권유린과 부패 관리들의 뇌동(雷動). 최소 접촉. 이탈. 해충구제."

그의 슬리퍼에 프린트된 무늬를 해석하고 싶었다. 이 사내의 문화적 혈통에 대한 단서일지도 몰랐으므로. 하지만 아무런 성과도 얻지 못한 채 산들바람이 세지기 시작하는 것을 느꼈고 그의 목소리를 다시 한번 들었다.

"이곳은 견고합니다. 지진이나 국지적 병충해에 취약한 지역에 위치하지 않았음에도 이 구조물에는 지진 대비 설비가 구석구석에 있고 시스템 장애를 예방하는 모든 안전 장치도 있습니다. 그러니까 아티스는 안전할 거고 로스도, 아내와 함께 가는 것을 선택한다면, 안전할 거예요. 이곳은 견고합니다.

우리는 견고합니다."

벤에즈라. 그의 진짜 이름, 본명에 대해 생각할 필요가 있었다. 일종의 자기 방어 수단, 은밀하게 그의 삶에 숨어들 방법이 필요했기 때문이다. 그에게 지팡이를 줘서 한 폭의 그림을 완성하고 싶었다. 지팡막대, 사탕단풍나무, 벤치에 앉은 사내, 구부러진 손잡이에 얹은 두 손, 땅바닥에 수직으로 선 몸체, 두 발 사이에 놓인 뭉툭한 끝.

"종국에 캡슐에서 나오는 사람들은 탈역사적 인간이 될 겁니다. 과거의 플랫라인*, 약화된 시간과 분으로부터 벗어나게 되겠죠."

"그리고 새로운 언어로 말할 거고요, 로스 말에 따르면."

"다른 언어들과의 모든 연계를 넘어서는 고립된 언어를……" 그가 말했다. "몇 명에게는 가르칠 것이고, 이미 냉동 보존에 들어가 있는 사람들에게는 주입할 겁니다."

새로운 의미들, 완전히 새로운 수준의 인식을 제시할 언어 체계.

그것은 우리의 현실을 확장하고, 우리의 지성을 심화할 겁니다.

우리를 개조할 거예요, 그가 말했다.

우리는 예전과는 전혀 다른 방식으로 자기 자신을, 피와 뇌와 피부를 알게 될 겁니다.

일상 대화 속에서 순수수학의 논리와 아름다움을 서로 접근시킬 것입니다.

직유, 은유, 유추는 존재하지 않습니다.

우리가 전에 한 번도 경험해본 적 없는 객관적 진실의 형태가 무엇이건 거기에 위축되지 않는 언어.

---

* 심전도가 그리는 수평선, 즉 사망을 뜻한다.

그는 이야기했고, 나는 귀 기울였고, 화제는 새로운 규모를 향해 다가가기 시작했다.

우주. 그것은 과거에 무엇이었고, 현재 무엇이며, 어디로 가고 있는가.

팽창하고 가속하고 무한히 변화하는 우주. 그토록 생명력으로, 또 영원히 끝나지 않는 세계들과 겹치는 세계들로 가득한 우주, 그가 말했다.

우주. 다중 우주. 우주에 무한이 너무 많이 존재하기 때문에 반복성이라는 개념이 불가피해지지요.

사막 정원의 벤치에 앉은 두 사람이 우리가, 당신과 내가 하고 있는 대화를 토씨까지 똑같이 하고 있으나 다만 여기서 수백만 광년 떨어진 곳의 다른 정원에 있는 다른 사람들이라는 생각, 이것은 피할 수 없는 사실인 겁니다.

지금 이것은 제 말에 취한 노인이 횡설수설하는 경우인가? 아니면 여기서 중요한 건 겉만 번지르르한 역설에 저항하려는 젊은이의 시도인가?

둘 중 어느 쪽이든 나는 그를 정신 나간 현자로 생각하기 시작했다.

"보다 더, 그보다 더, 그보다 더더욱 알고 싶어 하는 것은 지극히 인간적인 욕구예요." 내가 말했다. "하지만 우리가 모르는 것이야말로 우리를 인간답게 만들어주는 것이라는 말 또한 사실이죠. 그리고 모름에는 끝이 없어요."

"계속해보세요."

"무한히 살지 않음에도 끝이 없고요."

"계속해보세요." 그가 말했다.

"만약 누군가에게 혹은 무언가에 시작이 없다면 그 또는 그녀 또는 그것에 끝도 없다고 믿을 수 있어요. 하지만 엄마 배 속에서 나왔거나 알에서 부화했거나 씨앗에서 싹을 틔웠다면 살 날이 얼마일지도 이미 정해져 있는 거죠."

그는 잠시 생각에 잠겼다.

"'우울이 누군가에게 던질 수 있는 가장 무거운 돌은, 그의 내면이 최고도에 다다랐다고, 혹은 현 상태 이상으로 성장하지 않을 거라고 그에게 말하는 것이다.*"

나는 기다렸다.

"17세기." 그가 말했다. "토머스 브라운 경."

조금 더 기다렸다. 하지만 그게 다였다. 17세기. 그는 그 이후의 인류 진보를 추정하는 일은 나에게 맡겼다.

이제 진짜 바람이 불고 있지만 정원은 꿈쩍도 않고, 감지할 수 있을 만큼 강한 기류에 저항하는 꽃, 풀, 잎은 여전히 기분 나쁜 부동 상태에 머문다. 하지만 그 광경이 재미없게 정적(靜的)이진 않다. 곳곳에 색조와 색채, 희미한 광택, 기울기 시작하는 해, 이우는 낮 동안 빛나는 나무들이 있다.

"당신은 집에서 조용한 방에 홀로 앉아 조심스레 귀 기울입니다. 당신의 귀에 무슨 소리가 들릴까요? 거리의 자동차 소리도 아니고 목소리도, 빗소리도, 누군가의 라디오 소리도 아닙니다." 그가 말했다. "무슨 소리가 들리는데 그게 뭘까요? 룸 톤**이나 주변 음향은 아닙니다. 당신이 귀 기울일수록 시시각각 달라질 수도 있는 것입니다. 그 소리가 이제 점점 커집니다. 커지는 것이 아니라 이를테면 넓어지는 거죠. 스스로를 유지하면서 동시에 자기 자신을 둘러싸는 겁니다. 이것은 무엇일까요? 생각, 삶 자체, 당신의 삶일까요? 아니면 이 세계, 그러니까 땅이나 바다 같은 물리적 덩어리가 아니라 이 세계에 살고 있는 것, 인간 존재의 홍수일까요. 세계의 윙윙거림. 당신은 들리나요? 한 번이라도, 직접 들어본 적 있나요?"

그에게 어울리는 이름을 지어낼 수 없었다. 지금보다 젊은 모습의 그를 상

---

* 영국의 의사이자 저술가인 토머스 브라운(1605~1682)의 수필 《호장론(壺葬論)》 중에서.

** 영화 촬영 시 조용한 세트에서 나는 현장음. 주변 음향의 일종이다.

상할 수 없었다. 그는 태어났을 때부터 늙어 있었다. 그리고 이 벤치에서 평생을 살았다. 그는 벤치의 영구적인 일부이다. 벤에즈라, 슬리퍼, 두개모, 가늘고 기다란 손가락, 유리섬유 정원의 움직이지 않는 몸은.

나는 그를 뒤로한 채 천천히 거닐기 시작했고 화단을 지나 이제 흙길에 접어든 다음 정원 담에 난 문을 통과하여 가짜 나무들로 이루어진 더 깊은 숲으로 들어갔다. 그런데 뭔가를 보고 불현듯 몸이 굳어버렸다. 희미한 빛 속에 웬 형체가 서 있는데 나무와 거의 구분이 안 되고 얼굴과 몸은 불에 그은 갈색에 두 팔은 팔짱을 꼈으며 두 주먹은 꼭 쥐고 있는 것이었다. 마네킹을 보고 있다는 사실을 깨달은 뒤에도 그 형체처럼 제자리에 가만히 붙박여 있었다.

정말로 무서웠다. 이목구비가 없고, 벌거벗고, 성별이 없고, 이제 옷 만들 때 쓰는 인체 모형이 아니라 보초가 된 그것은 위협적인 자세를 취하고 있었다. 텅 빈 복도에서 봤던 마네킹과는 달랐다. 이 조우에는 긴장감이 서려 있었다. 경계하며 계속 걷다가 나무들 속에 반쯤 숨은 몇 개를 더 봤다. 쳐다봤다기보다는 지켜봤고, 불안해하면서 찬찬히 뜯어봤다. 그것들이 일부러 가만 있는 것만 같았기 때문이다. 마네킹들은 두 팔을 팔짱 끼거나 옆으로 늘어뜨리거나 앞으로 내밀고 서 있었는데 그중 하나는 팔이 없었고 다른 하나는 머리가 없었다. 이곳에 속하고 어두운 페인트로 칠해진, 강하지만 충격으로 말문이 막힌 물체들.

작은 빈터에 지반에서 비스듬하게 튀어나온 구조물, 입구 위 지붕처럼 생긴 돌출부가 있었다. 여덟아홉 계단을 내려가니 아치형 내부, 약간 어둡고 축축한 지하 묘지가 나왔는데 전부 금이 간 회색 돌로 이루어졌고 움푹 들어간 벽에 시체들이 놓여 있었다. 상반신들, 잘 보존된 시체처럼 생긴 마네킹들이 머리부터 허리까지, 후드 달린 해진 옷을 입은 채 벽감마다 하나씩 들어 있었다.

그곳에 서서 내가 지금 보고 있는 것을 받아들이려 했다. 단어를 찾아 헤맸다. 지하 묘지나 동굴 말고 내가 원하는 단어가 있었다. 그동안 할 수 있는 일은 뚫어져라 쳐다보며 세세한 부분을 하나하나 수집하려 애쓰는 것뿐이었다. 이 마네킹들은 이목구비가 있었지만 전부 마모되고 눈 코 입이 삭아서 얼굴이 죄다 망가지고 색깔은 잿빛에 손은 쪼글쪼글하여 성한 것이 거의 없었다. 이런 형체가 대략 스무 개쯤 있고 전신상에 기립 자세, 갈기갈기 찢어진 낡은 회색 가운을 입고 고개를 숙인 형체가 몇 개 있었다. 이런 시체들이 양옆에 쌓인 통로를 따라 걸을 때 눈에 들어오는 광경, 그 장소 자체, 그 장소를 부르는 단어 자체가 압도적이었다. 그 단어는 카타콤이었다.

이 형체들, 지하 묘실에서 건조되어 미라가 된 사막의 성자들, 그 장면이 지닌 폐소공포적 힘, 희미한 부패의 냄새. 잠시 숨이 막혔다. 이 형체들을, 기립 자세로 냉동 보존 캡슐 안에 들어 있는 남녀들의 원형, 불멸 직전 상태의 실제 인간들로 해석하는 것을 피할 수 있었을까? 나는 해석을 원치 않았다. 그저 여기 있는 것을 보고 느끼고 싶었다. 그것이 나를 둘러쌌을 때의 경험을 설령 내가 감당할 수 없었다 하더라도.

어떻게 마네킹에 이런 효과가, 수백 년 전 방부 처리 되어 교회나 수도원에 안치된 인간들의 광경보다 더 강한 효과가 있을 수 있었을까? 그런 곳에, 이탈리아나 프랑스의 납골당에 가본 적은 한 번도 없었지만 이보다 더 강렬한 반응은 상상할 수 없었다. 나는 이 땅굴에서 대체 무엇을 보고 있었던 걸까? 조각된 대리석도, 끌로 깎은 뒤에 황금 잎사귀로 장식한, 섬세한 소나무 널도 아니었다. 이것들은 플라스틱 쪼가리, 죽은 사람의 후드와 가운으로 감싼 합성물에 불과했음에도 이 장면에 희미한 갈망, 휴머노이드의 열망이라는 환상을 가져왔다. 내가 또 해석하고 있군, 그렇지? 배고프고 기운 없고 오늘의 사건들 때문에 만신창이가 된 나는 조각상들이 말을 하길 기대했다.

통로 안쪽, 2열로 늘어선 시체들 너머에 부유하는 흰 빛이 있었다. 가까이 다가가자 한 손을 얼굴로 가져가 눈부신 빛을 막아야 했다. 여기에는 구멍 속에 잠긴 형체들이 있었다. 소용돌이 형태의 덩어리 안에 잠긴 마네킹들은 벌거벗었고, 앞으로 내민 두 팔, 끔찍하게 뒤틀린 목, 맨머리, 관절 있는 사지를 가진 헝클어진 형체들이 다른 몸들과 얽혀 있었으며 거세된 인간들, 신원을 빼앗긴 남녀들, 하나같이 텅 빈 얼굴들이었으나 채색되지 않은, 백색증의 오직 한 형체만이 분홍색 눈동자를 번쩍이며 나를 쳐다보고 있었다.

식사 유닛에서 얼굴을 거의 접시에 처박다시피 한 채 마지막으로 조금 남아 있던 저녁 식사를 씹어 먹었다. 이 복합건물 곳곳에 위치한 모든 식사 유닛에서 한 유닛당 한 명씩이 내 마음속에 쌓였다. 내 방으로 가서 불을 켜고 의자에 앉아 생각에 잠겼다. 이 행동을 천번은 한 것처럼 느껴졌다. 매번 똑같은 방, 의자에도 똑같은 사람. 그러다 나도 모르게 귀 기울이고 있었음을 깨달았다. 마음을 비우고 오직 귀만 기울이려 애썼다. 벤에즈라가 묘사했던 것, 사람들이 살고 생각하고 이야기하며 만드는 대양 같은 소리를 듣고 싶었다. 수십억 명이, 모든 곳에서, 기차를 기다리며, 전쟁에 나가며, 손가락에 묻은 음식을 빨아 먹으며 만드는 소리. 혹은 그저 자기 자신으로 있으면서 만드는 소리를.

세계의 윙윙거림을.

10

나는 가장 단순한 방법으로 여기 접근해야 한다.

그는, 닿을 수 없을 만큼 멀리 떨어진 사내는 벽을 쳐다보며 앉아 있다. 그는 이미 회상 안에 갇혔고 아티스를 보고 있다(고 나는 생각했다). 그것은 떠다니는 이미지, 그가 통제할 수 없는 무엇, 섬광 같은 기억과 환영으로, 모두 그가 결정을 내렸다는 사실에 의해 움직이기 시작했다.

그는 그녀와 함께 가지 않을 것이다.

모든 것이, 평생이라는 버거운 무게가 그를 내려치고 있었다. 그가 지금껏 했던 모든 말과 모든 행동이 이 순간으로 소환되었다. 여기 힘없이 축 늘어진 그가 있다. 머리는 헝클어지고, 넥타이는 풀리고, 두 손은 가랑이 위에서 헐렁하게 깍지 낀 그가. 나는 근처에 서 있다. 어떻게 서 있어야 할지, 어떻게 이 상황에 적응해야 할지 모르지만 그를 대놓고 감시하기로 결심한 채. 그의 눈에는 나의 이해를 구하기 위해 할 수도 있는 어떠한 항변도 담겨 있지 않다. 상황이 어떻게 하룻밤 만에 바뀌는지, 과감하고 빨랐던 무언가가 어떻게 흔들리는 마음의 무력한 증인이 되는지. 전날 벽과 벽 사이를 성큼성큼 걸으며 단호하게 말했던 곳에서 지금 사내는 자신이 버린 여자에 대해 생각하며 고부라져 앉아 있다.

그는 나에게 최소한의 단어들로 자신의 결정을 이야기했다. 그것은 내면에서 곧장 나온, 가공되지 않은, 감정 표현이 배제된 소리였다. 아티스가 이미 내려갔다는 말은 할 필요가 없었다. 그의 목소리로 알 수 있었으니까. 그저 방, 의자, 의자에 앉은 사내가 있을 따름이었다. 그리고 어색한, 감시하는 아들이 있었고 문 옆에 선 경호원 둘이 있었다.

나는 누군가가 먼저 움직이길 기다렸다. 그러다 결국 내가 움직였다. 다소 딱딱한 조문객 모드로 바꾸려는 찰나, 내가 이곳에 도착한 이래 계속 똑같은 퀴퀴한 셔츠와 바지 차림에, 지난 새벽 손 소독제로 비벼 빤 속옷과 양말을 착용하고 있음을 의식했다.

잠시 후 로스가 의자에서 일어나 문을 향해 움직이자 나는 바짝 뒤따랐다. 둘 다 아무 말도 안 했고 내 손은 그의 팔꿈치에 닿아 있었다. 이끌거나 부축하는 것이 아니라 단지 손길을 통한 위안을 주면서.

그런데 어마어마한 부를 가진 사내가 상처(喪妻)한 슬픔 때문에 망가져도 되나?

경호원들은 여자였다. 둘 중 한 명은 권총집을 찼고, 더 어린 쪽은 차지 않았다. 그들이 우리를 어떤 공간으로 데려가자 그곳은 추상적인 무엇, 이론상으로만 존재하는 것이 되었다. 달리 뭐라 표현해야 할지 모르겠다. 동작인 동시에 위치나 장소의 변화이기도 한 개념. 여기서 이런 경험을 한 게 처음이 아니었으므로 이번에 우리 넷은 경건하게 느껴지는 침묵을 지켰다. 이것이 지금의 슬픈 상황 때문인지 아니면 이 운송 수단의 성질, 비스듬하게 하강하는 느낌, 우리의 감각기관과 동떨어진, 물리적이라기보다는 정신적 차원에서 미끄러지듯 움직이는 느낌 때문인지는 확신할 수가 없었다.

나는 이 상황을 시험해보기로, 무슨 말이든 아무 말이든 하기로 결심했다.

"이건 뭐라고 불러요? 우리가 타고 있는 이거요."

내가 말을 했다고 꽤 확신했지만 내 말이 소리를 냈는지는 알 수 없었다. 나는 경호원들을 쳐다봤다.

그때 로스가 말했다. "비어*라고 해."

"비어요." 내가 말했다.

그의 어깨에 손을 얹고 꾹 누르며 꽉 잡아서 내가 여기 있음을, 우리 둘 다 여기 있음을 그에게 알렸다.

"비어요." 내가 한 번 더 말했다.

나는 이곳에서 늘 같은 말을 두 번씩 하고 있었다. 확인하고 있었고, 안착을 확고히 하려 애쓰고 있었다. 아티스는 저 아래 어딘가, 비어의 끝에서, 샤워 커튼에 맺힌 물방울을 세고 있었다.

나는 눈높이의 좁은 유리창을 통해 지켜보며 서 있었다. 이것이 여기서의 내 역할이었다. 내 앞에 무엇을 갖다 놓든 지켜보는 것. 제로 K 안의 팀은 냉동 보존을 위해 아티스를 준비시키고 있었다. 의사들과 다양한 복장을 한 사람들 중 몇 명은 움직였고 나머지는 모니터를 확인하거나 기계를 조작했다.

아티스는 그 가운데 어딘가에서 시트에 덮인 채 수술대 위에 있었다. 아주 잠깐씩만, 부분적으로만—몸통 가운데, 종아리 등—보일 뿐 얼굴이 제대로 보이는 법은 절대 없었다. 팀은 그녀 위에서, 그리고 주위에서 일했다. 나는 그

---

* 갑작스러운 방향 전환.

들이 시술 중인 육체를 '시신'으로 봐야 하는지 어떤지 알지 못했다. 어쩌면 그녀는 아직 살아 있는지도 몰랐다. 어쩌면 지금이 그녀가 약물에 의해 소멸로 유도되고 있는 순간, 그 1초인지도 몰랐다.

내가 알지 못했던 나머지 한 가지는 무엇이 끝에 해당하느냐는 것이었다. 언제 사람이 시체가 되는가? 항복의 단계가 있겠지, 나는 생각했다. 몸이 하나하나 차례로 기능을 중단해갈 수도 있다. 혹은 그러지 않을 수도 있다. 심장, 신경계, 뇌, 다양한 뇌 부위들이 개개의 세포들로 이루어진 장치로 전락. 만장일치로 특징지어지지 않는, 공식적인 정의가 하나 이상 있다는 생각이 들었다. 사람들은 상황에 따라 필요하면 만들어냈다. 의사들, 변호사들, 신학자들, 철학자들, 윤리학 교수들, 판사들과 배심원들이.

그리고 내 마음 또한 헤매고 있다는 생각이 들었다.

만약 그가 수락했다면 지금 수술대 위에 있었을 로스, 전신 허탈에 빠졌을 건강한 사내를 생각하자. 그는 대기실에서 시간이 다 되길 기다리고 있었다. 나는 유일한 자발적 증인이었다. 이제 그녀의 얼굴, 얼핏 보이는 짠한 모습, 아티스, 수술 모자와 수술복과 마스크와 수술 가운과 튜닉과 실험 가운 차림으로 휙휙 지나다니는 팀원들.

그리고 감시창이 불투명해졌다.

드레드록 머리*를 한 안내인이 우리를 어떤 장소로 데려가서는 아무 말 없이, 눈앞에 보이는 것을 우리 스스로 받아들이게끔 내버려뒀다.

로스는 이따금 질문을 했다. 머리를 빗고 넥타이를 제대로 매고 양복 재킷

* 자메이카 흑인들이 많이 하는 머리 모양. 거꾸로 빗질하기 등의 방법으로 머리를 엉클어뜨려서 굵은 밧줄 모양으로 자라게 한다. 레게 음악인 밥 말리의 머리 모양으로 유명하다.

의 매무새를 가다듬은 차림새였다. 목소리가 마치 다른 사람처럼 들렸지만 어쨌든 그는 말하고 있었고 이 상황 안에 있으려 애쓰고 있었다.

우리는 작고 경사진 갤러리가 내려다보이는 통로에 서서 아무 장식 없는 밋밋한 공간에 있는 사람 형체 세 개를 쳐다봤다. 조명을 워낙 솜씨 좋게 설치해서 바깥쪽 경계선이 그림자 속으로 녹아들었다. 그것은 투명한 용기에, 전신 캡슐에 들어 있는 인간들이었다. 그들은 나체, 남자 하나, 여자 둘, 빡빡머리, 모두 셋이었다.

활인화*로군, 나는 생각했다. 배우들이 죽은 사람이고 의상은 외부와 완전히 차단된 플라스틱 캡슐이라는 점만 제외한다면.

안내인은 이 사람들이 일찍 가는 것을 선택한 사람들이라고 우리에게 말했다. 그들에게는 5년이나 10년, 혹은 20년, 혹은 그 이상이 남아 있었을지도 몰랐다. 필수 장기들은 뇌도 포함하여 적출해서 장기 캡슐이라 부르는 차단 용기에 넣어 각각 따로따로 보관 중이었다.

"평화로워 보이네요." 로스가 말했다.

시체들은 딱딱한 자세를 취하고 있지 않았다. 뜬 눈은 경탄으로 빛났고, 두 팔은 편안하게 옆으로 늘어뜨렸으며, 자연스럽게 튀어나온 무릎은 주름졌고, 털은 아무 데도 없었다.

"그들은 그저 서서 기다리는 거예요." 그가 말했다. "무한한 시간 동안."

그는 아티스 생각을 하고 있었다. 달리 무슨 생각을 하겠는가. 그녀가 지금 뭘 느끼고 있을지—뭔가를 느낀다면—신체 냉각 과정에서 어느 단계에 다다랐을지를 궁금해하고 있었다.

유리화, 냉동 보존, 나노기술.

* 산 사람이 분장을 하고 정지 상태로 연극의 한 장면이나 명화를 재현하는 것.

언어를 소중히 하자, 나는 생각했다. 영원히 알려지지 않을 방법들, 아원자(亞原子) 수준까지 내려가는 방법들에 대한 탐색을 언어가 반영하게 하자.

안내인은 러시아어로 생각되는 악센트로 말했다. 날렵한 청바지와 술 장식이 달린 긴 셔츠를 입었는데 나는 그녀가 시체들과 똑같은 자세를 하고 있다고 스스로를 납득시키려 했다. 이는 사실이 아니었지만 그 생각을 버리기까지는 시간이 좀 걸렸다.

로스는 계속 보고 있었다. 이것은 일시 중지 된 생명이었다. 또는 복구 한계를 넘은 빈 생명 틀이었다. 그리고 이 사내, 나의 아버지. 그의 변심이 이곳에서의 명예로운 지위에, 지휘부의 통솔력에 어떤 영향을 미칠지 궁금했다. 내가 느끼는 것이 무엇인지는 알고 있었다. 실망으로 인해 바닥난 동정심이었다. 어쨌거나 사내는 발을 뺐으니까.

그는 우리 앞에 선 형체들에게서 시선을 떼지 않은 채 안내인에게 말했다.

"그들을 뭐라고 부르나요?"

"사자(使者)라 부르라고 지시받았습니다."

"말 되네요." 그가 말했다.

"방향을 알려주고, 길을 닦고."

"일찍 도착하고, 가장 먼저 도착하고." 그가 말했다.

"기다리지 않죠."

"해야만 하는 순간이 되기 전에 해버리죠."

"사자들." 그녀가 말했다.

"평온해 보이네요."

아티스를 생각하며, 그녀를 바라보며, 그녀와 함께 가기로 결심했던. 하지만 그는 발을 뺐다. 그녀와 같이 간다는 생각은 어떤 광기와도 같은 사랑의 조류에 휘말렸던 것이었다. 그래도 일단 하기로 맹세했다면 거기에 충실했어야 했다. 인생과 경력의 최고점, 돈을 끌어들이는 자기장의 중심에 있는 남자라 해도. 그래, 내가 그의 명성과 물질적 가치를 과장하고 있긴 하다. 하지만 이 또한 거창한 삶의 구성 요소다. 과도함은 과도함을 낳는다.

그가 맨 뒷줄에 앉길래 잠시 후 나도 그 옆에 앉았다. 그리고 시체들을 쳐다봤다.

그들의 정체(正體), 지나간 모든 일, 지구상에 살아 있는 남자 또는 여자의 형언할 수 없을 만큼 농밀한 경험에 대한 의문이 있었다. 이곳에서 그들은 벌거벗고 면도된 채 캡슐에 들어 있는, 저장법과 치료법에 관계없이 하나의 세트로 묶인 실험실 생물에 불과했다. 그리고 그들이 어디도 언제도 없는, 아무 특징 없는 공간에 놓여 있다는 사실 또한 내가 이곳에서 겪은 일의 모든 면에 부합하는 전략이었다.

안내인이 제로 K라는 용어의 뜻을 설명했다. 멈추는 시점과 재시작 시점까지 정해진 해설을 외운 것이었는데 절대0도—섭씨 영하 273.15도이다—라 불리는 온도 단위에 대한 설명을 포함했다. 켈빈이라는 이름의 물리학자가 언급되었다. 그가 용어의 K에 해당했다. 안내인이 말한 것 중에 가장 흥미로웠던 이야기는 냉동 보관에 쓰이는 온도가 사실은 0K까지 내려가지 않는다는 사실이었다.

즉 그 용어는 순수한 연출, 옆길로 샌 스텐마르크 쌍둥이의 또 다른 흔적이었던 것이다.

"우리는 함께 떠날 겁니다. 짐 싸서 떠날 거예요." 로스가 말했다.

"저는 여기 도착했을 때부터 계속 짐 싼 채였어요."

"잘됐네."

"쌀 짐이 하나도 없다고요."

"잘됐네. 우리는 함께 떠날 겁니다." 그가 다시 한번 말했다.

그것은 상투어, 그가 정상적으로 기능하는 감각을 되찾기 위해 내야만 하는 소리였다. 무슨 말이 더 나올 것 같다는 느낌, 아마 우리 둘 중 어느 쪽의 안정에도 그리 도움이 되지 않을 무슨 말이 나올 것 같다는 느낌이 들었다.

"나는 한밤중에 마침내 스스로에게 이렇게 말했다. 나한테는 계속 살아야 할 책임이 있다고. 상실을 아파하고, 살고 괴로워하며 점차 편해지길 바라야 한다고. 편해지는 것이 아니라 상실과 부재가 아주 깊이 박혀서 내가 안고 갈 수 있어야 한다고. 아티스와 같이 가는 건 잘못된 종류의 굴복이었을 거야. 나한텐 그럴 권리가 없었어. 특권 남용이었지. 우리가 싸웠을 때 네가 나한테 뭐라고 했지?"

"모르겠어요."

"너는 내가 아티스와 같이 가는 게 너를 하찮은 인간으로 만들 거라고 했다. 내 과도한 지배, 네가 벗어날 수 없는 것이니까. 심지어 그녀를 너무 많이 사랑하는 것도, 너무 일찍 죽음을 택하는 것도. 만약 내가 같이 갔다면 통제권을 내주는 게 아니라 오히려 얻는, 그런 유의 굴복이 되었을 거야."

나는 체색을 열심히 살폈다. 여자, 남자, 여자. 범위가 좁긴 하지만, 어떤 상황에서든 피부색을 정확히 구별하는 게 가능한가? 노란색 갈색 검은색 흰색. 편리한 레이블로서 기능하는 경우가 아니라면 전부 틀렸다. 나는 색조의 미묘한 차이에 의지하고 싶었던 걸까? 호박색, 암갈색, 연푸른색처럼? 만약 내가 열네 살이었다면 죽도록 시도해봤을 것이다.

"결국 내가 뭘 했냐고? 상황에 직면하려고 했다." 그가 말했다. "그건 곧, 아티스한테 말해야 한다는 뜻이었지. 나는 어두운 방의 침대 옆에 앉았어. 내가 하는 말을 그녀가 이해했을까? 내 말을 듣긴 했을까? 확실치 않았어. 나를 용서했을까? 나는 계속 용서해달라고 했다. 그러고 나서는 횡설수설 떠들어댔지. 내가 대답을 필요로 했을까? 그녀에게서 나올 대답을 두려워했을까?

용서해줘. 기다려줘. 나도 곧 따라갈게. 계속해서 속삭이면서. 내가 속삭이면 아티스가 내 말을 들을 수 있을지도 모른다고 생각했어."

"살아 있었을지는 몰라도 의사소통은 전혀 안 되는 상태였어요."

"그러고는 그냥 거기 앉아 있었다. 사람들이 와서 아티스를 데려갈 때까지."

여기저기가, 가슴이나 젖이나 배가 처진 것은 완전히 정상이다. 한참 보다 보면 여자들의 빡빡머리조차도 본연의 원초적인 서늘함과 조화로운 것처럼 보이기 시작한다. 이것도 캡슐의 기능 중 하나구나, 나는 생각했다. 세세한 부분에까지 이르는 과학적 방법의 엄격함, 모든 꾸밈을 벗고 태아로 돌아간 인간들.

안내인은 우리가 흥미로운 볼거리라고 생각할지도 모르는 것이 또 있다고 말했다.

이제 며칠이 지났나, 흥미로운 볼거리가 몇 개나 있나? 스크린, 카타콤, 돌방 벽의 해골 때문에 나는 최후의 것들에 흠뻑 빠져가고 있었다. 그 두 단어에 대해 생각했다. 이것이 바로 종말론이다, 그렇지 않은가? 그냥 사라져가는, 생명체가 남긴 축축한 잔상이 아니라 모든 것을 아우르는, 이성을 향한 호소 이상의 영향력을 가진 말. 최후의 것들. 나는 나 자신에게 멈추라고 말했다.

로스는 고개를 숙이고 눈을 감았다.

아티스를 생각하며. 나는 집에 있는 그를 상상했다. 위스키 잔을 손에 들고 서재에 앉아 자신의 숨소리를 듣고 있는 그를. 그가 베두인족 마을 외곽에 위치한 사막 가장자리의 어딘가에서 발굴 중이던 그녀를 방문했을 때. 나는 그가 보는 것을 보려 하지만 또 다른 사막에 있는 그녀를 상상할 수 있을 뿐이다. 전신이 일시 정지 되고, 눈은 감고, 머리는 삭발하고, 마음의 한 조각은 아직 남아 있는 그녀. 그는 믿어야만 한다. 그녀의 뇌 조직에 기억이 배어 있다고.

곧 출발 시간이다. 기다리는 장갑차, 선팅 한 차창, 휴대용 무기를 찬 운전사. 내가 작고 연약하고 위협받고 있다고 느끼게 만드는, 보호를 암시하는 것들.

그런데 그가 그녀와 함께 가고 싶었던 이유는 정말 사랑뿐이었을까? 어쩌면 나는 그가 어두운 갈망에 이끌렸다고 생각하고 싶었는지도 몰랐다. 자아와 재산을 빼앗기고 싶은, 모든 것을 박탈당하고 싶은 욕구. 배 속은 비우고, 장기는 보관하고, 몸은 캡슐 무리 속에 있는 다른 사람들과 나란히 세워놓고. 그것은 그의 이름을 바꾸게 만든 것과 똑같은 자기부정의 저류다. 단지 더 깊고 강할 뿐. 어두운 갈망, 마음에 들었다. 하지만 내 의도가 뭐였을까? 왜 아버지에 대해 그런 상상을 하고 싶었을까? 왜냐하면 이 장소로 인해 내가 악감정에 젖어가고 있기 때문이다. 왜냐하면 이것이 자수성가한 사람들에게 일어나는 일에 관한, 판에 박힌 설명이기 때문이다. 그들은 스스로를 망친다.

그가 그녀를 따라갈 때, 3년 후든 13년 후든, 나노기술자들은 그들의 나이를 어리게 조정할까? 그리고 다시 살아났을 때, 그게 언제가 되든, 지상에서 맞는 내생의 첫 순간에, 아티스는 스물다섯 아니면 스물일곱 살이고 로스는 서른 아니면 서른한 살일까? 그 가슴 벅찬 재회를 생각해보라. 아이를 갖자. 그때 나는 어디 있을까. 얼마나 늙고 시기심 많고 짜증 나는 인간이 되어 있을까. 쌩쌩하고 젊은 아버지와 갓 태어난 이복형제—작고 떨리는 손으로 내 쪼글쪼글한 손가락을 쥐고 있는—를 맞이하게 되어 얼마나 겁먹어 있을까.

나노봇. 아이의 말.

나는 계속 정면을 보고 있었다. 보면서 생각하고 있었다. 이 사람들, 이 사자들이 때가 되기 한참 전에 죽은 상태가 되는 것을 선택했다는 사실. 그들 몸에서 필수 장기들을 꺼냈다는 사실. 속박, 정렬, 각기 할당된 자세로 세팅된 몸들이라는 사실. 여자 남자 여자. 이들은 마네킹을 대신하는 인간이라는 생각이 들었다. 나는 내가 그들을 뇌 없는 사물로 생각하는 것을 허락했다. 내가 맞닥뜨렸던 장관—후드와 가운 차림으로 묘실에 웅크려 있던 마네킹들—의 반대를 실연하는 사물. 그리고 지금은 이 캡슐 속 벌거벗은 인간들의 정지 화면.

안내인은 흥미로울 수도 있는 또 다른 구역이 있다는 말을 한 번 더 했다.

나는 이 조용해져버린 형체들, 태엽 인형이 아닌 단순한 인간 구조 및 그 (안팎으로의) 연장(延長)의 인상적 설계, 촉감과 취향과 정신 면에서 확고히 독특한 개개인에게서 아름다움을 보고 싶었다. 그들은 거기 서서 우리에게 뭔가를 말하려 애쓰지 않으면서도 여기, 지구상에서 우리의 삶이 제공하는 뒤죽박죽된 놀라움을 암시한다.

하지만 그보다도 내가 지금 통제된 미래를 보고 있는 것인지 아닌지가 궁금했다. 남자들과 여자들이, 자발적으로든 아니든, 어떤 형태의 중앙집권적 명령에 종속된 미래. 마네킹화된 삶. 안이한 생각이었을까? 지엽적 문제들, 이론적으로는 항상 내가 어디 있는지를 그들에게 알려주는 손목 밴드의 디스크에 대해 생각했다. 내 방, 작고 좁지만 묘한 완전함을 구현하는 공간에 대해 생각했다. 이곳의 다른 것들, 복도, 비어, 인공 정원, 식사 유닛, 정체불명의 음식, 혹은 실용주의자는 언제 전체주의자가 되는가.

이 개념들에 공허가 있었나? 어쩌면 그것들은 집에 가고 싶은 나의 열망에 대한 암시에 지나지 않는지도 몰랐다. 내가 어디 사는지 내가 기억하나? 내게 아직도 직장이 있나? 내가 아직도 영화 보고 나서 여자 친구한테 담배 한 개비를 빌릴 수 있나?

안내인은 차단 용기에 보관된 뇌에 대해 말했었다. 그리고 지금은 머리, 뇌가 그대로 들어 있는 머리 전체가 때로는 몸으로부터 분리되어 별도 보관 된다고 덧붙였다. 앞으로 수십 년 뒤의 어느 날 그 머리는 건강한 나노몸에 접합될 것이다.

보존 처리를 거치면서 바짝 다듬어진, 다시 살아난 생명들은 모두 똑같을까? 인간으로 죽어서, 같은 크기의 드론으로 다시 태어나다.

나는 아버지를 팔꿈치로 쿡 찌르며 조용히 말했다. "캡슐 안의 죽은 남자들이 발기하기도 할까요? 어떤 오작동의 충격으로 일어난 온도 변화가 일종의 원기를 시체에 흐르게 해서 모든 캡슐 안에 있는 모든 남자들의 좆이 동시에 벌떡 일어서는 거죠."

"안내인에게 물어봐." 그가 말했다.

나는 그의 팔을 손등으로 툭 쳤고 우리는 일어나서 여자를 따라 걸어갔는데 통로가 점점 좁아지더니 결국은 한 줄로 나아가야 할 정도가 되었다. 소리는 옮어지기 시작했고, 우리의 발걸음은 희미해졌으며, 몸은 죄어드는 벽에 스쳤다.

흥미로운 게 하나 더 있어요, 안내인은 말했었다.

우리는 커다란 흰 방 입구에 서 있었다. 벽 표면이 내가 다른 데서 봤던 것처럼 거칠지 않았다. 이것은 단단하고 매끄러운 돌이었고 로스가 벽에 손을 갖다 대더니 결이 고운 흰 대리석이라고 말했다. 그는 이것을 알았고 나는 알지 못했다. 방은 굉장히 추웠으며 처음에는 사방이 똑같이 벽과 바닥과 천장 외엔 아무것도 없었다. 나는 두 팔을 벌려 바보처럼 과장된 동작으로 거대한 공간의 크기를 표현한 대신, 길이와 폭과 높이를 추정해보고 싶은 마음은 꾹 참았다.

내가 살짝 앞으로 움직이자 로스도 뒤따랐다. 나는 고개를 돌려 그의 어깨 너머로 안내인을 보면서 그녀가 뭔가 말하기를, 이 장소의 성격에 대한 실마리를 주길 기다렸다. 이곳은 장소인가, 아니면 장소에 대한 구상일 뿐인가? 아버지와 나는 함께 방을 자세히 살폈다. 내가 보고 있는 것을, 직접 눈으로 보고 있으면서도, 상상하려 했다. 무엇이 이 경험을 이토록 규정하기 힘들게 만들었을까? 거대한 방, 서서 보는 두 남자. 입구에서 꼼짝 않는 여자. 예술품 갤러리구나—나는 생각했다—안에 아무것도 없는. 갤러리가, 공간 자체가, 벽과 바닥이 예술품인 것이다. 또는 거대한 대리석 무덤, 시체를 치운 혹은 시체를 기다리는 대형 묘지. 장식적인 코니스나 프리즈*도 없고 오직 반들반들한 흰 대리석으로 만든 평평한 벽뿐인.

로스를 봤더니 내 어깨 너머로 방 저쪽 구석을 빤히 쳐다보고 있었다. 내가 깨닫기까진 시간이 좀 걸렸다. 여기서는 뭘 하든 시간이 좀 걸렸다. 나는 그가 본 것, 두 벽의 접합면 근처 바닥에 앉은 형체를 보았다. 움직임 없이 점차적으로 나의 인식 가능 수준에 스며드는 작은 인간의 형상. 스스로에게 말해야 했다. 내가 다른 어딘가에서 머릿속에 그리려 하고 있는 게 아니라 지금 여기 있는 단단한 형태를 실제로 보고 있는 거라고.

아버지가 그 방향으로 머뭇거리며 걸어가기에 나도 가다 서다 하며 뒤따랐다. 앉아 있는 형체는 맨발의, 책상다리를 한 소녀였다. 헐렁한 흰 바지와 무릎까지 오는 흰 블라우스 차림이었다. 한 팔은 들어 올려 목께에서 몸을 향해 꺾었고 다른 팔은 허리 높이에서 반대 팔과 평행하게 꺾었다.

우리는, 로스와 나는 걸음을 멈췄다. 여전히 형체로부터 어느 정도 떨어져 있었지만 이 이상 다가가면 방해나 침입이 될 것 같았다. 남자처럼 다듬은 머리, 살짝 숙인 고개, 발바닥이 위를 향하게 놓은 두 발.

그 아이가 소년이 아니라고 나는 확신했나?

그녀의 눈은 감겨 있었다. 나는 그녀의 눈이 감겨 있음을 알았다, 비록 우리가 서 있는 곳에서는 분명치 않았지만. 그녀의 나이도 100퍼센트 분명하진

---

* 고전 건축에서 기둥과 지붕 사이의 장식적인 부분을 엔타블러처라 하는데 위부터 코니스, 프리즈, 아키트레이브로 나뉜다.

않았지만 얼마든지 어리다고 믿어도 된다고 느꼈다. 그녀는 어려야만 했다. 그리고 그녀는 국적이 없었다. 국적이 없어야만 했다.

차갑고 하얀 정적이 방 구석구석에 있었다. 내가 팔짱을 낀 것은 이 광경의 아름다움에 대한 반응을 억누르기 위해서였나, 아니면 단지 추워서였나?

우리는 그때 살짝, 동시에 뒤로 물러났다. 내가 설사 그녀가 그곳에 있는, 그런 자세를 취한 이유를 알았다 하더라도 그것은 모든 의미를 거부했을 것이다. 의미는 그 형체 안에서, 광경 안에서 고갈되어 사라졌다.

"아티스라면 이걸 어떻게 해석해야 할지 알았을 텐데." 로스가 말했다.

"저는 재가 남자인지 여자인지 물어봤을 거예요."

"그러면 무슨 상관이냐고 대꾸했겠지."

피할 수 없는 현실. 이 천장 높은 묘 안에 심장이 뛰는 작은 몸 하나가 있다는 것. 그리고 우리가 떠나고 나서 한참 뒤에도 그녀는, 밤이건 낮이건, 여기 있으리라는 것. 나는 이곳이 꼼짝 않는 형체를 위해 구상되고 설계된 공간임을 알았다.

그 구역을 떠나기 전에 마지막으로 한 번 더 뒤돌아보니, 그랬다, 그녀는 텅 빈 방식으로 거기에 있었다. 살아 숨 쉬는 예술 형식, 파자마 같은 옷을 입고 앉아 있는, 내게 그 이상의 생각하거나 상상할 거리를 주지 않는, 소년 혹은 소녀. 안내인이 양쪽 벽에 문이 하나도 없는 긴 복도로 우리를 데려가자 로스가 거의 떨리면서 꺾이는 듯한, 정신 빠진 목소리로 나에게 말하기 시작했다.

"사람은 나이가 들면 물건을 점점 더 좋아하게 돼. 나는 이게 사실이라고 생각한다. 특별한 물건들. 가죽 장정 된 책, 가구, 사진, 그림, 그림이 들어 있는 액자. 이런 것들은 과거를 영원해 보이게 만들지. 오래전에 죽은 유명 선수가 사인한 야구공. 평범한 커피 머그잔. 우리가 믿는 물건들. 그것들은 중요한 이야기를 들려줘. 한 사람의 삶, 거기에 들어왔다 떠나간 모든 것, 거기에는 깊이

와 풍성함이 있지. 우리는 어떤 방, 단색 그림들을 걸어놓은 방에 곧잘 앉아 있곤 했다. 아티스랑 나 말이야. 뉴욕 집의 그 방에는 그림 다섯 점과 우리가 십대 관광객처럼 간직했다가 액자에 넣은 표, 마드리드에서 본 투우 경기 표 두 장이 있었지. 아티스는 그때 이미 상태가 안 좋았다. 별말을 주고받진 않았어. 그냥 거기 앉아서 추억을 떠올리고 있었지."

문장 사이에 긴 침묵이 있었던 데다 그의 목소리가 중얼거림 혹은 속삭임에 가까워서 열심히 귀 기울이며 기다렸다.

내가 말했다. "아버지 경우에는 애장품이 뭔데요?"

"아직 모르겠다. 어쩌면 영영 모를 것 같기도 하고."

"그림은 아니죠."

"너무 많아. 너무 과해."

"표는요. 작은 종잇조각 두 개요."

"솔 이 솜브라 표였지. 플라사 데 토로스 라스 벤타스의." 그가 말했다. "우리는 땡볕이었다 그늘졌다 하는 구역에 앉았어. 지붕 없는 곳. 솔 이 솜브라."*

강박적 회상에 빠진 사내의 이야기는 아직 끝난 게 아니었다. 그는 말했고, 나는 들었고, 그의 목소리는 점점 더 자주 끊겼고, 화제는 점점 더 길을 잃었다. 내가 그때 안내인을 쳐다보면서 방에, 내 방에, 우리 둘이, 안내인이자 경호원인 그녀와 내가 있는 모습을 상상해보고 싶어 했나? 아니면 알 수 없는 곳에 혼자 있는 그녀, 신발 벗는 여자를 눈앞에 그리고 싶어 했나? 어렴풋한 욕정을 느꼈지만 구체화할 수가 없었다.

---

* 플라사 데 토로스 라스 벤타스는 에스파냐 마드리드의 유명 투우장이다. 객석이 가격에 따라 세 등급으로 나뉘는데 가장 비싼 솜브라(그늘)는 테라스석, 그 아래가 솔 이 솜브라(태양과 그늘), 가장 싼 자리를 솔이라 한다.

우리는 비어 안에 서서 제로 K를, 번호 붙은 층들을 미끄러지듯 빠져나가고 있었다. 나는 소수(素數)를 생각했다. 나는 생각했다, 소수를 정의해봐. 비어는—나는 생각했다—정밀한 사고에 적합한 환경이었다. 나는 늘 수학을 잘했다. 숫자를 다룰 때 자신감을 느꼈다. 숫자는 과학의 언어였다. 그리고 지금 나는 소수의 정의를 구성할, 정확하고 영구적이면서도 다소 필수적인 표현을 찾아낼 필요가 있었다. 하지만 내가 왜 이걸 해야 했을까? 안내인은 눈을 감고 서서 러시아어로 생각하고 있었다. 아버지는 단속적인 의식 상태, 고통으로부터의 도피 상태에 있었다. 나는 생각했다, 소수. 나눌 수 없는 양의 정수. 하지만 나머지는 뭐였을까? 소수에 대한 게 또 뭐가 있었을까? 정수에 대한 건 또 뭐가 있었을까?

나는 복도를 걸어서 방으로 가고 있었다. 가방을 챙긴 다음 아버지를 만나 집에 가고 싶은 마음뿐이었다. 내게 남은 유일한 기력은 집으로 돌아간다는 기대에서 나왔다. 인도, 도로, 파란불, 빨간불, 살아서 반대편까지 가는 데 할당된 몇 초.

하지만 지금 멈춰야 했다. 멈춰 서서 봐야 했다. 천장의 스크린이 내려오기 시작하면서 일련의 영상이 복도를 가득 채웠기 때문이다.

달리는 사람들, 달리는 남녀 무리, 다닥다닥 붙어서 필사적으로 보인다, 수십 명, 그다음엔 수백 명, 작업복 바지, 티셔츠, 운동복 셔츠, 서로를 어깨로, 팔꿈치로 밀치며, 바로 코앞만 보면서, 조금 높이 위치한 카메라, 기울여 찍은 장면, 컷도 틸트*도 팬**도 없다. 나는 본능적으로 뒷걸음친다. 화면에 오디오는

* 삼각대에 고정된 카메라를 상하로 기울이는 것.
** 삼각대에 고정된 카메라를 좌우로 회전하는 것.

없지만 수많은 규칙적인 숨소리와 쿵쾅거리는 발소리를 들을 수 있을 것만 같다. 그들이 달리고 있는 곳의 바닥은 빽빽이 들어찬 몸들에 가려 거의 보이지 않는다. 나는 테니스화, 앵클부츠, 샌들을 본다. 맨발인 여자, 운동화 끈이 풀려서 찰싹대는 남자가 있다.

그들은 계속 온다. 어떤 무시무시한 참상이나 맹습하는 위협으로부터 달아나려 한다. 나는 면밀히 들여다보면서 화면상의 행위에 대해, 그 획일성과 정연한 배열과 급박한 장면의 바탕에 깔린 일정한 속도에 대해 생각하려 애쓴다. 똑같은 집단을 반복해서 보고 있는지도 모른다는 생각이 들기 시작한다. 찍고 또 찍어서, 수백 명처럼 보이게 만든 스물네 명의 주자, 깔끔한 편집 솜씨.

여기 그들이 온다, 입은 벌리고, 팔은 힘차게 흔들며. 머리띠, 선 캡, 카무플라주 모자. 속도를 늦출 기미는 없이. 그때 머릿속에 뭔가가 더 떠오른다. 이것이 선택적으로 나열한 사실 기록이 아니라 그와는 완전히 동떨어진 것일 수도 있을까? 디지털 짜깁기, 조각조각을 조작하고 개선한 것, 전체를 구상하고 편집하고 재구상한 것이란 뜻이다. 왜 지금껏 이 생각이 떠오르지 않았던 걸까, 장맛비와 토네이도 영상을 볼 때는. 들불과 분신하는 승려들은 시각적 허구였다. 디지털 비트, 디지털 코드, 전부 컴퓨터로 만들어진 것. 그중 무엇도 진짜가 아니었다.

영상이 희미해지고 스크린이 소리 없이 올라가기 시작할 때까지 보고 있었다. 그러고 나서 복도를 따라 아직 조금밖에 안 갔을 때 정체를 알기 어려우면서 빠르게 점점 커지는 소리가 났다. 몇 걸음 만에 멈춰야 했다, 소리가 나를 덮치다시피 해서. 다음 순간 그들이, 달리는 남녀들이 모퉁이 저편으로부터 나를 향해 돌진해 왔다. 영상이 구현되어 화면 밖으로 튀어나온 것이다. 거기서 유일하게 안전한 곳, 가장 가까운 벽으로 서둘러 갔다. 등은 납작하게 붙이고, 두 팔은 펼치고서. 그러자 주자들이 닥쳐와, 아홉열 명이 나란히, 쏜살같이 지나갔다, 이글이글한 눈을 한 채. 그들의 땀을 보고 악취를 맡을 수 있었고 그들은 하나같이 정면만 보면서 계속 왔다.

진정해. 여기 있는 것을 봐. 그것에 대해 똑똑히 생각해.

이 지역에서 유지되어온 의식(儀式), 종교적 경외가 담긴 마라톤, 100년간 고집해온 어떤 알려지지 않은 전통. 가설을 생각할 수 있었던 시간은 그게 다였다. 그들이 다가왔다가 그대로 지나칠 때 나는 먼저 얼굴을 보고 나서 몸을 쳐다보다가 운동화 끈을 찰싹대는 사내를 발견하고는 맨발의 여자를 찾으려 했다. 주자는 몇 명, 그들은 누구였나, 왜 촬영되고 있었나, 지금도 촬영되고 있나? 그들이 왔다 가는 것을 지켜보다가 마지막 주자들이 다가옴에 따라 점차 가늘어지는 줄에서 내가 본 것은 한 쌍의 키 큰 금발 남자들이었다. 어깨를 나란히 한 그들이 지나갈 때 더 잘 보기 위해 몸을 앞으로 기울여 보니 그것은 틀림없는 스텐마르크 쌍둥이, 라르스와 닐스, 혹은 얀과 스벤이었다.

그들은 나를 물들여가고 있었고 내 생각을 뛰어넘었다. 지난 며칠간, 이 극단적인 일생의 단편 동안. 대체 그것은 당황스러운 집중 교육 이상의 무엇이었나?

그들의 게임, 그들의 폭도였고 그들 역시 땀 흘리고 헐떡이는 일원이었다. 스텐마르크 쌍둥이는. 나는 벽에 바짝 붙어 서서 그들이 쌩하고 나를 지나쳐 긴 복도를 달려가는 것을 바라봤다. 그리고 주자들이 사라진 뒤에도 조금 더 벽에 묶인 채 제자리에 그대로 있었다. 방금 본 것이 뭔지는 몰라도 유일한 목격자가 나라는 사실을 알고 놀랐던 걸까?

텅 빈 복도.

사실 다른 사람들을 보게 되리라는 기대를 안 하고 있었다. 복도에 다른 이들도 있다는 생각이 떠올랐던 적이 한 번도 없었다. 내 경험상으로는, 몇 번의 짧은 예외를 제외하곤, 그런 다른 사람들이 있다는 것이 흔치 않은 일이었기 때문이다. 나는 그제야 벽에서 떨어졌다. 몸과 마음은 여전히 윙윙거렸고, 복도는 주자들의 둔중한 이동 소리로 울리는 듯했다.

방으로 돌아오는 길에 내가 절뚝거리고 있음을 깨달았다.

아티스 마티노

그런데 지금의 나는 예전의 나인가.

나는 내가 누군가라고 생각한다. 여기에 누군가가 있고 나는 그것을 내 안에서 또는 내 옆에서 느낀다.

그런데 여기는 어디고 나는 여기에 얼마나 오래 있었으며 여기에 있는 것은 나뿐인가.

그녀는 이 단어들을 안다. 그녀 자체가 이 단어들이지만 그녀는 단어 밖으로 나와 누군가가 되는 방법, 단어를 아는 사람이 되는 방법을 알지 못한다.

시간. 나는 그것을 내 안의 모든 곳에서 느낀다. 하지만 그게 무엇인지는 모른다.

내가 아는 유일한 시간은 내가 느끼는 것뿐이다. 지금은 그것이 전부다. 하지만 나는 이것이 뭘 뜻하는지 모른다.

내게 여러 가지를 자꾸만 말하는 단어들이 들린다. 늘 멀어졌다 돌아오는 똑같은 단어들.

그런데 지금의 나는 예전의 나인가.

그녀는 자신에게 일어난 일과 자신이 어디에 있는지와 지금의 자신이 된다는 것이 무엇을 의미하는지 이해하려 애쓰고 있다.

내가 지금 기다리는 것은 무엇인가.

나는 지금 여기에만 존재할 뿐인가. 이 일을 한 나에게는 무슨 일이 일어났나.

그녀는 1인칭이면서 3인칭이기도 하다.

유일한 여기는 내가 있는 곳이다. 하지만 여기는 어디인가. 그리고 왜 여기만 되고 다른 곳은 안 되는가.

내가 모르는 것은 바로 여기 내 옆에 있지만 어떻게 해야 내가 그것을 알 수 있나.

나는 누군가인가 아니면 단지 단어들 때문에 내가 누군가라고 생각할 뿐인가.

왜 나는 더 많이 알 수 없는가. 왜 이것뿐이고 다른 것은 없나. 아니면 나는 기다려야 하는가.

그녀는 자신이 느끼는 것을 말할 수 있고 동시에 감정 밖에 선 사람이기도 하다.

존재하는 것은 단어들이 전부인가. 나는 단어들일 뿐인가.

단어들이 나에게 여러 가지를 말하고 싶어 하지만 나는 듣는 방법을 모른다는 것이 내가 가진 감정이다.

나는 내게 들리는 것에 귀 기울인다.

내게는 나인 것만 들린다. 나는 단어들로 만들어졌다.

이런 식으로 계속되는가.

나는 어디에 있나. 장소가 무엇인가. 나는 어딘가의 느낌을 알지만 그것이 어디인지는 모른다.

내가 이해하는 것은 알 수 없는 곳에서 온다. 나는 내가 이해하는 것이 무엇인지 말하고 나서야 그것을 안다.

나는 누군가가 되려 애쓰고 있다.

회선(回旋), 의식의 표류.

나는 어떤 것들을 거의 안다. 내가 여러 가지를 알게 될 거라고 생각하지만 그런 일이 실제로 일어나진 않는다.

나는 나에게 속하지만 내 바깥에 있는 뭔가를 느낀다.

내 몸은 어디에 있나. 그것이 무엇인지 나는 아는가. 나는 그 단어를 알 뿐이고 알게 된 경위는 모른다.

나는 내가 뭔가의 안에 있다는 것을 안다. 나는 내가 들어 있는 이것 안에 있는 누군가이다.

이것이 내 몸인가.

이것이 내가 무엇을 알든 내가 무엇이든 나를 만드는 것인가.

내가 있는 곳은 내가 알 수 있거나 느낄 수 있는 어떤 곳도 아니다.

나는 기다리려 애쓸 것이다.

내가 모르는 모든 것은 여기 내 옆에 있지만 어떻게 해야 내가 그것을 알게 만들 수 있는가.

나는 누군가인가 아니면 단지 단어들 때문에 내가 누군가라고 생각할 뿐인가.

왜 나는 더 많이 알 수 없는가. 왜 이것뿐이고 다른 것은 없나. 아니면 나는 기다려야 하는가.

그녀는 자아의 확고부동한 한계 안에서 살고 있다.

존재하는 것은 단어들이 전부인가. 나는 단어들일 뿐인가.

나는 영원히 생각을 멈추지 않을 것인가. 나는 더 많이 알아야 하지만 생각을 멈춰야 하기도 하다.

나는 내가 누구인지 알려 애쓴다.

그런데 지금의 나는 예전의 나인가 그리고 나는 이 말이 무엇을 뜻하는지 아는가.

그녀는 서로 결합될 가능성이 전혀 없는 1인칭이자 3인칭이다.

내가 해야 할 일은 이 목소리를 멈추는 것이다.

그런데 그때 무슨 일이 일어나는가. 그리고 나는 얼마나 오래 여기에 있는가. 그리고 이것은 존재하는 모든 시간인가 아니면 최소한의 시간일 뿐인가.

모든 시간은 더 기다려야 오는가.

내가 나이길 멈추고 아무도 아닌 사람이 될 수는 없나.

그녀는 찌꺼기, 남아 있는 정체성의 전부다.

나는 내게 들리는 것에 귀 기울인다. 나는 나인 것만 들을 수 있다.

나는 시간을 느낄 수 있다. 내가 모든 시간이다. 하지만 나는 이 말이 무엇을 뜻하는지 모른다.

나는 지금 여기 있는 무엇일 뿐이다.

여기에 있는 나는 얼마나 많은 시간인가. 여기는 어디인가.

나는 내가 말하고 있는 무엇을 내가 볼 수 있다고 생각한다.

그런데 지금의 나는 예전의 나인가. 그리고 이 말은 무엇을 뜻하는가. 그리고 누군가가 나에게 뭔가를 했나.

이것은 너무 꽉 졸라매서 영원히 갇혀버린 자아의 악몽인가.

나는 내가 누구인지 알려 애쓴다.

하지만 나는 전부 내가 말하고 있는 것이고 이것은 거의 아무것도 아니다.

그녀는 자신을 보지도, 스스로에게 이름을 붙여주지도, 자신이 생각하고 있는 것을 생각하기 시작한 후 흐른 시간을 추정하지도 못한다.

나는 내가 누군가라고 생각한다. 하지만 단어들을 말하고 있을 뿐이다.

단어들은 절대 사라지지 않는다.

수 분, 수 시간, 수일, 수년. 아니면 그녀가 아는 모든 것은 끝없는 1초 안에 담겨 있나.

이것은 너무나도 작다. 나는 여기에 내가 거의 없다고 생각한다.

내가 여기 있음을 아는 것은 내가 뭔가를 말할 때뿐이다.

나는 기다려야 하는가.

지금 여기. 이것이 나이지만 이것뿐이다.

그녀는 단어를 보려고 한다. 단어 안의 글자들이 아니라 단어 자체를.

만진다는 것은 무엇을 뜻하는가. 여기 내 옆에 있는 것이 무엇이든 나는 거의 만질 수가 있다.

이것이 내 몸인가.

나는 내가 누군가라고 생각한다. 지금의 내가 된다는 것은 무엇을 뜻하는가.

개인이 가진 모든 자아들. 거의 헐벗은 목소리 외에 그녀에게 남은 것.

나는 단어를 보려 한다. 항상 똑같은 단어들.

단어들이 떠내려간다.

나는 단어들에 불과한가. 나는 더 많은 것이 있음을 안다.

그녀에게 3인칭이 필요한가. 그녀가 자기 안의 여론조사 속에서 살도록 놔둬라. 그녀가 다른 누가 아닌 자기 자신에게 계속 질문하도록 놔둬라.

그런데 지금의 나는 예전의 나인가.

계속해서. 눈을 감은. 캡슐 속 여자의 몸.

2부

코스탄티닙카기(期)

1

사무실은 실버스톤이라는 사내의 것이었다. 아버지의 예전 사무실이라 그의 소유였던 그림 중 두 점이 여전히 벽에 걸려 있었는데 그늘진 두 그림에 먼지로 뿌연 햇빛이 네모나게 비쳤다. 나는 광낸 책상 뒤에 앉은 실버스톤이 헝가리에서 남아공, 포린트화(貨)에서 란드화*에 이르는 세계경제에 대한 요약을 단조롭게 읊조리는 동안 억지로 그를 쳐다보느라 안간힘을 써야 했다.

로스가 나를 부탁하는 전화를 건 탓에 나는 여기 앉아 있으면서도 일종의 분리감, 내가 사무실에서 보내는 시간을 항상 규정해온 사라지지 않는 거리감, 일과 직위—직업이라기보다는 지위, 역할, 직함—를 가진 남자를 느끼려 애썼다.

이 일을 맡는다면 나는 '그의 아들'이 될 것이었다. 면접에 대한 이야기가 퍼지고 업계의 모두가 나를 그런 식으로 보게 될 터였다. 이 일은 조건 없는

---

* 각각 헝가리와 남아공의 화폐.

선물이 아니었다. 자리를 유지할 자격을 나 스스로 얻어야만 하는데도 아버지의 이름은 내가 걷는 모든 걸음과 내가 하는 모든 말을 따라다닐 것이었다.

게다가 나는 내가 제안을, 어떤 제안도, 지위와 역할을 막론하고 거절하리라는 걸 이미 알고 있었다.

실버스톤은 어깨가 떡 벌어지고 거의 대머리가 벗어진 남자로, 그가 하는 독백에서 손이 활동적 요소였는데 나도 모르게 그의 손짓을 요약된 형태로 따라 하고 있었다. 그것은 동의를 표하는 모깃소리만 한 웅얼거림이나 끄덕임의 대안이었다. 우리는 수화를 시연 중인 선생님과 학생처럼 보일 수도 있었다.

포린트화는 손가락 한 바퀴 돌리기, 란드화는 주먹 한 번 쥐기가 되었다.

두 그림은 이곳에서의 아버지를 유령처럼 생각나게 하는 유해였다. 이 사무실을 마지막으로 방문했을 때를 떠올리자 밤에 선글라스를 쓴 채 창가에 선 로스가 있었다. 그것은 그가 아내와 떠나게 되는 여행, 아들과 돌아오게 되는 여행 이전의 일이었다. 그 후로는, 적어도 나에게는, 대부분 방자한 시간이었다. 그중 2년은 태만하고 목적 없이 보냈다.

실버스톤이 보다 구체적이 되어 내가 물 인프라를 다루는 그룹의 일원이 될 거라고 말했다. 그것은 내가 한 번도 들어본 적 없는 용어였다. 그는 물 스트레스*와 물 분쟁에 대해 말했다. 투자자들의 이해를 돕는 물 위기 지도를 언급했다. 자본과 물 기술의 교차점을 상세히 열거한 도표가 있습니다, 그가 말했다.

벽에 걸린 그림들이 수채화가 아니라는 사실을 나는 언급하지 않기로 했다. 굳이 내 기질 중에서 얕은 층위를 드러낼 필요가 없었으니까.

* 물 사용량을 물 보유량으로 나눈 값. 이 수치가 높을수록 물 부족이 심각한 국가다.

그는 아버지를 포함한 몇 명과 상의하고 나서 제안을 할 것이다. 나는 며칠 기다리면서 내게 일이 절실히 필요하다는 사실을 상기한 후에 제안을 거절하되 고맙다는 말 이상은 덧붙이지 않을 것이다.

사내의 말을 잘 듣고 있다가 가끔 입을 열었다. 똑똑한 말을 몇 마디 했다. 내 귀에는 똑똑하게 들렸다. 그런데 나는 왜 여기 있지? 거짓말할 필요가 있나? 입체적으로, 상당한 시간에 걸쳐, 손짓을 해가며? 현실의 압력에 굴복하고 싶은 끈질긴 욕구에 저항하고 있는 건가? 확실히 아는 게 딱 하나 있었다. 내가 이런 방식을 택한 이유가, 보다 흥미로운 사람이 되기 위해서라는 것이었다. 이 말이 미친 소리 같나? 그것은 내가 이해하려 들지 않는 방식들로 내가 누구인지를 나에게 보여줬다.

여기서 로스는 내 생각에 포함되지 않았다. 그와 나는 일부러 나쁘게 헤어지지는 않기로 결심했기 때문에 이런 술수 중 무엇도 그를 향한 것이 아니었다. 그는 아마 내가 제안을 거절하면 안심할 것이었다.

실버스톤과의 독대 동안 내내 여기 앉아서 사내의 물 이야기를 열심히 듣는 나 자신을 보았다. 누가 더 어이없나, 그인가 나인가?

저녁에 에마에게 이 남자를 묘사하면서 그가 한 말을 그대로 들려줄 것이다. 남의 말을, 때로는 토씨 하나 다르지 않게, 옮기는 것은 내 특기다. 교통 소음으로 시끄러운 큰길 사이로 난 좁은 가로수 길의 소박한 식당에서 먹는 늦은 저녁이 기대됐다. 분위기는 물 인프라가 좋게 이끌어줄 터였다.

컨버전스에서 돌아왔을 때 나는 이제 우리가 역사 안으로 귀환했다고 로스에게 알렸다. 나날에는 이름과 숫자, 식별 가능한 순서가 있고 우리가 이해하려고 시도할 수 있는, 가까운 과거와 머나먼 과거의 사건들을 합친 총체가 있다. 공동 질서로부터의 일탈이 이어지더라도 어떤 것들은 예측이 가능하다.

엘리베이터는 옆이 아니라 위아래로 움직인다. 공공시설에서 우리가 먹는 음식을 제공하는 사람들을 볼 수 있다. 포장도로를 걷고 길모퉁이에 서서 택시를 잡는다. 택시는 노란색, 소방차는 빨간색, 자전거는 대부분 파란색이다. 나는 매 순간 몽롱한 인터넷 황홀경에 빠지게 만드는 기기들과 데이터 로밍으로 돌아갈 수 있다.

아버지는 역사나 기술이나 택시 잡기에 관심이 없는 것으로 드러났다. 그는 머리가 아무렇게나 자라도록 내버려두었고 가고 싶은 곳에는 대부분 걸어갔는데 그런 곳은 거의 없었다. 그는 느리고 조금 구부정했으며 내가 운동과 다이어트와 자기 책임에 대해 얘기할 때면 우리 둘 다 그것이 공허한 소리의 목록에 불과함을 알았다.

그의 양손은 가끔 떨리곤 했다. 그는 자기 손을 쳐다봤고 나는 그의 얼굴에서 무미건조한 무관심만을 보았다. 한번은 내가 떨림을 멈추려고 그의 두 손을 잡았을 때도 그는 그저 눈을 감았을 뿐이었다.

일자리 제안이 올 것이었다. 그리고 나는 거절할 것이었다.

뉴욕 집에서 그는 마지막에는 항상 어기적어기적 계단을 내려와 단색 그림들이 걸린 방에 앉는다. 내 방문이 끝났다는 의미지만 나는 때때로 뒤따라가 한동안 문간에 선 채 그가 방에 없는 뭔가를 응시하는 것을 지켜본다. 그는 기억을 떠올리거나 상상을 하는 것이고 내 존재를 의식하는지 아닌지는 확실치 않지만 나는 지금 그의 마음이 땅속을 파고들어 시체들이 쌓여 기다리는 불모지로 돌아가고 있음을 안다.

2

나는 에마와 그녀의 아들 스택과 함께 택시에 타고 있었다. 세 몸뚱어리가 뒷좌석에 억지로 우그러져 앉았다. 소년은 기사의 면허증을 확인하더니 곧바로 어느 나라 말인지 알 수 없는 언어로 남자에게 말하기 시작했다.

나는 조용히 에마에게 상의했고 그녀는 아이가 파슈토어를 여가 시간에 남몰래 공부한다고 말했다. 아프가니스탄에서 쓰는 말, 그녀가 내 이해를 돕기 위해 말했다.

나는 자기방어를 위해 반사적으로 우르두어*에 대해 뭐라고 중얼거렸다. 그것이 그 상황에서 머릿속에 떠오른 유일한 단어였기 때문이다.

우리는, 그녀와 나는 서로 기대 있었는데 그녀는 우스꽝스러운 효과를 내기 위해 입을 귀퉁이만 벌려 말하면서 우리의 공모 관계를 과장했고 스택이 허리띠에 찬 기기의 지시에 따라 파슈토어 구절을 정확히 발음하면서 자기

* 파키스탄의 공용어.

방에서 원을 그리며 빙글빙글 돈다고 말했다.

그는 기사 바로 뒤에 앉아서 플렉시글라스* 칸막이에 대고, 교통 소음과 도로 공사에 구애받지 않고 말했다. 스택은 열네 살에, 외국에서 태어났고, 193센티미터인데 여전히 성장 중인 기우뚱한 탑이었으며, 목소리는 급하고 깊었다. 기사는 자기 모국어의 단어와 구절을 백인 소년과 주고받고 있는 상황이 놀랍지 않은 것처럼 보였다. 이것이 뉴욕이었다. 살아 숨 쉬는 모든 유전자형이 낮이나 밤의 어느 시점에 그의 택시에 들어왔다. 이것이 과장된 생각이라면 그 또한 뉴욕이었다.

우리 앞의 텔레비전 화면에서 두 사람이 다리와 터널 교통 상황에 대해 어렴풋이 이야기하고 있었다.

에마가 나에게 언제부터 새 직장에 출근하냐고 물었다. 오늘부터 2주 후. 어느 그룹, 어느 부서, 어느 동네. 나는 이미 나 자신에게 말했던 몇 가지를 그녀에게 말해주었다.

"정장이랑 넥타이."

"응."

"깔끔한 면도, 광낸 구두."

"응."

"당신 기대되지."

"응, 맞아."

"이 일로 당신이 변할까?"

"내가 사실은 이런 사람이란 걸 상기시켜주겠지."

"마음속 깊은 곳에서는." 그녀가 말했다.

---

* 유리처럼 투명한 합성수지.

“깊은 곳에 뭐가 있든 말이지.”

기사는 버스 전용 차로로 끼어들어서 일시적인 유리함, 이점, 우위를 얻더니 소년이 있는 뒤를 향해 손짓해가며 말했다. 앞의 신호등 세 개가 모두 파란불이라고. 파슈토어, 우르두어, 아프가니스탄어로. 나는 에마에게 우리가 탄 택시의 기사는 법을 어기면서 버스 전용 차로에 들어가고, 핸들을 한 손으로 잡고 미친 사람 같은 속도로 운전하는 동시에, 반쯤은 어깨 너머를 넘겨다보면서 머나먼 언어로 손님과 대화한다고 말했다. 이게 뭘 뜻할까?

“당신 지금 기사가 저 언어로 말할 때만 이런 식으로 운전한다고 말하려는 거야?”

“저 사람한테는 일상이란 뜻이야.”

그녀는 화면 하단의 메뉴를 들여다보다가 ‘끄기’라고 표시된 가로세로 3센티미터의 사각형에 손가락을 갖다 댔다. 아무 일도 일어나지 않았다. 우리는 브로드웨이를 천천히 움직이는 일반 차로에 다시 들어왔고 나는 에마에게, 뜬금없이, 신용카드 사용을 중단하고 싶다고 말했다. 현금을 내고 싶고, 어떤 상황에서든 현금을 내는 것이 가능한 삶을 살고 싶었다. 삶을 살고 싶어, 나는 이 구절을 곱씹으며 다시 한번 말했다. 그러고 나서 화면을 향해 몸을 숙여 ‘끄기’ 버튼을 터치했다. 아무 일도 일어나지 않았다. 우리는 스택이 자신이 아는 파슈토어 안에서 열심히 기사에게 말 거는 것을 듣고 있었다. 에마는 화면의 영상을 뚫어져라 쳐다봤다. 나는 그녀가 ‘끄기’ 버튼을 터치하길 기다렸다.

에마와 전남편—그녀가 이름을 입에 올리지 않는 남자—은 우크라이나에 갔다가, 버려진 아이들을 위한 시설에서 스택을 발견했다. 당시 대여섯 살이던 그를, 과감하게 절차를 밟아 덴버로 데려왔지만 그들이 이혼하고 에마가 동부로 이사하면서 스택은 결국 뉴욕과 덴버를 오가며 살게 되었다.

물론 이것은 대략적인 개요일 뿐이므로 그녀는 나를 위해 충분한 시간을 들여서, 몇 주에 걸쳐 이야기를 완성해주었다. 그녀의 목소리가 후회로 지쳐가는 동안에도 나는 새로운 종류의 가정, 가장 즉물적인 것—손길, 반(半)단어, 파란 침대보, 새벽 2시에 유아어처럼 들리는 에마의 이름—에 빠져들었다.

경적이 간헐적인 소음을 만들었고 스택은 여전히 닫힌 구멍을 통해 기사에게 말하고 있었다. 이야기하고, 소리치고, 듣고, 적당한 단어나 구절을 찾느라 잠시 침묵하고. 나는 에마에게 내 돈에 관해 얘기했다. 돈이 생각난다, 흐릿해지는 숫자들, 현금 자동 입출금기가 뱉어내는 명세서에서 드러나는 작은 차액에 대해 이야기한다. 집에 가서 수표 기입장을 보고 간단한 산수를 한다. 1달러 12센트라는 이상이 발견된다.

"은행 실수지 당신 실수가 아니잖아."

"어쩌면 은행 실수도 아니고 구조 자체의 무엇인지도 몰라. 컴퓨터와 그리드*와 디지털 알고리즘과 정보국 너머의 무엇. 거기가 바로 뿌리이고 근원이야—나 좀 심각해—아귀가 맞아 들어가거나 분리되는 곳이지. 3달러 67센트."

차량 행렬은 꼼짝하지 않았고 나는 팔꿈치로 창문 버튼을 쿡 누른 다음 경적 소리가 최고 음량에 도달하는 것을 듣고 있었다. 우리는 우리 자신의 강박적인 소음 안에 갇혀 있었다.

"난 우리를 정의하는 사소한 문제들에 대해 얘기하고 있는 거야."

창문을 닫고 이다음에 무슨 말을 할까 생각했다. 뉴스와 날씨를 알리는 희미한 소리가 계속 에마의 무릎뼈 근처에 있는 화면에서 나왔다.

* 지리적으로 분산된 컴퓨터들을 서로 연결하고 병렬 컴퓨팅을 통해 고속 연산과 대량 데이터 처리를 할 수 있게 만드는 차세대 인터넷 네트워크.

"공항에서의 영원처럼 긴, 텅 빈 시간들. 거기까지 가기, 거기서 기다리기, 신발 벗은 채로 긴 줄에 서 있기. 생각해봐. 우리는 신발을 벗고 금속 소지품을 꺼내고 탐지기를 통과해서 두 팔을 든 채 몸 스캔을 당하고 방사선을 쬠으로써 어딘가의 모니터 속 나체로 전락해. 그러고 나서 또다시 타르 활주로 위의, 열여덟 번째 순서인 비행기 안에서, 안전벨트에 묶인 채 기다리는 우리는 얼마나 완벽하게 무력하냔 말이야. 그런데 이 모든 것이 평범한 일이고 일상이라 스스로 그것을 잊어버려. 그게 바로 그거야."

그녀가 말했다. "그게 뭔데?"

"뭐긴. 모든 것이지. 우리가 누구인지 말해주는 건 우리가 잊어버리는 것들이라고."

"그거 무슨 철학적 진술이야?"

"교통 체증이 철학적 진술이지. 내가 당신 손을 잡아서 내 가랑이 사이에 밀어 넣고 싶다. 그런 게 철학적 진술이야."

스택이 칸막이로부터 물러났다. 그는 꼿꼿하게 가만히 앉아서 애매한 공간을 들여다보고 있었다.

우리는 기다렸다.

"저 남자. 저 기사. 예전에 탈레반이었대."

그는 이 말을, 초점 없는 시선을 유지한 채 차분히 뱉었다. 우리는, 에마와 나는 생각에 잠겼고 그러다 마침내 에마가 말했다. "정말이니?"

"그렇게 말했고 그렇게 들었어. 탈레반이라고. 소규모 접전, 충돌, 온갖 작전에 참여했대."

"또 무슨 얘기 했는데?"

"저 사람 가족 얘기, 내 가족 얘기."

그녀는 마뜩잖았다. 우리가 발전시켜놓은 가벼운 분위기가 침묵으로 대체

되었다. 나는 아이를 내려준 뒤에 우리가 갈 만한 술집을 상상했다. 바에 몰려든 몸뚱이들, 서너 테이블에 앉은 커플들, 생기 넘치는 대화, 깔깔 웃는 여자들. 탈레반. 그렇게 많은 사람들이 어쩌다 이런 상황에 이르게 된 것일까. 공포로부터 달아나는 이들과 공포를 제공하는 이들이 너나없이 택시를 모는 상황에.

우리가 택시를 탄 이유는 스택이 지하철을 거부했기 때문이었다. 야만적인 열기와 플랫폼의 악취. 서 있기와 기다리기. 북적이는 열차, 녹음된 안내 방송, 몸들 간의 접촉. 그는 공동 질서를 지탱하는 떨리는 손을 유지하기 위한 방법의 일환으로 우리가 참아야 마땅한 모든 것을 거부하는 종(種)인 걸까?

우리는 한동안 조용했고 나는 '끄기' 버튼을 터치했고 그다음에 에마가 터치하고 내가 또다시 터치했다. 경적 소리는 줄어들었지만 차량은 움직이지 않았고 소음은 곧 다시 살아났다. 속이 꼬인 몇몇 운전자가 다른 운전자들을 자극하자 이 사람들과 증폭된 소리가 독립적인 힘, 소음을 위한 소음이 되어 시간과 공간의 세세한 부분들을 압도해버린 것이었다.

교통 체증. 도심. 일요일. 분별없는.

스택이 말했다. "눈을 감으면 소음은 그럭저럭 평범한 소리가 돼. 사라지는 게 아니라, 단지 눈을 감았다는 이유로, 들을 수 있는 소리가 되는 거야. 내 소리가 되는 거지."

"그리고 눈을 뜨면 어떻게 되는데?" 그의 엄마가 말했다.

"소리가 다시 소음이 되지."

왜 그 나이대의, 다섯 살 아니면 여섯 살 아니면 일곱 살 남자애를 입양하는가. 수도에서 수 킬로미터 떨어진, 들어본 적도 없는 도시에서 난생처음 보는 누군가를. 나라 자체가 수 세기 동안 이 주인, 저 주인의 손을 전전한 입양아인 국가에서. 그녀는 남편이 우크라이나 혈통이었다고 말했지만 나는 알았다. 그녀의 이유는 아이 얼굴에, 눈에 담긴 무언가, 욕구나 애원이었음을. 그녀는 자신을 압도하는 연민을 느꼈고 기대가 존재하지 않는 삶을 보았기에 데려가 구해야 할, 그 아이의 삶에 의미를 만들어줘야 할 의무가 있었다. 하지만 이것도 있었다, 그렇지 않겠는가. 너무 순식간에 일어났다는 점, 피와 살이라는 형태의 도박, 그냥 해버리자, 잘못될 수 있는 모든 것의 빠른 일축. 그리고 낯선 사람이 집에 들어오면 우리 결혼 생활을 구해줄 수도 있는 일련의 행운을 가져오지 않을까?

그녀는 스택이 길 건너 지붕 위의 비둘기를 세고 그 수를 알려주는 것을 절대 거르지 않는다고 말했다. 열일곱, 스물셋, 실망스러운 열둘.

그때 인도에 서 있던 사람은 크레용으로 쓴 판지를 들고 늘어진 얼굴로 구걸하는 노숙자가 아니라 생각에 잠긴 자세를 한 여자로, 긴 치마와 헐렁한 블라우스 차림으로 꼿꼿이 서서 머리 위로 뻗은 두 팔을 굽혔지만 손끝이 서로 닿지는 않았다. 눈을 감은 채 자연스럽게 가만있는 그녀 옆에는 꼬마 소년이 있었다. 전에도 그 여자 또는 다른 여자들이 여기저기서, 두 팔은 늘어뜨리거나 팔짱을 끼었지만 눈은 매번 감고 있는 모습을 본 적이 있었다. 소년을 본 것은 처음이었는데 잘 다린 바지, 하얀 셔츠, 파란 넥타이 차림의 그는 조금 겁먹어 보였다. 저러는 이유가 무엇인지, 왜 판지나 전단이나 소책자 없이 오직 여자만, 고요하게, 쉬지 않고 이동하는 무리 속에 고정된 점처럼 서 있는 것인지 지금껏 한 번도 생각해본 적이 없었다. 나는 그 눈 속에서 고동치는 삶의 세부 사항 하나조차 내가 지어낼 수 없음을 알면서 그녀를 지켜봤다.

차량 행렬이 움직이기 시작했고 스택은 이마를 플렉시글라스에 찰싹 붙인 채 또다시 기사에게 말을 걸고 있었다.

"난 때때로 애한테 입 다물고 시금치나 먹으라고 말해. 시간이 좀 걸렸어." 그녀가 말했다. "그 말이 농담이라는 걸 애가 이해하기까지."

아이는 주말 연휴 때 가끔씩, 그리고 학년 올라갈 때 열흘 동안 여기 와 있었다. 그게 다였다. 에마는 왜 남편과 갈라섰는지 내게 말한 적이 없었고 내 쪽에서 먼저 묻지 않은 이유도 분명 있었을 것이다. 그녀의 함구를 존중하기 위해서였을까. 아니면 더 본질적으로 우리가, 같은 생각을 갖는다는 게 어떤 것인지 탐구 중인 두 사람, 과거 이야기는 피하고, 살아온 내력을 읊고 싶은 어떠한 충동에도 저항하기로 결심한 두 사람이기 때문이었을까. 우리는 부부가 아니었고 같이 살지도 않았지만 서로 단단하게 결속된, 상대방의 일부였다. 내가 그 점에 대해 생각한 바는 다음과 같다. 직관적 관계, 대응점, 낮이든 밤이든 서로 곱하면 1이 되는 두 수의 관계.

"애가 농담을 이해 못하는데 재밌는 부분은 이거야. 애 아빠는 항상 내가 그렇다고 말했었거든."

에마는 학습 장애 및 발달 문제가 있는 아이들을 위한, 방학 없는 학교의 상담사였다. 에마 브레슬로. 나는 이 이름을 말하는 것을 좋아했다. 우리가 처음 만난, 코네티컷주 말 농장에서 있었던 공통의 친구 결혼식에서 그녀가 자기 이름을 말해주지 않았다면 내가 알아맞히거나 지어냈을 거라고 혼잣말하는 것을 좋아했다. 이것도 먼 훗날 다시 찾는 그리운 주제가 될까? 시골길, 왕포아풀 밭, 승마 부츠를 신은 신랑 신부. 먼 훗날이라는 개념은 우리가 탐구하기엔 너무 광범위하고 열린 주제였다.

빌딩들은 한층 더 높아졌고 기사는 스택이 파슈토어를 연습하도록 내버려둔 채 운전만 했다. 신호등에서 젊은 여자 둘이 길을 건넜는데 둘 다 빡빡머리였고 화면 속 남녀가 멀쩍한 목소리로 최근 급증한 북극 빙하 융해에 대해 이야기하길래 어떤 영상 자료, 일반인 제보 영상이나 방송국 헬리콥터가 나오길 기다렸으나 그들이 화제를 바꿨으므로 내가 '끄기' 버튼을 터치했지만 그들은 여전히 거기 있었고 그다음에 에마가 터치하고 내가 또 차분히 터치하고 나서 우리는 체념하고 화면과 소리의 지루함이 가져오는 진정제 같은 효과에 몸을 내맡겼다.

그때 그녀가 말했다. "재는 항상 날씨 얘기를 해. 오늘 날씨만이 아니라 특정 장소에 국한된 전반적 기상 현상을. 투손이 훨씬 남쪽에 있는데 왜 피닉스가 항상 투손보다 더울까? 답은 안 가르쳐줘. 그건 내가 알 만한 게 아니고 자기가 알 만한 건데 재는 지식을 나눌 생각이 없어. 그리고 온도를 쭉 읊는 걸 좋아해. 숫자가 뭔가를 말해주나 봐. 투손 화씨 103도. 항상 화씨인지 섭씨인지를 밝혀. 두 단어 다 좋아하거든. 피닉스 화씨 107도. 바그다드. 오늘 바그다드는 몇 도지?"

"기후에 관심이 많네."

"숫자에 관심이 많은 거야. 높음, 중간, 낮음. 지명과 숫자. 상하이, 재가 말할 거야. 강수량 0.254밀리미터. 뭄바이, 재가 말할 거야. 재는 뭄바이라고 말하는 걸 좋아해. 뭄바이. 어제 화씨 92도. 그다음에는 섭씨로 말하지. 그다음에는 제 기기들 중 하나를 확인해. 그다음에는 오늘 수치를 말하고. 그다음에는 내일 수치를 말하지. 리야드,* 재가 말할 거야. 리야드가 다른 도시에 지면 실망해. 감정적 허탈이랄까."

"과장이 심하네."

"바그다드, 재가 말할 거야. 화씨 113도. 리야드. 화씨 109도. 재는 나를 사라지게 만들고 있어. 재의 덩치, 방 안에서의 존재감으로, 우리 아파트를 작아지게 만들고, 한군데 있지 못하고, 돌아다니고 말하고 기억나는 걸 읊어, 그리고 재의 요구, 최후통첩, 그것들을 발표하는 목소리, 그리고 그와 함께 들리는 메아리. 내가 약간 과장하고 있긴 해."

* 사우디아라비아의 수도.

택시는 시내의 좁은 도로들을 비집고 들어가고 있었고 스택은 자기 엄마가 하는 말을 들었는지 몰라도 내색하지 않았다. 지금은 영어로 말하면서, 일방통행로와 막다른 길로 이루어진 보드게임에서 어디로 들어가라 나와라 지시하며 기사를 안내하려 애쓰고 있었다.

"나는 쟤가 누군지도 모르고, 쟤 친구들이 누군지도 모르고, 쟤 부모가 누구였는지도 몰라."

"부모는 없었지. 생물학적 엄마 아빠가 있었을 뿐이야."

"나는 생물학적 엄마라는 표현이 싫어. 공상과학소설 같잖아. 애가 공상과학소설을 질리도록 많이 읽어. 그건 내가 알지."

"언제 간다고?"

"내일."

"그리고 쟤가 가면 당신 기분이 어떨 거라고?"

"보고 싶을 거야. 애가 문을 나서는 순간부터."

나는 이 발언이 공중에 머물도록 내버려둬 봤다.

"근데 왜 좀 더 같이 있게 해달라고 요구하지 않아?"

"내가 견디질 못했어." 그녀가 말했다. "애도 그랬고."

택시가 금융 거래소* 바로 밑의 인적 드문 거리에 멈추자 스택은 몸을 숙여 문으로 내리면서 등 뒤로 손을 흔들어 아이러니한 작별 인사를 했다. 우리는 그가 고층 건물로 들어가는 모습을 지켜봤다. 그는 앞으로 두 시간 동안 먼지와 악취로 숨 막히는 방에서 현대 유도 이전의 기교적 자기방어법인 주짓수의 원칙을 배울 것이었다.

기사가 칸막이 가운데 구멍을 밀어 열자 에마가 돈을 건넸다. 우리는 한동

* 뉴욕 증권거래소.

안 정처 없이, 버려진 듯한 느낌을 주는 거리를 걸었다. 열린 소화전에서 녹물이 힘없이 흘러나오고 있었다.

잠시 후 그녀가 말했다. "탈레반 얘기는 얘가 지어낸 거야."

내가 흡수해야 할 또 하나의 생각.

"확실해?"

"걔는 가끔 즉흥적으로 지어내고, 뭔가를 부풀리고 과장하고, 상대방의 믿음의 기준을 시험할 수도 있고 안 할 수도 있는 방식으로 얘기를 한계까지 밀어붙여. 탈레반 얘기는 거짓말이었어."

"곧바로 느꼈구나."

"그 이상이야. 거짓말이란 걸 알았지." 그녀가 말했다.

"난 속았는데."

"동기가 뭔지는 확실치 않아. 동기가 없는 것 같아. 일종의 반복적인 실험이지. 자기 자신이랑 나랑 당신이랑 모든 사람을 시험하고 있어. 아니면 순수한 본능인지도 모르겠지만. 뭔가가 생각난다, 그럼 바로 말해버려. 자기가 상상하는 게 현실이 되는 거야. 그렇게 이상한 건 아니야. 다만 내가 가끔 얘를 프라이팬으로 때리고 싶을 뿐이지."

"주짓수는 어때?"

"그건 진짜야, 진지해. 한번 참관 허락을 받았던 적이 있거든. 얘가 전통을 존중할 때는 몸이 기꺼이 엄격한 형식을 따르더라고. 그 전통은 사무라이 결투야. 봉건시대의 전사들이지."

"열네 살이랬지."

"열네 살."

"열세 살이나 열다섯 살은 신경 쓰지 마. 열넷이 마지막 돌발이야." 내가 말했다.

“당신도 그랬어?”

“나는 아직도 기다리고 있지.”

우리는 긴 침묵에 빠져 섬 안쪽을 향해 한 걸음 한 걸음 걸었다. 약한 비가 내렸지만 그 때문에 한마디를 던지지도, 비를 피하러 가지도 않았다. 북쪽으로 걸어서 브로드가(街)의 테러 방지 바리케이드에 다다르자 한 가이드가 우산 쓴 관광객 무리에게 벽에 남은 흔적을 가리키며 100년 전 무정부주의자가 터뜨린 폭탄에 대해 이야기하고 있었다. 텅 빈 거리를 따라 걷는 동안 함께하는 걸음이 심장박동처럼 느껴지기 시작하더니 곧 게임, 암묵적 도전이 되어 속도가 점점 빨라졌다. 해가 다시 나타나자 곧 비가 그쳤다. 버려진 케밥 카트를 지나쳤고, 길 저쪽 끝에서 스케이트보드 타는 사람이 미끄러지듯 나타났다 다음 순간 사라지는 것을 봤다. 그러고 나서 마주친, 아랍식 두건을 쓴 여자는 하얀 블라우스와 얼룩진 파란 치마를 입고 혼잣말하면서 왔다 갔다 하는 맨발의 백인 여자로, 비계(飛階)가 거미줄처럼 촘촘히 세워진 보도를 따라 다섯 발짝 동쪽으로 갔다가 다섯 발짝 서쪽으로 가길 반복했다. 그다음에 돈 박물관,* 경찰 박물관, 파인가(街)의 오래된 석조 건물들을 지나친 후 우리의 발걸음은 다시 빨라졌다. 여기는 차도, 사람도 없고 거리를 따라 설치된 왜소한 안전표지인 쇠 말뚝뿐이었다. 그녀가 나를 앞지르리란 걸, 일정한 박자를 유지하리란 걸 알았다. 그녀는 손에 엽서 한 장 들고 우체통으로 걸어갈 때도 의지적인 사람이었으니까. 정체를 알 수 없는 소리가 주위를 둘러싸자 우리는 걸음을 멈추고 그 음색, 음조, 계속되는 낮고 둔한 윙윙 소리를 듣고 있었다. 처음엔 들리지 않았지만 한번 들은 다음부터는 사방에서, 걷는 걸음마다, 길 양편의 빈 건물에서 흘러나왔다. 우리는 도이체 방크의 잠긴 회전

* 미국 금융 박물관.

문 밖에 서서 그 안의 시스템에, 상호작용 하는 요소들의 네트워크에 귀 기울였다. 그녀의 팔을 붙들고 셔터 내린 가게 문 앞으로 잡아끌었다. 우리는 서로를 그러쥐고 몸을 부딪으면서 제대로 된 섹스 직전까지 갔다.

그러고 나서 우리는 여전히 아무 말 없이 서로를 쳐다봤다. 근데 너는 도대체 누구냐고 말하는 표정들 중 하나였다. 그녀의 표정이 그랬다. 이 표정은 여자의 소유물이다. 내가 지금 여기서 뭘 하고 있고 누구랑 같이 있지? 아, 난데없이 어디선가 튀어나온 웬 멍청이구나. 우리는 아직 연애 초기였지만 이 연애가 오래 지속된다 해도 지금과 비슷한 형태로 계속될 것이 분명했다. 우리가 서로에 대해 이 이상 알아볼 필요가 없다는 것은, 겉보기와 달리, 냉정한 계약관계에 따른 판단이 아니다. 단지 우리가 그런 사람이었고 우리가 얘기하고 느낀 방식이 그랬던 것뿐이다. 우리는 다시, 이제는 아무 생각 없이 걷다가, 웃통은 벗고 잠옷 바지는 걷어 올린 노인이 다세대주택 비상계단에서 젖은 해변용 의자에 앉아 일광욕하는 모습을 봤다. 그것이 전부였다. 우리는 티끌만 한 우리의 공통된 의식, 시각적 인상, 개략적 줄거리가 처음 며칠 밤낮에 그랬듯 각인처럼 남으리란 것을 알았다.

우리는 천천히 어슬렁거리며 처음 출발했던 거리로 되돌아갔고 나는 우리가 어떤 종류의 분위기, 에마의 기분, 아들의 임박한 등장으로 형태를 띠기 시작한 가라앉은 공기 속으로 걸어 들어가고 있음을 깨달았다. 고층 건물에 다다랐다. 스택이 도복을 묶은 보따리를 들고 나타났는데 덴버에 갈 때 같이 가져갈 작정이었다. 우리가 북쪽으로, 서쪽으로 걷는 동안 나도 모르게 상상에 빠졌다. 우리가 잡은 택시를 운전하는 남자가 우크라이나식 이름과 악센트를 가지고 있고 기꺼이 그 나라 말로 스택과 대화를 나눠서 낯선 이의 빈약한 삶을 풍성한 허구로 바꿔놓을 또 한 번의 기회를 아이한테 주는 상상.

3

나는 가스 불을 끈 뒤에 가스레인지를 계속 확인한다. 밤에는 문을 확실히 잠그고 나서 원래 뭘 하고 있었건 간에 하던 일로 되돌아가지만 결국은 살금살금 다시 문으로 가서 자물쇠를 점검하고, 확인하고 검증하고 사실인지 시험하기 위해 손잡이를 돌려보고 난 후에야 잠자리에 든다. 이게 언제부터 시작됐지? 거리를 걸어가면서 지갑을, 그다음에 열쇠를 확인한다. 지갑은 왼쪽 뒷주머니에, 열쇠는 오른쪽 앞주머니에. 지갑은 주머니 밖에서 만져본 뒤에 툭툭 치고 때로는 엄지손가락을 주머니 안에 넣어 지갑 자체를 만지기도 한다. 열쇠의 경우에는 그렇게까지 하지 않는다. 주머니 밖에서 접촉하고 바지 주머니와 손수건이라는 천 두 겹 속에 있는 열쇠의 고리를 꽉 쥐는 것으로 충분하다. 열쇠를 손수건에 싸야 할 필요성은 느끼지 않는다. 열쇠는 손수건 밑에 있다. 나는 이러한 배치가, 혹시라도 내가 코를 풀게 될 경우, 열쇠가 손수건에 싸여 있는 시나리오보다 덜 비위생적이라고 스스로에게 말한다.

로스의 집을 방문했을 때 단색 그림의 방에서, 그는 앉아서 생각하고 나는 앉아서 기다렸다. 그는 집에 와달라고 부탁하면서 제안하고 싶은 게 있다고 말했었다. 이곳이 그의 독방, 소중히 간직한 모든 기억의 공식적 보관소라는 생각이 들었다. 그는 눈을 감고 고개를 떨궜다가, 마치 지시받은 순서에 따르듯, 자기 손이 떨리기 시작하는 것을 지켜봤다.

떨림이 멈추자 그가 나를 돌아봤다.

"어제 세수를 하고 나서 거울을 봤다. 찬찬히 진지하게 들여다봤지. 그랬더니 방향감각이 이상해지는 게 느껴지는 거야." 그가 말했다. "거울 속에서는 왼쪽이 오른쪽이고 오른쪽이 왼쪽이잖냐. 그런데 그렇지가 않았어. 가짜 오른쪽 귀여야 하는 것이 진짜 오른쪽 귀더란 말이지."

"그렇게 보였군요."

"진짜로 그랬다니까."

"착각의 물리학이라는 학문이 있어야겠네요."

"이미 있어. 다른 이름으로 부를 뿐이지."

"그건 어제였고요. 오늘은 무슨 일이 있었어요?" 내가 말했다.

그는 이 질문에는 대답하지 않았다.

잠시 후 그가 말했다. "우리는 한동안 고양이를 키웠었다. 너는 몰랐을 거야. 고양이는 여기 내려와서 깔개에 웅크려 있곤 했지. 아티스는 고양이가 이 방에 가져오는 일종의 고요함, 특별한 우아함이 있다고 했어. 고양이는 이 그림들과 불가분의 관계가 됐고 예술의 일부가 됐다. 고양이가 여기 있을 때면 우리는 자분자분하게 말하고 갑작스럽거나 불필요하게 움직이지 않으려 했지. 고양이를 배신하는 셈이었을 테니까. 우리 둘 다 그 문제에는 진지했던 것 같구나. 고양이를 배신하는 거야, 아티스는 말했어. 그리고 옛 영국 영화 속 인물을 연기할 때 쓰던 특유의 미소를 띠었지. 고양이를 배신하는 거야."

그의 수염은 예전의 기하학적 형태들보다 더 마구잡이로 더 하얗게 얼굴에서 쏟아져 나왔다. 그는 이 방에서 많은 시간을 보내며 늙어갔다. 나는 그가 늙기 위해 여기 왔던 거라고 생각한다. 그는 소장 미술품 일부는 기관에 기증하고 비교적 작은 작품 몇 개는 친구들에게 나눠 주는 중이라고 말했다. 이것이 그가 나에게 와달라고 했던 이유다. 그는 내가 이 방 벽에 걸린 미술품, 유채로 그렸고 다양한 방식으로 누그러뜨린 총 다섯 점의 그림을 좋아한다는 것을 알았다. 그리고 가구가 별로 없는 이 방 자체, 그토록 분명한 의미 전달 수단을 가지고 있어서 혹자는 그곳에 자신이 존재하는 것을 침입이라고 느낄 수도 있는 방이 있었다. 나는 그 정도로 예민하진 않았다.

우리는 그림 얘기를 했다. 그는 예술의 언어를 배웠고 나는 배우지 않았지만 우리가 보는 방식은 알고 보니 그리 다르지 않았다. 빛, 균형, 색, 엄격. 그는 내게 그림 하나를 주고 싶어 했다. 하나 골라라. 네 거다. 더 골라도 될 수도 있고, 그가 말했다. 그보다 말이야, 네가 궁극적으로 어디서 살고 싶냐는 문제가 있어.

나는 이 마지막 발언의 여운이 감돌게 놔뒀다. 명시되지 않은 미래의 어떤 시점에 내가 여기서 살고 싶어 할지도 모른다는 그의 믿음이 놀라웠다. 그는 현실적 관점에서 가능성에 대해, 가업 문제에 대해 얘기했지만 이 집의 금전적 가치에 대해서는 생각하고 있지 않았다. 그의 목소리에서 머뭇거리는 어조를, 순전한 호기심의 기색을 느꼈다. 그는 '나'라는 인간이 과연 누구인지를 묻고 있는 것일 수도 있었다.

그는 몸을 앞으로, 나는 뒤로 기울이고 있었다.

그에게 여기서 어떻게 살아야 할지 모르겠다고 말했다. 이 집은 참나무를 조각해 만든 현관문과 차분한 분위기의 가구가 있고 벽에는 목판을 붙인 멋진 브라운스톤*이었다. 내 발언은 순전히 겸손해 보이려는 의도로 던진 것이 아니었다. 내가 여기서 산다면 언제까지나, 일시적으로 머물 게 확실한 여행객일 것이 분명했다. 호화로운 실내장식, 햇볕이 쨍쨍 내리쬐는 정원, 작열하는 일몰 전경을 감상할 수 있는 복층 펜트하우스에서 로스를 끌고 내려온 사람은 아티스였다. 그런 요소들은 그 시절 국제적으로 잘나가던 그의 자아에 걸맞은 것이었다. 당신은 거창한 발코니가 두 개나 있잖아, 아티스는 그에게 말했다. 교황보다도 하나 더 많다고. 여기에는 그의 미술품 일부, 책 전부, 그가 어떡해서든 배우고 사랑하고 손에 넣은 모든 것이 있었다.

당시 내가 살고 있던 곳에서는 어떻게 살아야 할지 알았다. 영원한 그늘 속에 있는 작고 칙칙한 안뜰, 한때 웅장했던 로비, 홍수 보험이 필요한 세탁실이 있는 어퍼웨스트사이드의 낡은 건물에서는. 전통적인 붙박이 세간, 높은 천장, 조용한 이웃, 엘리베이터에서 낯익은 얼굴을 보면 인사하고, 폭풍이 소용돌이치며 강을 건너 우리 쪽으로 다가오는 것을 바라보면서 뜨거운 타르 지붕 위에, 돌벽 앞에 에마와 함께 서 있는 아파트에서는.

이것이 내가 로스에게 한 말이다. 하지만 그보다는 더 복잡하지 않았을까? 이 말에는 그를 벌주기 위한 칼이, 과거로부터 끄집어낸 옹졸한 거부가 숨어 있었다. 이런 여러 가지 관점, 얽히고설킨 관계는 우리가 함께 겪고 있던 상황의 필수 요소였다.

그에게 감동받았다고 말하고는 우리 둘 다 좀 더 생각해보자고 제안했다. 하지만 사실은 감동받지도 않았고 더 생각해볼 의사도 없었다. 나는 그 방이, 고양이가 있든 없든, 인상적이라고 말했다. 그에게 말하지 않은 것은 내 아파

---

* 전면을 적갈색 사암으로 만든 타운하우스(옆집과 벽을 공유하는, 좌우가 좁고 앞뒤로 긴 주택). 뉴욕의 브라운스톤은 한 채에 수백만 달러를 호가한다.

트에 매들린의 사진이 여러 장 있다는 사실이었다. 여학생, 아가씨, 십대 아들을 둔 엄마. 아버지의 타운하우스라는 적대적 공간에 어떻게 이 사진들을 늘어놓을 수 있었겠는가.

에마는 오래전에 한동안 춤을 배웠었는데 그 때문인지 왠지 모르게 유선형 같다는 느낌이 있었다. 얼굴과 몸, 걸음걸이, 달리는 모양새, 짤막한 문장까지도 그랬다. 때때로 그녀가 지극히 평범한 순간들을 용의주도한 계획의 일부로 만들어버렸다고 생각되는 경우가 있었다. 물론 그것은 허송세월을 통해 자신의 세계를 점점 더 좁히기 시작한 사내의 쓸데없는 생각에 불과했지만.

하지만 그녀는 내가 완전한 불만 상태에 빠지지 않게 했다. 그녀가 나의 연인이었기 때문이다. 그 생각만으로도 위안이 됐다. 러버(lover)라는 단어 자체가, 그 아름다운 음이, 울림이 남는 글자 v가. 내가 얼마나 그 단어를 곱씹으면서, 그것이 여자 모양이라고 상상하면서, 나는 연인이 있다고 스스로에게 말할 수 있게 될 날을 고대하는 십대 소년 같은 기분으로 바보 같은 몽상에 빠졌는지 모른다.

우리는 그녀의 집으로, 2차 대전 전에 지어진 이스트사이드 건물에 있는 소박한 아파트로 갔고 그녀는 나에게 스택의 방을 보여줬다. 전에 왔을 때는 곁눈으로만 봤던 곳이었다. 구석에 서 있는 스키 폴 한 쌍, 군용 담요가 놓인 간이침대, 벽에 붙은 거대한 소련 지도. 나는 지도로 다가가 그 넓은 땅에서 내가 아는 지명과 한 번도 본 적 없는 수많은 지명을 찾으려 했다. 여기가 걔의 추모의 벽이야, 에마가 말했다. 루마니아에서 알래스카까지, 역사적 분쟁이 있었던 곳을 연결한 큰 호(弧). 여기 올 때마다 가만히 서서 저걸 쳐다보곤 해. 자기가 버려졌을 때의 강렬한 기억과 옛 전쟁범죄, 스탈린의 설계로 우크라이나인 수백만 명을 죽인 기근*에 대한 집단적 기억을 연결 짓는 거겠지.

제 아빠하고는 시사적인 얘기도 한대, 그녀가 말했다. 나한테는 별로 할 말이 없나 봐. 푸틴, 푸틴, 푸틴, 이런다니까.

나는 지도 앞에 서서 지명을 소리 내 읽기 시작했다. 내가 왜 그러고 있는지는 몰랐다. 아르한겔스크와 세미팔라틴스크와 스베르들롭스크. 이것은 시(詩)인가, 역사인가, 어린아이처럼 미지의 표면을 돌아다니기인가? 에마가 이 낭독에 동참하는 것을 상상했다. 모든 음절에 강세를 주고, 우리 둘 다, 그녀의 몸이 내 몸에 부딪고, 키렌스크와 스보보드니, 그다음에는 우리가 그녀의 침실에 있는 것을 상상했다. 거기서 신발을 벗고 침대에 누웠고, 얼굴을 마주 보며 도시를, 강을, 공화국을 읊었고, 각자 지명 하나를 말할 때마다 옷을 하나씩 벗었다. 고르키에 내 재킷, 캄차카에 그녀의 청바지, 천천히 하르코프, 사라토프, 옴스크, 톰스크로 이동하면서. 이 시점에서 바보가 된 기분을 느끼기 시작했지만 조금 더 계속했다. 머릿속으로 말도 안 되는 소리를, 우리의 사랑의 밤을 뒤덮을 수수께끼를 빚어내는 광대한 대륙 위의 이름들을, 신음의 형태로 늘어놓으면서.

그러나 우리는 그녀의 방이 아니라 스택의 방에 있었고, 나는 이미 읽기도 멈추고 상상도 멈춘 후였지만 지도를 포기할 준비가 안 돼 있었다. 거기에는 볼 것, 느낄 것, 모르는 것이 너무 많았고 영영 알지 못할 것이 너무 많았다. 그리고 바로 여기에, 운석이 떨어졌던 첼랴빈스크도 있었고 컨버전스가 지도 어딘가에, 중국과 이란과 아프가니스탄 등에 둘러싸인 옛 소련 땅에 묻혀 있

* 홀로도모르(1932~1933). 소련은 농업 집단화를 통해 모든 농작물을 중앙정부가 거둬들였다가 다시 전국에 배급했는데 스탈린이 우크라이나의 민족주의를 탄압하기 위해 배급량을 극도로 제한하여 400만~1200만 명이 사망한 것으로 추정된다.

었다. 내가 거기 있었던 게, 그토록 복잡하고 강렬한 이야기 한가운데 있었던 게 있을 수 있는 일일까? 그런데 그 모든 것이, 납작한 지명이 된 동란(動亂)의 수십 년이 여기 있다.

이것은 스탭의 지도이지, 내 것이 아니었다. 그리고 나는 깨달았다. 그 애의 엄마가 더 이상 내 옆에 서 있지 않고 이미 방 밖으로 나가서 현지 시간과 장소로 되돌아갔음을.

도시가 납작해 보인다. 모든 것이 지표 높이에 가깝다. 비계, 보수공사, 사이렌. 나는 사람들의 얼굴을 보고, 그 얼굴 속의 사람을 말없이 즉각적으로 관찰한 다음, 잊지 않고 시선을 들어 키 큰 구조물들의 단단한 형상을, 윤곽선을, 각도를, 표면을 들여다본다. 나는 횡단보도 신호등 연구가가 되었다. 신호등이 빨간불로 바뀌기까지 3초 혹은 4초 남았을 때 뜀박질로 건너는 것을 좋아한다. 보행자용 신호등이 빨간색으로 바뀌는 순간과 자동차용 신호등이 파란색으로 바뀌는 순간 사이에는 항상 1초 남짓의 시간이 있다. 이것이 나의 안전 여유*이기에 그 기회를 반기며 단호한 큰 걸음으로, 때로는 고상한 조깅으로 큰길을 건넌다. 쓸데없는 위험이 도시 병리 규칙의 필수 요소임을 앎으로써 내가 현 체제에 충실하다는 기분을 느낀다.

부모들이 에마가 근무하는 학교를 방문하는 날 나도 오라고 그녀가 초대를 했다. 아이들이 가진 장애는 언어장애부터 감정적 문제에 이르기까지 다양했다. 그들은 일상적인 학습에 어려움을 겪었다. 여러 종류의 기본적인 인식을 하는 법, 이해하는 법, 단어를 올바른 순서로 늘어놓는 법, 경험을 습득

---

* 사고가 발생하지 않게 하기 위한 여유. 안전 여유가 클수록 안전도가 높다.

하는 법, 경계하는 법, 말귀를 알아듣는 법, 뭔가를 스스로 알아내는 법 등등.

나는 남자애들과 여자애들로 가득한 교실 벽에 기대섰다. 아이들은 색칠책, 게임, 장난감이 놓인 긴 탁자 앞에 앉았다. 부모들은 미소 띤 얼굴로 수다를 떨면서 주위를 서성거렸는데 그들이 미소를 띨 만한 이유가 있었다. 아이들이 활기차고 적극적으로 이야기를 쓰고 동물을 그렸기 때문이었다. 이런 것을 할 수 있는 애들에 한하긴 했지만. 나는 뒤섞인 작은 목소리들과 맴도는 커다란 몸들이 만드는 이 경쾌한 소란 속에서 일어나는 중인 삶들의 의미를 파악하려 애쓰며 보고 들었다.

에마가 다가와서 내 옆에 서더니 퍼즐 위로 몸을 수그린 여자애를 가리켰다. 그 아이는 매 순간 여기에서 저기로 한 걸음 내딛는 걸 두려워했고 모든 격려의 말을, 팔꿈치로 쿡 찔러주는 것을 자주 필요로 했다. 그래도 좀 나은 날이 있는 법이지, 에마가 말했고 이 문장은 내 뇌리에 계속 남게 된다. 이 모든 장애에는 각각 약어가 있지만 자기는 사용하지 않는다고 그녀는 말했다. 탁자 끝에 앉은 소년은 단어를 남들이 알아들을 수 있도록 말하게 해주는 특정한 '근육의 움직임'을 만들지 못한다. 자연스러운 것이 하나도 없다. 음소, 음절, 근육긴장, 혀의 움직임, 입술, 턱, 입천장까지. 약어는 CAS야, 그녀가 말했지만 풀어서 설명해주지는 않았다. 그녀에게는 그 자체가 병증처럼 느껴졌기 때문이다.

그녀는 곧 아이들 사이로 돌아갔다. 그녀의 권위도, 자신감—가장 온순한 상태일 때조차—도 명백했다. 말을 걸거나, 속삭이거나, 게임 판 위의 말을 움직이거나, 가만히 아이를 쳐다보거나, 부모하고 얘기 나눌 때 보면. 교실 어디를 보든 행복하고 활기찬 광경뿐이었지만 나는 벽에 얼어붙은 듯한 기분이었다. 아이를, 이 아이 또는 저 아이를 상상하려 했다. 무늬와 형태를 인식하지 못하는 아이, 또는 집중하지 못하는 아이, 또는 가장 기본적인 구두 지시도 따르지 못하는 아이. ABC 그림책을 갖고 있는 아이를 보고, 하루 일과가 끝났을 때 스쿨버스에 올라 다른 아이들과 얘기하거나 창밖을 내다보는 그 아이를 머릿속으로 그려봐. 그 애는 무엇을 보지? 그것은 버스 기사 또는 다른 아이들이 보는 것과 어떻게 다르지? 그리고 이 좁은 길과 저 넓은 도로가 만나는 사거리에서 아이의 엄마 또는 아빠 또는 형 또는 누나 또는 간병인 또는 가정부가 그 애를 맞이하는 것을 그려봐. 이 상상 중 어느 것도 나를 삶 속으로 데려가진 않았다.

하지만 내가 왜 그래야 하나? 어떻게 해야 그럴 수 있을까?

다른 교실에는 다른 애들이 있었고 내가 아까 봤던 몇 명은 복도를 돌아다니다가 부모나 선생님 손에 이끌려 이 교실이나 저 교실로 돌아갔다. 어른. 이 아이들 중 몇 명은 위험한 성인기에 발을 들여놓을 수 있을까, 겉모습과 태도에서 어른이 될 수 있을까, 모자를 사고 길을 건널 수 있을까. 나는 한 걸음을 내디딜 때마다 어떤 예정된 위험을 감지하는 소녀를 쳐다봤다. 그 아이는 은유가 아니었다. 지금 햇빛이 비치는 옅은 갈색 머리, 얼굴에 떠오른 자연스러운 홍조, 강렬한 눈빛, 자그마한 손, 여섯 살. 나는 생각했다, 애니. 나는 생각했다, 아니면 케이티. 나는 그 애가 자기 앞에 놓인 게임을 그만두기 전에, 수업 참관일이 끝나서 아이들이 마음껏 다음 활동으로 넘어가기 전에 그곳을 나가기로 결심했다.

게임 하기, 목록 작성하기, 개 그리기, 이야기 들려주기, 한 걸음 내딛기.

그래도 좀 나은 날이 있는 법이지.

4

마침내 때가 되자 나는 실버스톤에게 전화해서 일자리를 거절했다. 그는 이해한다고 말했다. 나는 말하고 싶었다. 아니, 당신은 몰라, 다는 몰라, 나를 흥미로운 사람으로 만드는 부분은 모른다고.

줄곧 유망한 분야에 대한 단서를 좇으며 살아왔기 때문에, 이따금 내가 퇴물이 되진 않았나 궁금해하며 그 방식을 고수할 수밖에 없었다. 거리에서, 버스에서, 터치스크린 방식 스톰* 속에서, 비자발적 인간인 내가 자율신경계의 활동에 의해 중년기로 이동하고 있음을 알 수 있었다.

일자리에 대해 에마에게 한마디 했다. 내가 원하는 게 아니었다, 내 욕구를 충족하지 못했다고. 그녀에게서 돌아온 대답은 더 짧았다. 하지만 놀랍지는 않았다. 그녀는 일어나는 일을 있는 그대로 받아들였다. 수동적으로도 아니고 무심하게도 아니고, 그 사이 공간에 머무는 식으로. 그와 그녀 사이, 여

---

* 2008년 출시된, 최초의 키보드 없는 블랙베리. 화면을 버튼처럼 누르는 방식이었다.

기와 저기 사이. 이 법칙은 스택한테는 적용되지 않았다. 그녀의 아들은 흐린 날, 단골 장소인 돌벽 앞에서, 여느 때처럼 지붕 위 휴식을 취할 때 우리의 화제였다. 우리는 바지선이 하류로, 조금씩 조금씩, 단속적으로 예인되는 광경을 바라봤다. 키 큰 구조물 몇 개가 우리의 시야를 조각냈다.

"걔가 지금 하는 일은 이거야. 온라인 도박 사이트. 비행기 추락, 진짜 추락 사고에 돈을 걸어. 노선, 국적, 시기, 그 밖의 요인에 따라 다양한 배당률이 올라오지. 걔는 무인기 폭격에 돈을 걸어. 언제, 어디서, 몇 명이 죽는지에."

"걔가 그래?"

"테러리스트 공격. 사이트를 방문해서 조건을 검토하고 내기를 걸어. 어느 나라, 어느 집단, 사망자 수를 놓고. 시기가 꼭 들어가. 반드시 정해진 며칠, 몇 주, 몇 달 안에 일어나야 하지. 다른 변수들도 있고."

"걔가 그래?"

"애 아빠가 말해줬어. 자기가 그만하라고 명령했대. 국가원수에서 반군 지도자에 이르는, 혹은 다른 부류의 공인 암살. 배당률은 인물의 직위와 국적에 따라 결정돼. 다른 내기들도 꽤 많아. 확실히 잘나가는 사이트지."

"그렇게 잘나갈까. 그런 일이 자주 일어나진 않잖아."

"일어나. 내기를 거는 사람들은 그런 일이 일어나길 기대하고, 일어나길 기다리지."

"내기 때문에 그런 일이 더 쉽게 일어날 것처럼 보이는 거군. 이해가 가. 집에 앉아 있는 평범한 사람들에게는 그렇겠지."

"역사를 바꾸는 힘이랄까." 그녀가 말했다.

"내 말이 그 말이야." 내가 말했다.

우리가 이 대화를 즐기기 시작했던 걸까? 지붕 반대쪽 끝을 곁눈질하니 샌들, 반바지, 홀터톱 차림의 여자가 태양이 착륙하리라고 예상되는 듯한 장소로 담요를 끌고 가는 것이 보였다. 나는 두꺼운 구름을 들여다보다가 다시 여자를 쳐다봤다.

"애 아빠랑은 자주 대화해?"

"필요할 땐 하지. 애 때문에 가끔 필요할 때가 있거든. 다른 습관이나 걔가 하는 행동이 있어."

"택시 기사에게 말 걸기."

"그건 덴버에 전화할 정도는 아니야."

"또 뭐가 있는데?"

"며칠 동안 이상한 목소리로 말하기. 어떤 울리는 목소리를 낼 줄 알거든. 나는 흉내도 못 내. 물속에서 들리는 목소리, 디지털 소음, 조립해서 만든 음향 기기들. 그리고 파슈토어가 있지. 걔는 원어민일 수도 있을 것처럼 보이는 행인에게 파슈토어로 말을 걸어. 거의 열에 열 번은 원어민이 아니지만. 아니면 슈퍼마켓 점원이나 비행기 승무원한테 말을 거는데 승무원은 그게 비행기 납치의 1단계라고 생각해. 나는 이걸 한 번 목격했고 애 아빠는 두 번 목격했어."

그녀가 애 아빠랑 얘기한다는 사실에 내가 언짢아하고 있음을 깨달았다. 물론 그들은 대화를 했다. 셀 수 없이 많은 이유로 대화해야 했으니까. 까무잡잡한 얼굴의 건장한 사내를 상상했다. 그가 서 있는 방의 벽에는 사냥 장비를 착용한 부자(父子)의 사진들이 걸려 있다. 그와 아들은 동유럽 프로그램을 방송하는, 유명하지 않은 케이블 채널에서 뉴스를 본다. 스택의 아빠, 덴버에 살고 마일하이 클럽의 회원*인 에마의 전남편을 부를 이름이 필요했다.

"자동차 폭탄에는 이제 돈 안 건대?"

"애 아빠가 완전히 확신은 못 하겠대. 스택의 전자 기기를 몰래 급습해서

* 비행기에서 섹스 한 사람.

알아내는 거라."

담요 위의 여자는 극도로 반듯이 누워서 꼼짝하지 않았다. 다리를 벌리고, 팔을 벌리고, 손바닥을 위로 향하고, 얼굴을 위로 향하고, 눈을 감고. 어쩌면 해가 나올 예정이라는 소식을 들었는지도 몰랐다. 어쩌면 해를 원치 않는지도 몰랐다. 어쩌면 매일 같은 시간에 이걸 하는지도 몰랐다. 순종, 훈련, 종교.

"애는 이삼 주 후에 돌아올 거야. 주짓수 학원에, 도장에 나가야 하거든." 그녀가 말했다. "특별 행사가 있대."

아니, 어쩌면 그녀는 그저 아파트 밖으로 나오고 싶었는지도 모른다. 그 건물 주민이지만 내가 모르는, 중년의, 정육면체 속 인생에서 몇 시간 동안 벗어난, 우리랑 똑같이, 우리가 공원을 가로질러 에마네 집으로 갈 때 보게 될 수백 명과 똑같이, 달리는 사람, 빈둥거리는 사람, 소프트볼 하는 사람, 유모차 미는 부모, 잠시나마 한정되지 않은 공간에 있다는 뚜렷한 안도감, 정확히 우리의 영역 안에 안전하게 흩어져 있는 군중, 자유롭게 서로를 쳐다보고 의식하고 감탄하고 부러워하고 놀라워하는 사람들.

생각해봐, 나는 말할 뻔했다. 다른 곳의 수많은 장소들, 모이는 군중, 소리치고 연호하다 곤봉과 방패를 든 경찰의 체포에 순순히 응하는 수천 명. 하릴없이 여러 갈래로 뻗어나가는 나의 생각, 죽은 사람들과 죽어가는 사람들, 등 뒤로 묶인 손, 박살 난 머리.

우리는 더 빨리 걷기 시작했다. 에마가 가장 좋아하는 선수의 윔블던 테니스 경기를 보기 위해 늦지 않게 집에 도착하고 싶어 했기 때문이다. 그 선수는 맹렬하게 받아칠 때마다 야한 신음 소리를 내는 라트비아 여자*였다.

내가 에마를 몰랐다면 전혀 특별하지 않은 곳, 이를테면 우체국이나 은행

---

* 옐레나 오스타펜코(1997~). 2017년 프랑스 오픈 우승자.

에 가려고 거리를 걸을 때 무엇을 볼까? 거기에 있는 것을 볼 것이다. 그렇지 않겠는가. 아니면 거기에 있는 것으로부터 알아낼 수 있는 것을 볼 것이다. 하지만 지금은 다르다. 거리와 사람들을 볼 때 그 거리에 있는 에마, 그 사람들 사이에 있는 에마를 본다. 유령은 아니고 느낌, 감각일 뿐이지만. 그녀가 여기서 보리라고 생각되는 것을 보는 게 아니다. 이것은 나의 인식이지만 그녀는 그 안에 존재하거나 전반적으로 퍼져 있다. 나는 그녀를 감지하고 느낀다. 거리와 사람들의 안팎에서 이런 순간들이 일어나게 하는 무언가를 그녀가 내 안에서 차지하고 있음을 안다.

20달러짜리 지폐들이 현금 자동 입출금기 구멍에서 나오자 나는 부스에 서서 돈을 센 다음 지폐 몇 장은 위아래 방향을 바꾸고 몇 장은 앞뒤를 뒤집어서 뭉치를 정리했다. 속으로, 이것은 은행이 밟았어야 하는 절차라는 합리적 주장을 폈다. 은행은 돈을, 내 돈을, 가지런한 형태로, 열 장을, 모두 20달러짜리로, 모든 지폐의 앞면이 위로 오게, 상하가 같은 방향으로, 얼룩지지 않은 돈을, 위생적인 돈을 전달해야 마땅했다. 나는 다시 셌다. 고개를 숙이고, 어깨를 수그리고, 양옆 부스에 있는 사람들과의 사이에 칸막이를 두고, 고립되었지만 의식하면서, 그들의 존재를 좌우에서 느끼며, 내 돈을 가슴 가까이 들고 있었다. 그것은 나 같지가 않았다. 다른 사람, 어쩌다 보니 반쯤 트인 곳으로 흘러들어 여기 서서 돈을 세고 있는 은둔자 같았다.

화면을 터치해서 명세표를, 그다음에는 거래 내역과 계좌 목록을 받고는 이 얇고 유독한 종잇조각들로 지폐를 싸서 명세표와 돈을 꼭 쥔 채 부스를, 칸막이를 나왔다. 줄 선 사람들을 쳐다보지는 않았다. ATM 구역에서 남을 쳐다보는 사람은 아무도 없다. 보안 카메라에 대해서는 생각하지 않으려 했지만 나는 내 마음의 자기 감시 장치 속에 있었고, 구멍에서 돈을 꺼내어 세고 정리하고 다시 한번 셀 때 몸이 바짝 긴장했다.

그런데 이것이 정말로 그렇게 자기관찰적이고, 그렇게 비정상적으로 신중한 행동이었나? 지폐를 다루는 방식, 강화된 경계심. 이건 지갑을 확인하고 열쇠를 확인하는 것처럼 누구나 하는 일 아닌가? 그냥 다른 차원의 평범한 일일 뿐이다.

나는 집에 앉아서 수표책 사용 내역 기입장, 출금 명세표, 계좌 거래 상세 내역, 구식 스마트폰, 신용카드 명세서, 현재 잔고, 연체 내역, 추가 요금, 이 모두를 매들린의 낡은 호두나무 책상에 펼쳐놓고, 작지만 반복되는 몇 개의 오류, 수 개념 논리로부터의 일탈, 한 사람의 가치를 결정하는 확실한 숫자들—설사 총액이 매주 줄고 있더라도—의 순수한 공격으로 보이는 것의 근원을 밝히려 애쓴다.

나는 몇 번의 취업 면접을 에마에게 자세하게 묘사했는데 그녀는 그 진행 과정에 대한 나의 설명, 성대모사까지 곁들여 때로는 토씨까지 그대로 면접관의 발언을 따라 하는 것을 재미있어했다. 그녀는 내가 이 남녀를 조롱하는 것이 아님을 알았다. 이것은 특별한 종류의 대화에 대한 다큐멘터리적 접근이었고 우리 둘 다, 여전히 무직인 연기자 본인이 이 작품의 소재임을 알았다.

이제 해가 빛나는 가운데 나는 지붕에 대자로 누워 있던 여자를 생각했다. 여자들은 어디에나 있다. 영화감독 의자에 앉은 에마는 손을 뻗으면 악수할 수 있는 거리에 있고, 텔레비전 화면 속에서는 라트비아 여자와 상대 선수가 땀 흘리고, 끙끙대고, 동물행동학자의 심화 연구 주제가 될 수도 있을 여러 패턴으로 테니스공을 때린다.

우리가 진지한 대화를 하지 않은 지가 한 시간 남짓 됐다. 나는 그런 대화를 할 때마다 에마의 의견을 따랐다. 그녀에겐 입양한 아들, 실패한 결혼, 장애아와 관련된 직업이 있었고 나에겐 뭐가 있었을까. 건물 사이로 강이 보이고 산들바람이 부는 지붕?

그녀가 말했다. "나는 당신이 면접을 고대하는 것 같아. 면도도 하고, 구두도 닦고."

"구두는 좋은 거 한 켤레로 추렸어. 이건 지나치게 소홀한 게 아니라 말하자면 그날그날 무신경한 거야."

"그 좋은 구두 한 켤레에 어떤 애착을 느끼는 거야?"

"구두도 사람과 같아. 상황에 적응하지."

우리는 테니스를 봤고 그녀가 땅딸막한 냉장고 냉동실에 눕혀서 넣어뒀던 긴 유리잔에 맥주를 마셨다. 성에 낀 유리잔, 다크 라거, 포인트, 게임, 경기, 라켓을 뱅그르르 공중으로 던져 올리는 한 여자, 화면 밖으로 걸어 나가는 다른 여자, 흥에 겨워 잔디 코트에 벌러덩 눕는 아까 그 여자, 지붕 위 여자처럼 쭉 뻗은 두 팔, 그 여자가 누군지는 몰라도.

"테니스 라켓을 정의해봐, 내가 십대 초반이었다면 지금 속으로 그렇게 말했을 거야."

"그리고 정의했겠지." 그녀가 말했다.

"노력이라도 했겠지."

"테니스 라켓이라."

"십대 초반에 그랬다고."

나는 예전에 어두운 방 안에서 눈을 감고 그 상황에 몰입한 채 서 있곤 했다고 말했다. 가끔이긴 하지만 지금도 하는데 잠시 후에 그걸 하게 될지 미리 아는 법은 절대 없다고도 했다. 그냥 어둠 속에 서 있어. 스탠드는 침대 옆 서랍장 위에 놓여 있지. 다음 순간 내가 눈을 감고 있는 거야. 어떻게 보면 스택처럼.

그녀가 말했다. “제대로 된 명상처럼 들리는데.”

“글쎄.”

“당신이 마음을 비우려고 하는 건지도 모르지.”

“당신은 한 번도 해본 적 없지?”

“누구, 나? 아니.”

“나는 어둠을 보지 않으려고 눈을 감고 있어.”

“그리고 자기가 누구일까 생각하고 있지.”

“아마 멍한 상태로 말이야, 그게 가능하다면.”

“밝은 방에서 눈 감고 있는 거랑 어두운 방에서 눈 감고 있는 게 뭐가 달라?”

“하늘과 땅만큼 다르지.”

“나 지금 웃긴 얘기 안 하려고 애쓰는 중이야.”

그녀는 이 말을 한결같은 어조와 진지한 표정으로 했다.

중요한 순간을 알기, 미끄러지는 손길을 느끼기, 쉽게 잊힐 조각들을 모두 모으기, 수건걸이에 걸린 새 수건, 기분 좋은 새 비누, 침대에 씌워진 깨끗한 시트, 그녀의 침대, 우리의 파란 시트. 내가 하루하루를 나는 데 필요한 것은 이게 전부였다. 그리고 나는 이 밤낮이, (모두의) 미래가 과거보다 나쁠 거라는 널리 퍼진 믿음에 대한 (우리의) 숨죽인 철회 명령이라고 생각하려 애썼다.

아버지의 고용인 중 한 명이 전화해서 자세히 알려줬다. 시간, 장소, 복장을. 고작 점심 식사인데, 왜. 나는 정장이 필수고, 음식과 꽃 장식이 세련되다고들 하며, 직원들이 국장(國葬) 운구자들보다 더 유능한, 미드타운에 위치한 요리 예술의 성전에서 하는 점심 식사가 필요치 않았다. 때가 주말이어서 내

정장 셔츠들은 다음번에 밀려들 면접에 대비하느라 세탁소에 가 있었다. 한 번 입고 두 번 입은 셔츠를 또 입어야 했기에 일단 손가락에 침을 뱉어서 옷깃 안쪽을 문질렀다.

나는 늘 가장 먼저 도착하는 사람이다. 늘 1등으로 도착한다. 나는 테이블에 앉아서 기다리기로 했다. 로스가 나타났을 때 그의 모습에 깜짝 놀랐다. 회색 스리피스 양복과 밝은색 넥타이가 원시인 같은 수염과 멈칫거리는 걸음걸이를 상쇄했고 그가 인상적인 폐인 같은지 아니면 실생활에서도 자신의 긴 연기 경력을 대표하는 역할처럼 사는 유명 연극배우 같은지 확신이 서지 않았다.

그는 내가 앉은 긴 벨벳 의자에 천천히 미끄러지듯 앉았다.

"일이 맘에 들지 않았다고. 거절했다면서."

"옳은 일이 아니었으니까요. 제가 지금 대화하는 사람이 어느 투자 전략 그룹의 간부잖아요. 따 놓은 당상인 거죠."

"실직하는 사람들도 있어. 너는 튼튼한 회사의 자리를 제안받았고."

"회사가 아니라 그룹이죠. 묵살한 건 아니에요. 다방면으로 생각해봤어요."

"네가 내 아들이란 사실은 아무도 신경 안 쓴다. 누구누구의 아들딸은 어디에나 있어. 요직에서 생산적인 일을 하고 있지."

"네."

"네가 너무 심각하게 생각하는 거야. 부자지간이라는 걸. 너라면 금방 네 가치를 증명했을 거다."

"네."

"실직하는 사람들도 있어." 그가 다시 한번 타당한 말을 했다.

우리는 대화를 나누고 주문을 했다. 나는 계속 그의 얼굴을 들여다보면서 어떤 단어를 생각했다. 나는 나를 복잡한 현실로 이끌고, 적어도 이론적으로는 어떤 상황이나 정황을 명확하게 만들어주는 단어들을 생각한다. 여기 있는 로스는, 눈은 피로하고 어깨는 구부정하며 오른손은 살짝 떨렸다. 그리고 그 단어는 폐용이었다. 이 단어에는 지금 이 상황에 잘 맞는 멋이 있었다. 하지만 그 뜻은 무엇인가? 무위의 상태—나는 생각했다—아니면 사라진 기력일지도. 내가 보고 있는 로스 록하트는 옷은 쪽 빼입었지만 이 사내를 빚어낸 냉혹함과 간계가 빠져 있었다.

"5년쯤 전에 마지막으로 여기 왔을 때 같이 가겠다고 아티스를 설득했다. 그 사람 건강이 급속히 악화되기 전이었지만. 그렇게 많이 기억나진 않아. 하지만 한순간, 아주 잠깐의 시간이 있었지. 그건 확실해. 특별한 순간이었어. 아티스는 우리 자리를 지나서 근처 테이블로 이끌려 가는 여자를 쳐다봤다. 그 여자가 앉기를 기다리면서 조금 더 쳐다보고 있었지. 그러더니 이렇게 말했어. '저 여자 화장이 조금만 더 진했으면 불타올랐을 거야.'"

나는 그 말에 웃었고 이 기억이 그의 눈 속에 생생히 살아 있음을 알아차렸다. 그는 탁자 너머로, 세월 너머로 아티스를, 거의 식별하기 힘든 일종의 파형을 보고 있었다. 포도주가 나오자 그는 간신히 레이블을 보고 나서 의식처럼 와인글라스를 돌리고 맛을 봤지만 코르크 냄새를 맡지도 않았고 합격이라는 신호를 보내지도 않았다. 여전히 회상에 빠져 있었다. 웨이터는 한동안 기다리다가, 따라도 괜찮다는 뜻으로 받아들였다. 나는 이 모든 것을 천진하게, 소년이라면 그랬을 법하게, 지켜봤다.

내가 말했다. "이름이 '선택적 자산 주식회사'래요."

"누가?"

"저랑 얘기 중인 회사요."

"셔츠 하나 더 사라. 그 사람들이 결정 내리는 데 도움이 될 거다." 그가 말했다.

남자는 언제 자기 아버지가 될까? 나는 그러려면 아직 한참 멀었지만, 어느 날 앉아서 벽을 보고 있을 때 나의 모든 방어기제가 두 사람이 똑같아지는 순간 속으로 흡수되면서 그 일이 일어날 수도 있다는 생각이 들었다.

음식이 나오자 그는 곧바로 먹기 시작했지만 나는 바라보며 생각했다. 그러고 나서 내가 들려주는 이야기를 듣고 그는 동작을 멈췄다.

나는 그의 아내, 첫 번째 아내, 내 어머니가 집에서, 자기 침대에서, 말하거나 듣지도 못하고 내가 거기 앉아 있는 것을 보지도 못하는 상태에서 죽었다고 말했다. 이 이야기는 이제껏 한 번도 그에게 한 적이 없었고 왜 지금 하고 있는 건지도 알 수가 없었다. 지팡이를 짚고 문간에 서 있던 이웃과 함께 그녀의, 매들린의 침대 옆에서 보낸 몇 시간에 대해. 나도 모르게 자세한 부분에까지 들어가고 있음을 깨달았다. 생각나는 것은 뭐든 떠올리며 부드럽게 말하면서 장면을 묘사했다. 이웃, 지팡이, 침대, 침대보. 침대보를 묘사했다. 날개 모양으로 조각된 손잡이가 달린 낡은 참나무 서랍장도 언급했다. 로스도 그것을 기억할 터였다. 나는 그가 감동하길 원했던 것 같다. 마지막 몇 시간이 흐르고 있던 때를 그가 보길 원했다. 시커먼 꿍꿍이는 없었다. 우리가 그 안에 함께 있길 원했다. 그러나 여기서 그 얘기를 하는 것은 얼마나 이상한가. 발끝으로 걷는 웨이터와 장례식 꽃처럼 벽을 따라 일렬로 놓인 하얀 아마릴리스 줄기와 우리 테이블 가운데 놓인 작은 꽃병 속의 하얀 난초꽃 한 송이 사이에서. 나의 말을 관통하는 씁쓸한 주제 같은 것은 없었다. 매들린 방 안의 장면 자체가 허용치 않을 것이었다. 탁자, 스탠드, 침대, 침대에 누운 여자, 다리가 삔어 나온 지팡이.

우리는 생각에 잠겨 앉아 있었고 시간이 어느 정도 흐른 후 둘 중 한 명이 음식 한 조각을 입에 넣고 포도주 한 모금을 마시자 나머지 한 명도 똑같이 했다. 식당 안의 모든 곳에서 활기찬 대화가 물결치고 있었음을 그제야 알아차렸다.

"그 일이 있었을 때 나는 어디 있었냐?"

"《뉴스위크》 표지에 있었죠."

그가 이 말이 무슨 소린지 이해하려고 애쓰는 것을 지켜보다가 내가 어머니가 위독한 상태임을 알게 되기 직전에, 아버지가 표지에 있는 그 잡지를 봤다고 설명했다.

그가 탁자를 향해 한층 더 몸을 기울이며 손등으로 턱을 받쳤다.

"우리가 왜 여기 있는지 아니?"

"아티스랑 마지막으로 왔었다면서요."

"그 사람은 영원히 우리가 지금 얘기하려는 것의 일부일 거다."

"너무 이른 것 같아요."

"나는 오직 그 생각뿐이야." 그가 말했다.

그 생각뿐이라. 보존실의 아티스. 나도 가끔, 삭발하고 벌거벗은 채 서서 기다리는 그녀에 대해 생각한다. 그녀는 자기가 기다리고 있다는 걸 알까? 대기자 명단에 올라 있을까? 아니면 그냥 죽어서 자아 인식의 아주 미세한 떨림조차 없는 곳으로 가버린 걸까?

"돌아갈 때가 됐어." 그가 말했다. "네가 같이 갔으면 좋겠구나."

"증인을 원하시는군요."

"길동무를 원해."

"알겠어요."

"딱 한 명만. 다른 사람은 필요 없어." 그가 말했다. "요즘은 그 준비를 하는 중이다."

그는 긴 비행기 여행을 하는 동안 지난 세월을 전부 비워낼 터였다. 나는 그가 록하트적인 면을 모두 잃고 니컬러스 새터스웨이트가 되는 것을 상상했다. 지친 생명은 어떻게 자신의 근원으로 돌아가는가. 수천 항공마일*을 날아서, 밤낮의 감각이 없는 그 모든 무정형의 시간을 지나. 우리는, 그와 나는 새터스웨이트인가? 폐용. 이 단어가 아버지보다는 아들한테 더 확실히 들어맞을지도 모른다는 사실이 떠올랐다. 불용, 오용. 시간 낭비를 평생 추구해온.

"아직도 그 생각을 믿으시는 거죠."

"머리와 마음으로 믿지." 그가 말했다.

"하지만 그 생각 안에 예전 같은 내적 확신이 담겨 있진 않잖아요?"

"그 생각이 의미를 갖는 유일한 곳에서는 계속 힘을 얻어가고 있다."

"번호 붙은 층으로 돌아가겠네요." 내가 말했다.

"이 얘긴 전에 이미 다 했잖냐."

"오래전에요. 그렇게 느껴지지 않아요? 2년 전인데. 반평생은 된 것 같아요."

"지금 준비를 하고 있어."

"그 얘긴 아까 했어요. 문명이 끝나는 곳. 가요, 안 될 거 있나요, 아버지랑 저. 준비를 하죠."

그다음에 무슨 말이 나오나 기다렸다.

"너는 나머지 문제에 대해 생각해보고 말이다."

"저는 그림을 원하지 않아요. 사람들이 당연히 원하리라고 생각되는 걸 원치 않는다고요. 물욕을 버렸다는 뜻은 아니에요. 금욕주의자도 아니고요. 충분히 안락하게 살고 있어요. 하지만 계속 단출하게 살고 싶어요."

그가 말했다. "나는 명확한 지시를 내려야 해."

"저는 돈을 좇지 않아요. 돈은 세는 것이라고 생각해요. 제 지갑에 넣는 것, 제 지갑에서 꺼내는 것이죠. 돈은 숫자예요. 명확한 지시를 내려야 한다고요?

---

* 1항공마일은 1854미터이다.

명확한 지시란 말은 위협적으로 들려요. 저는 어쩌다 보니 하게 되는 게 좋아요."

접시와 식기가 치워졌고 우리는 오래된 마데이라주(酒)*를 마시고 있었다. 어쩌면 모든 마데이라주는 오래됐는지도 모른다. 식당이 점차 비어가는 가운데 결연하게 성큼성큼 걸어서 자신의 직장 또는 맡은 일로 돌아가는 이 모든 사람들을 쳐다보는 게 좋았다. 그들은 사무실과 회의실로 돌아가야 했고 나는 그렇지 않았다. 내가 중역의 정해진 일과 바깥에 있다는 자유로운 느낌을 받았다. 사실은 내가 무직이었던 것뿐이었지만.

우리는, 로스와 나는 아무 말도 하지 않았다. 웨이터는 공중에 걸린 바구니 속 꽃다발에 둘러싸인 꼼짝 않는 형체처럼 저쪽 끝에 서서 우리가 계산서 달라고 불러주길 기다리고 있었다. 우리가 문을 나서서 빗속으로 걸어 들어갈 수 있게, 지금 밖에 비가 온다고 믿고 싶었다. 그동안 우리는 앞으로 하게 될 여행에 대해 생각했고 포트와인을 마셨다.

---

* 포르투갈의 마데이라제도에서 생산되는 포트와인.

5

나는 에마가 전신 거울 앞에 서는 것을 바라본다. 그녀는 의욕적이거나 어둡거나 다루기 힘든 아이들을 위한 학교로 출근하기 전에 모든 것이 제자리에 있는지 확인하고 있다. 셔츠와 조끼, 정장 바지, 캐주얼슈즈. 충동적으로 나는 거울상 안에 걸어 들어가 그녀 옆에 선다. 우리는 몇 초 동안 쳐다본다. 우리 둘이, 어떤 평가나 타인의 시선에 대한 의식이나 즐거워하는 기미도 전혀 없이. 그리고 나는 이것이 깨달음의 순간임을 이해한다.

이 여자를 살펴보자. 똑똑하고, 과감하고, 무심하기보다는 (이 경우를 포함해) 모든 일을 평가하고, 갈색 머리를 질끈 묶고, 얼굴이 예뻐 보이는 데 관심이 없는 여자. 이런 점들은 내가 이름 붙일 수 없는 성질, 일종의 완전성을 그녀에게 부여한다. 우리는, 두 쌍의 눈은, 완전히 낯선 방식으로 서로를 보고 있다. 여자보다 키가 크고, 머리가 부스스하며, 얼굴이 좁고, 턱이 살짝 우묵하고, 물 빠진 청바지 등을 입은, 두서없는 남자.

그는 여자가 보고 싶어 하는 발레 표를 사는 줄에 서 있고 여자가 학생들을 돌보는 동안 몇 시간이든 기다릴 용의가 있다. 그녀는 좌석에 꼿꼿이 앉아 무용수가 공중에서 손끝과 발끝을 맞대는 것을 지켜보는 여자다.

어디 한번 살펴보자, 이 모든 것과 그 이상을. 호기심 많은 눈이, 뭔가를 찾는 단 하나의 시선이 대개 보지 못하는 것을. 볼 것이 너무 많다, 각자가 두 사람을 다 보고 있어서. 그러다가 우리는 모든 것을 떨쳐버리고 계단으로 두 층을 내려가서 우리가 타인들 속에, 아낌없는 공간 속에 돌아왔음을 말해주는 거리 소음의 절정 속으로 걸어 들어간다.

거의 일주일이 지난 후에야 우리는 다시 통화할 수 있었다.

"내일모레야."

"당신이 내가 가주길 원하면."

"애한테 얘기해볼게. 두고 봐야지. 지금 분위기가 안 좋아서." 그녀가 말했다.

"무슨 일인데?"

"학교로 돌아가기 싫대. 8월에 개학이거든. 그런데 시간 낭비라는 거야. 헛수고라고. 학교에서 무슨 얘기를 하든 자기한테는 아무 의미도 없대."

나는 전화기를 들고 창가에 서서 방금 광낸 구두를 내려다봤다.

"무슨 대안이라도 있대?"

"나도 똑같은 질문을 몇 번이나 했지. 그런데 똑 부러지게 말을 안 해. 애 아빠가 속수무책인 것 같더라고."

스택의 아빠가 속수무책이라는 얘기를 듣는 것은 나쁘지 않았다. 하지만 다음 순간 에마도 분명 똑같은 상태이리라는 걸 깨닫자 죄책감이 밀려왔다.

"지금 당장은 도울 수 있는 방법을 모르겠네. 하지만 생각해볼게. 내가 그 나이 때 어땠는지 생각해볼게. 애가 좋다고 하면 또 같이 택시 타고 도장에

갈 수도 있고."

"도장에 가고 싶어 하지도 않아. 주짓수는 질렸대. 이번에 오는 것도 내가 고집부려서 겨우 오는 거야."

그녀가 엄하게 고집부리는 모습을 그려봤다. 똑바로 서서 휴대전화를 꽉 쥔 채 빨리 말하는 모습을. 그녀는 아들과 얘기해보고 전화해주겠다고 말했다.

전화해준다는 말을 들으니 왠지 불안했다. 면접이 끝날 때마다 듣는 말이었기 때문이다. 약속 시간까지 채 한 시간도 남아 있지 않았다. 구두는, 어떤 색에도 쓸 수 있는 스펀지를 사용한 즉석 광내기를 거부하고 이미 전통적인 구두약과 말총 솔과 플란넬 천으로 광내둔 터였다. 욕실 거울로 내 얼굴을 들여다보며 20분 전에 바싹 한 면도가 효과적인지 다시 한번 확인했다. 로스가 했던, 거울에 비친 오른쪽 귀가 거울 속에서는 왼쪽 귀여야 하는데 진짜 오른쪽 귀였다는 말이 떠올랐다. 지금이 그런 경우가 아님을 확신하기 위해 엄청나게 집중해야 했다.

사람들이 평범하게, 쉽게 잊으며 하는 일들. 우리가 공통적으로 갖고 있다고 인정하는 것의 표면 바로 밑에서 숨 쉬는 것들. 나는 이런 행위, 이런 순간에 의미가 있길 원한다. 지갑 확인하기, 열쇠 확인하기. 은연중에 우리를 하나로 묶어주는 무언가. 현관문 잠그고 또 잠그기, 파란 불꽃이 꺼져가거나 가스가 새지는 않는지 레인지 살피기.

이것이 정상성(正常性)이라는 최면제, 내가 중간 정도로 부유하는 날이다.

어느 날 아침 그녀를, 양식화된 자세를 취하고 있는 여자를 또 봤다. 이번에는 옆에 소년 없이 혼자였다. 링컨센터 근처 모퉁이에 서 있는 그녀가 동일인이라고 확신했다. 지난번처럼 눈을 감았고, 팔은 이번에는 밑으로 내렸지만 놀라서 겁먹은 듯한 자세로 몸에서 좀 떨어지게 들고 있었다. 그녀는 제자리에 얼어붙어 있었지만 어쩌면 그게 아니었는지도 모른다. 단지 인도 안쪽을 향해, 서둘러 지나가는 사람들을 향해 선 채 내면 깊이 침잠하기로 맹세했던 것뿐이다. 한 십대 소녀가 기기를 조준해서 사진 찍을 동안만 멈췄다가 갔다. 우리 주위에서 소란이 일기 시작했고, 공기가 무겁고 어두워졌으며, 하늘이 당장이라도 쩍 하고 갈라질 것만 같았다. 비가 쏟아지기 시작해도 그녀가 제자리에 그대로 있을지 궁금했다.

이번에도 그녀의 주장, 그녀의 사명을 알려주는 것이 없음을 알아차렸다. 열린 공간에 선 그녀는 설명되지 않는 존재였다. 외국어로 적힌 소책자나 포스터가 놓인 작은 탁자를 보고 싶었다. 로마자가 아닌 문자로 쓰인 언어를 원했다. 내가 계속 나아갈 수 있게 힘을 줘. 그녀가 다른 문화권에서 왔음을 암시하는 특징, 느낌, 이목구비의 틀이 있었다. 나는 한자, 그리스문자, 아랍문자, 키릴문자로 적힌 팻말, 어떤 식으로든 여기 또는 외국에서 여러 세력의 위협을 받는 단체 혹은 파벌에 속한 여자의 호소를 원했다.

외국인. 맞다. 하지만 그녀가 영어를 하리라고 추측했다. 그녀의 얼굴에서 이를테면 국가를 초월한 태도, 적응이 보인다고 나 자신에게 말했다.

만약 이 사람이 남자였다면—나는 생각했다—내가 걸음을 멈추고 쳐다봤을까?

계속 보고 있어야 했다. 다른 사람들은 흘끗 봤고, 두 아이가 사진을 찍었으며, 앞치마를 두른 남자가 급히 지나갔고, 거리의 발걸음이 날씨의 위협 때문에 빨라졌다.

너무 가까이 가지 않으려 조심하며 다가갔다.

내가 말했다. "혹시 질문 하나 해도 될지 모르겠네요."

대답 없음, 똑같은 얼굴, 뻣뻣하고 통제된 팔.

나는 말했다. "지금껏 저는 당신의 목적, 주장이 뭔지 추측하려 해본 적이 없었어요. 만약 포스터가 있었다면 거기에 항의의 메시지가 담겨 있었을지도 모른다고 생각하지 않을 수 없네요."

나는 한 걸음 뒤로 물러났다. 극적인 효과를 위해. 비록 그녀는 나를 볼 수 없었지만. 내가 대답을 기대했다고 생각하진 않는다. 그녀가 눈을 뜨고 나를 쳐다볼지도 모른다는 생각. 몇 마디 할 가능성. 그때 내가 질문하겠다는 말로 운을 떼놓고 정작 질문은 하지 않았음을 깨달았다.

나는 말했다. "하얀 셔츠와 파란 넥타이 차림의 소년요. 지난번에 중심가 어디쯤에서는 소년이 함께 있었죠. 그 소년은 어디 있나요?"

우리는 제자리에 그대로 있었다. 유리한 자리를 차지하려고 움직이는 사람들, 예부터 내려오는 택시 잡기 아비규환. 아직 비가 오지 않는데도 그랬다. 중국어, 광둥어, 힌디어 몇 마디가 적힌 팻말. 나는 이 우연한 만남의 무작위성에 대응하도록 도와줄 구체적인 의심이 필요했다. 여자. 꼭 여자여야만 했나? 남자가 똑같은 자세로 여기 서 있었다면 한 사람이라도 멈춰 서서 쳐다봤을까? 기원전 1000년경의 페니키아어로 적힌 팻말을 든 사내를 상상하려 했다. 나는 왜 스스로에게 이런 짓을 하는 걸까? 왜냐하면 뇌가 계속 통제 불능 상태로 작동하고 있기 때문이다. 다시 다가가서 그녀를 똑바로 마주 봤다. 그녀의 사진을 찍고 싶어 하는 사람들을 방해하는 것이 주목적이었다. 앞치마를 두른 남자가 서로 맞물린, 비어 있는 쇼핑 카트를, 네 개를 밀면서 이쪽으로 돌아왔다. 늘 눈을 감고 있는 여자, 그녀는 모든 것을 제자리에 고정하고, 나를 위해 행인들을 멈춰 세워서, 여기에 있는 것을 내가 명확히 보게 해줬다.

내가 잘못했던 건가, 그녀에게 말을 건 게? 그것은 방해였고 멍청한 짓이었다. 나의 신중한 행동 목록에 있는 어떤 조항을 어겼고, 결연한 침묵을 향한 여자의 의지를 훼손했다.

20분 동안 그곳에 서서 그녀가 비에 어떻게 반응하나 보려고 기다렸다. 더 있고 싶었고, 여건만 맞았다면 더 있었을 테고, 떠나는 데 죄책감을 느꼈지만 비도 오지 않았고 나는 다음 약속 장소로 출발해야 했다.

아티스가 중국어 할 줄 안다고 내게 말한 적 있지 않나?

우리는 화랑에서 멀지 않으면서 손님이 거의 없는 식당을 찾아냈다. 스택은 다른 건 아무것도 없이 브로콜리만 주문했다. 뼈에 좋아요, 그가 말했다. 그는 우울한 얼굴에, 하늘로 솟은 머리를 하고 등에서 지퍼를 올리는 조깅복을 입고 있었다.

에마가 그에게, 택시에서 시작한 얘기를 마저 하라고 말했다.

"아, 그래서 저는 오악사카가 어디일까 생각하기 시작했어요. 우루과이 아니면 파라과이에 있는데 거의 파라과이일 거라고 추측했죠. 사실은 톨텍족이나 아즈텍족 때문에, 멕시코에 있다는 걸 90퍼센트 확신했는데도 말이에요."

"요점이 뭐야?"

"예전에는 궁금한 게 있으면 당장 알아야 했어요. 요즘은 천천히 생각을 해요. 오악사카(Oaxaca). 뭐가 있지? o a가 있고 그다음에 x a가 있고 그다음에 c a가 있지. 에스파냐어 발음은 와-하-카. 저는 오악사카의 인구나 민족 구성이나 특히 그들이 사용하는 언어—에스파냐어 또는 에스파냐어가 섞인 어떤 인디오 언어일 텐데—에 대한 지식까지도 받아들이지 않았어요. 그리고 그곳을 전혀 엉뚱한 장소에 위치시켰죠."

내가 에마에게 이 화랑과 여기에서 전시 중인 유일한 물체에 대해 이야기하자 그녀가 스택에게 말했고 그가 한번 보러 가는 데 동의했다. 그 자체로 대단한 성취였다.

나는 두 사람 사이의 긴장을 완화하기 위해 차출된 중재자임이 명백했는데도 나도 모르게 민감한 주제로 곧장 전진했다.

"학교랑 끝냈다면서."

"서로 끝낸 거죠. 우리는 서로가 필요치 않아요. 하루하루 흘러봤자 똑같은 시간 낭비일 뿐이죠."

"그 느낌 나도 아는 것 같아. 기억하는 건지도 모르지. 선생님, 교과목, 다른 학생들."

"무의미하죠."

"무의미하다." 내가 말했다. "하지만 다른 종류의 학교도 있잖니. 더 자유롭고, 혼자 연구도 할 수 있고, 한 과목을 완벽하게 탐구할 시간도 있는. 이미 다 들은 얘기인 건 알고 있다만."

"이미 다 들었어요. 전부 한 무더기의 얼굴들일 뿐이에요. 저는 얼굴을 무시하거든요."

"어떻게 그러는데?"

"우리는 매년 우리의 시야를 거쳐 가는 얼굴 1000만 개의 차이점을 보라고 배우잖아요. 그렇죠? 저는 오래전에, 어렸을 때, 고아원에 있을 때, 자기방어 차원에서 그 방법을 일부러 잊었어요. 남들의 얼굴이 내 눈을 통과해서 뒤통수로 나가게 두는 거예요. 모든 얼굴을 하나의 커다랗고 흐릿한 물체처럼 보는 거죠."

"소수의 예외가 있을 뿐."

"극소수죠." 그가 말했다.

그는 그 이상을 굳이 덧붙이지 않았다.

그를 뚫어져라 쳐다보다가 내가 낼 수 있는 가장 신중한 목소리로 말했다. "'돌은 존재한다. 하지만 실존하지 않는다.'"

잠시 침묵 후에 다시 말했다. "이 구절을 대학교 때 우연히 봤는데 아주 최근까지 잊고 있었어. '오직 인간만이 실존한다. 돌은 존재한다. 하지만 실존하지 않는다. 나무는 존재한다. 하지만 실존하지 않는다. 말[馬]은 존재한다. 하지만 실존하지 않는다.'"

그는 고개를 숙이고 눈을 가늘게 뜬 채 유심히 들었다. 그의 어깨가 약간 꼼지락거리며 이 생각에 자신을 끼워 맞췄다. 돌은 존재한다. 우리는 여기에 돌을 보러 왔다. 전시 중인 물체는 공식적으로 실내 돌조각(彫刻)이라고 표기되어 있었다. 그것은 커다란 돌, 하나의 돌이었다. 나는 스택에게, 이것 때문에 학부 시절 기억의 구석에서 아까 그 구절을 떠올린 거라고 말했다.

"'신은 존재한다. 하지만 실존하지 않는다.'"

내가 그에게 말하지 않은 사실은 이 문장이 마르틴 하이데거의 것이라는 점이었다. 꽤 최근에야 그가 나치의 신념 및 사상과 끈끈한 유대를 유지했던 철학자임을 알게 되었다. 곳곳의 역사가 검은 공책 속으로 사라졌고 그 과정에서 나무, 말, 돌처럼 아무런 죄도 없는 단어들이 검게 변했다. 스택에게는 그 나름대로 생각해야 할 뒤틀린 과거, 조상들의 대기근이 있었다. 그가 오염되지 않은 돌에 대해 상상하게 놔두자.

20여 년 전에 시작된 전시회는 여전히, 늘 하고 있었고 돌도 똑같았다. 최근 몇 년간 세 번을 왔는데 항상 내가 유일한 목격자였다. 오직 안내원 겸 감시원인 나이 든 중년 여자만이 깃털 꽂은 검은 나바호족 모자를 쓴 채 화랑 제일 안쪽 벽 앞에 앉아 있었다.

스택이 말했다. "저는 울타리에 돌을 던지곤 했었어요. 사람한테 말고는 돌을 던질 데가 없었는데 사람한테 던지는 걸 그만두지 않으면 벌받는 방에 가두고 하루 두 번 밥 대신 비료를 주겠다고 했거든요."

목소리에서 느껴지는 쾌활함, 열네 살짜리다운 자화자찬. 누가 그를 비난할 수 있겠는가. 우리는, 그와 나는, 지금 꽤 잘 통하고 있었다. 브로콜리 때문인지도 몰랐다. 그의 엄마는 애 옆에 앉아서 아무 말도 않고 아무것도 보지 않으면서 우리 얘기를, 그렇다, 귀를 쫑긋 세운 채 듣고 있었지만 아이가 다음에는 대체 무슨 말을 할지 전혀 알지 못했다.

내가 점심값을 내겠다고 우기자 에마는 항복하고 무리의 대장이라는 내 역할을 받아들였다. 화랑은 낡은 로프트 건물*의 3층 전체를 차지했다. 우리는 한 줄로 서서 힘겹게 계단을 올라갔는데 비좁은 통로, 희미한 조명, 계단 자체, 벽 자체의 무엇 때문에 나는 우리가 흑백으로 변했다고, 피부색소와 우리가 입은 옷의 색 값**이 빠져나갔다고 생각했다.

길고 넓은 전시실 바닥에는 널빤지가 깔려 있고 벽은 군데군데 깨지거나 패어 있었다. 안내원의 낡은 자전거는 제일 안쪽 벽에, 그녀의 접의자 옆에 기대져 있었는데 정작 본인의 기척은 없었다. 하지만 여기에 바로 그 돌이, 8센티미터 정도 높이의 단단하고 평평한 금속판에 받쳐져 있었다. 바닥에 붙인 하얀 테이프는 방문객 접근 금지 선을 나타냈다. 가까이 가되 만지지 마라. 에마와 나는 방 중간 정도에서, 돌이 웅장해 보이는 위치에 멈춰 섰다. 스택은 시간을 낭비하지 않고 곧장 자기보다 키 큰 물체로 성큼성큼 걸어가서 자기가 봐야 하는 모든 것을 찾아냈다, 무릇 돌에 있기 마련인, 표면의 모든 흠, 돌기와 자국. 사실 이 경우에는 돌이 아니라 바위라 불러야 마땅했는데 그것의 전체적인 형태는 둥그스름했고 가장 넓은 부분은 폭이 180센티미터 정도 됐다.

우리는 천천히, 그녀와 나는 조용히 다가갔다. 돌조각, 자연의 예술품에 대

---

* 본디 공장이나 창고용으로 지어져 면적이 넓은데도 벽이 없는 원룸 형태의 건물.

** 색상의 시각적인 강도를 나타내는 값.

한 교회와도 같은 존경심 때문이었을까? 아니면 단순히 대상과 관찰자—단단한 것에는 거의 애착을 갖지 않는 불가해한 소년—가 합쳐진 형태를 관찰하고 있었을 뿐일까? 물론 그는 테이프 경계선 너머로 손을 뻗어서 겨우겨우, 살짝 돌을 만졌고 나는 그의 엄마가 속으로 숨을 멈추고 경계하며 경보가 울리기 시작하길 기다리고 있음을 느꼈다. 하지만 돌은 그냥 거기에 있었다.

우리는 그의 양옆에 섰고 나는 스스로에게 돌과 함께 보내는 1~2분을 허락했다.

그러고 나서 말했다. "좋아, 어서 해봐."

"뭘요?"

"돌을 정의해봐."

나는 그 나이 때의 나를 생각하고 있었다. 단어의 거의 정확한 뜻을 찾겠다고, 핵심을 밝히기 위해 하나의 지정 단어로부터 다른 여러 단어를 끌어내겠다고 단단히 결심했던 나 자신을 생각했다. 그 과정은 항상 고됐고 지금의 예도 다르지 않았다. 침식, 흐르는 물, 날아오는 모래, 떨어지는 비와 같은 힘이 빚은, 자연에 속하는 물질 덩어리.

정의는 간결하고 권위 있어야 했다.

스택이 눈에 띄게 하품을 하고는 돌과 멀어지게 허리를 기울이더니 조금 떨어진 거리에서 평가하고 판별했다. 물리적 한계, 단단한 표면, 금 간 곳, 날카로운 곳, 돌출된 곳과 파인 곳. 그는 주위를 빙빙 돌다가 연마되지 않은 넓은 부위를 발견했다.

"단단하다. 아주 단단하다. 석화됐다. 주성분이 광물이거나 전체가 광물인데 그 안에 오래전에 죽어서 화석화된 동식물의 잔해가 들어 있다."

그는 조금 더 말하면서 두 팔을 가슴 앞으로 모으고 자기 말의 조각들을, 한 구절 한 구절 뱉을 때마다 두 손으로 섞어댔다. 그와 돌, 윤곽과 형태를 부여하는 데 한 음절만 있으면 되는 것, 둘만의 세계였다.

"공식적으로 돌은 땅 위에 있거나 흙 속에 박힌 크고 단단한 광물질 덩어리인 것으로 하죠."

나는 감명받았다. 우리는, 우리 셋은, 바깥에서 차들이 시끄러운 소리를 내며 지나가는 가운데 계속 그것을 쳐다봤다.

스택이 돌에게 말을 걸었다. 그는 그것에게 우리가 너를 쳐다보고 있다고 말했다. 그리고 우리를 호모사피엔스라는 종의 세 일원이라고 지칭했다. 돌이 우리 셋보다 오래 살 거라고, 아마 우리 종 전체보다 오래 살 거라고 했다. 그는 한동안 계속 떠들었고 딱히 누구에게랄 것 없이 돌에는 세 종류가 있다고 말했다. 그리고 내가 미처 떠올리려는 시도를 하기도 전에 그 이름들을 읊었고, 암석학과 지리학과 대리석과 방해석에 대해 말했고, 그의 엄마와 나는 아이가 점점 의기양양해지는 동안 가만히 듣고 있었다. 그때 안내원이 들어왔다. 나는 그녀를 큐레이터로 생각하는 것을 더 좋아했다. 같은 여자, 같은 깃털 꽂힌 모자, 티셔츠와 샌들, 자전거 클립*으로 묶은 배기팬츠. 그녀는 작은 종이봉투를 든 채 아무 말 없이 자기 의자로 가서 봉투에서 샌드위치를 꺼냈다.

우리는 그녀를 대놓고, 소리 없이 쳐다봤다. 거의 비어 있는 널찍한 화랑 내부, 전시 중인 하나의 눈에 띄는 물체는 아주 단순한 동작, 남자 혹은 여자, 개 또는 고양이에도 의미를 부여했다. 내가 잠시 침묵했다가 스택에게 또 다른 종류의 자연, 즉 날씨에 대해 묻자 그가 자신은 더 이상 날씨와 아무런 상관도 없다고 말했다. 날씨는 오래전에 떠났다고 했다. 그리고 세상에는 불필요해지는 것들이 있다고 말했다.

* 자전거 페달에 바지가 끼지 않도록 묶는 도구.

그러자 그의 엄마가 마침내 날카로운 목소리로 속삭였다.

"당연히 너랑 상관있지. 온도, 섭씨와 화씨, 도시들, 104도, 108도. 인도, 중국, 사우디아라비아. 무슨 일이 있었길래 너랑 상관없다고 말하게 된 거니? 당연히 너랑 상관있지. 다 어디로 사라졌어?"

그녀의 목소리는 당황한 듯했고 이날 그녀의 모든 것은 잃어버린 시간을 암시했다. 그녀의 아들은 곧 아빠에게 돌아갈 텐데 그러면 무슨 일이 일어날까, 그가 학교로 돌아가지 않으면 미래는 어떻게 될까, 무엇이 기다리고 있을까? 엇나가는 아들딸은 부모가 감당해야 하는 벌처럼 보일 것이 틀림없다. 하지만 무슨 죄에 대한 벌이란 말인가?

나는 스택의 아빠를 부를 이름이 필요하다는 사실을 상기했다.

그곳을 나오기 전에 아이는 방 저쪽 끝에 있는 큐레이터를 큰 소리로 불러서 돌을 어떻게 건물 안으로 갖고 들어왔냐고 물었다. 그때 그녀는 샌드위치 안에 뭐가 들었는지 보기 위해 빵 두 쪽 중 한 쪽의 둥근 끝을 들어 보는 중이었다. 그녀가 말하길, 벽에 구멍을 뚫은 다음 짐칸 뚜껑이 없고 기중기가 달린 트럭으로부터 돌을 들어 올렸다고 했다. 나도 혼자서 처음 여기 왔을 때 똑같은 질문을 할까 생각했지만 그것이 처음부터, 아무런 법적 서류나 허가도 없이 여기 있었다고 상상하는 편이 재밌다는 판단을 내렸다.

돌은 존재한다. 하지만 실존하지 않는다.

어둑한 계단을 내려오는 길에 나는 다시 한번 이 말을 인용했고 스택과 나는 그 의미가 무엇인지 알아내려 애썼다. 그것은 우리의 흑백 빛깔 내려가기와 잘 어울리는 주제였다.

나는 라디오로 클래식을 듣는다. 일종의 도전 의식을 불러일으키는 소설을 읽는다. 대개 유럽의, 때로 이름 없는 화자가 나오는, 항상 번역본으로, 십대 때 읽으려고 했던 소설을. 음악과 책, 그냥 거기 있는, 벽, 바닥, 가구, 살짝 일직선상에서 벗어난, 거실 벽에 걸린 그림 두 개. 나는 물건들을 있는 그대로 놔둔다. 보고 그대로 둔다. 물리적 1분 1분을 관찰한다.

이틀 후 그녀가 연락도 없이 나타났다. 한 번도 없었던 일이었고 그녀가 그토록 어수선하고 허둥거린 것도 처음이었다. 청바지를 훌렁 벗는 게 아니라 거기서 빠져나오려 안간힘을 썼으며 아들과 관련된 어떤 문제에나 따라오는, 부글부글 끓어오르는 유의 긴장감을 떨쳐내야만 했다.

"애가 나를 한번 안아주고 떠났는데 뭐가 더 무서웠는지 모르겠어. 떠난 건지 포옹인지. 걔가 자진해서 안아준 건 정말 처음이거든."

그녀는 단지 옷을 벗기 위해 벗고 있는 것만 같았다. 나는 셔츠도 입고, 바지도 입고, 구두와 양말도 신은 채로, 침대 발치에 서 있었다. 그녀는 계속 옷을 벗으면서 계속 말했다.

"얘가 누구지? 내가 한 번이라도 본 적이 있는 앤가? 여기 걔가 있어, 저기 걔가 가. 나를 안아주고 떠났어. 어디로 가는 걸까? 걔는 내 아들이 아니야. 한 번도 그랬던 적 없어."

"예전에도, 지금도 당신 아들이야. 구석구석까지, 당신이 고아원에서 데리고 나왔던 그 애라고. 잃어버린 시간. 그 애만의 시간." 내가 말했다. "당신도 그 애를 처음 봤을 때, 법적인 면을 제외하곤, 당신이 당연히 자기 거라고 영영 주장할 수 없을 뭔가를 걔가 지니고 있다는 거 알았잖아."

"고아원이라. 16세기에서 튀어나온 단어 같네. 고아 소년이 왕자가 되다."

"왕자 대리지."

"바꿔치기된 왕자." 그녀가 말했다.

나는 웃었다. 그녀는 웃지 않았다. 그녀가 교실에서, 교실 아닌 곳에서 학생들을 다룰 때 보여줬던 모든 통솔력과, 자기가 누구이고 무엇을 원하는지 아는 거울 속 여자는 아이의 짧은 방문에 완전히 침식당하고 말았다. 여기에는 지금 당장 벗어나고 싶은 그녀의 욕구와 내 어지러운 침대 위에서 허우적거리는 팔다리뿐이었다.

이 이후로 내가 그녀를 만나는 횟수가 줄어들게 되고, 나는 전화해서 메시지를 남기고 그녀에게서 전화가 오길 기다리게 되며, 그녀는 더욱 늦게까지 일하게 된다. 지금은 그녀도 꽤 차분해져서 이른 저녁 식사 후에 혼자 집에 가고 아들에 대한 얘기는 거의 하지 않았다. 다만 그가 파슈토어 공부를 포기했고, 학교를 그만뒀으며, 꼭 말해야 하는 실질적인 문제가 있을 때 외에는 말을 하지 않게 되었다는 얘기만 했다. 그녀의 말은 멀리 떨어진 안전한 곳으로부터 높낮이가 없는 목소리에 실려 전달되었다.

나는 조깅 하러 가기로 했다. 운동복 셔츠와 청바지에 운동화를 신고, 날씨가 좋든 나쁘든, 공원에서 저수지 주변을 뛰러 나갔다. 지금은 사용자가 걷는 걸음 수를 세주는 앱이 있는 스마트폰이 있다. 하지만 이때는 내가 직접 셌다. 매일매일, 한 걸음 한 걸음, 수만 걸음이 될 때까지.

6

여자가 컴퓨터 모니터에서 고개를 홱 돌려 처음으로 나를 쳐다봤다. 그녀는 모집인이었고 문제의 직업은 코네티컷주 서부에 위치한 대학의 감사·윤리 책임자로 나와 있었다. 우리가 얘기하는 동안 나는 주기적으로 이 용어를 속으로 외었다. 코네티컷주 서부는 3차원 실체라서 뺐다. 언덕, 나무, 호수, 사람처럼.

그녀는 내가 학교 정관을 주 법과 연방 법에 비추어 해석했을 때 요구되는 규제 사항을 결정하는 책임을 맡게 될 거라고 말했다. 나는 좋다고 했다. 그녀는 감독, 조화, 관리에 대한 뭔가를 말했다. 나는 알았다고 했다. 그녀는 질문을 기다렸지만 나는 질문할 게 없었다. 그녀는 쌍무계약이라는 용어를 덧붙였고 나는 그녀가, 이름이 기억 안 나는 어떤 배우, 내가 보지 않은 어느 연극의 최근 리메이크에 출연하는 누군가를 닮았다고 말했다. 하지만 그에 대한 기사를 읽었고—나는 말했다—사진도 봤다. 모집인이 설핏 웃었고 내가 배우의 얼굴을 확대해서 옆에 갖다 붙이니 그녀의 얼굴이 더욱 생생해졌다. 그녀는 내 발언이 환심을 사기 위한 시도가 아님을 이해했다. 나는 그저 스스로의 주의를 다른 데로 돌리고 있었을 뿐이었다.

우리는 화기애애하게 연극 이야기를 했고 이때부터는 그녀가 나를 설득해서 그 일자리를 배제하게 만들고 싶어 함이 명백해졌다. 내가 자격 미달이거나 의욕 과잉이어서가 아니라 그곳에, 그런 환경에 맞지 않기 때문이었다. 감사·윤리 책임자. 그녀는 자신이 직종 요강에서 쓰이는 공식적인 용어로 그 자리에 대해 알려준 모든 것이 나의 기호에 맞았을 뿐만 아니라 내 과거 경력에서도 핵심적이었다는 사실을 깨닫지 못했다.

여기저기서 손을 내밀고 있는 사람들, 종이컵을 들고 선 남자, 뱃멀미색 토사물 위로 몸을 숙인 여자, 담요 위에 앉아서 몸을 앞뒤로 끄덕거리며 구호를 외치는 여자. 이런 광경을 항상 보는데 나는 그때마다 멈춰 서서 그들에게 뭔가를 준다. 내가 느끼는 것은 이 순간적인 접촉, 달러적 접촉 너머의 삶을 상상하는 방법을 내가 모른다는 점이다. 그리고 속으로 말하는 것은 나에게 그들을 쳐다봐야 할 의무가 있다는 사실이다.

택시, 트럭, 버스. 차량 행렬이 서 있을 때도 소음은 계속된다. 나는 이 소리를 지붕 위에서 듣는다, 더위가 울리면서 내 머리를 파고들 때. 이것은 공중에 머무는 소음이다. 쉼 없이, 밤낮으로 언제든, 듣는 방법을 아는 사람에겐 들리는.

8일 연속 신용카드를 쓰지 않았다. 무슨 의미가 있나. 전하고자 하는 말이 무엇인가. 현금은 흔적을 남기지 않는다. 그 말이 무슨 의미든 간에.

전화벨이 울린다. 공공서비스 대규모 중단과 관련된 어느 국가기관의 녹음 메시지다. 그 목소리는 대규모라는 말을 하지 않지만 이것이 내가 메시지를 해석하는 방식이다.

가스 불을 끈 다음에 레인지를 확인하고, 문이 잠겼음을 확실히 하기 위해 열었다가 다시 잠근다.

창밖의 가로등을 내다보며 누군가가 옛날 영화처럼 긴 그림자를 드리우며 지나가길 기다린다.

앞으로 무슨 일이 닥쳐오든 너끈히 감당해내고 말겠다는 도전 의식을 느낀다. 로스, 그리고 미래를 직면하고 싶어 하는 그의 욕구가 있다. 에마, 그리고 우리 사랑의 다정한 개정판들이 있다.

전화벨이 또 울린다. 똑같은 녹음 메시지다. 약 2초 동안 어떤 종류의 서비스가 중단될까 궁금해한다. 그러고 나서 이 메시지를 전달한 모든 종류의 전화기 하나하나, 수백만 명에 대해 생각하려고 한다. 하지만 아무도 그것을 기억해뒀다가 다른 사람한테 말하지는 않을 것이다. 우리 모두가 아는 것은 공유할 가치가 없기 때문이다.

브레슬로는 에마의 성이지 남편의 성이 아니었다. 이 정도는 알고 있었기 때문에 그럭저럭 그 사내를 위한 이름을 정했다. 볼로디미르. 그는 이 나라에서 태어났지만 우크라이나식 이름이 아니라면 그에게 이름을 지어주는 데 무슨 의미가 있냐고 생각했다. 그러고는 이런 때에 이것이, 이런 식으로 생각하는 것이 얼마나 쓸데없는 짓인지 깨달았다. 쓸데없고, 얄팍하고, 무신경하고, 부적절했다.

지어낸 이름들은 폭격당한 사막의 풍경에 속한다. 아버지와 내 이름을 제외하곤.

타운하우스 안을 헤매고 다니다가 마침내, 부엌 식탁에 앉아서 구운 치즈 샌드위치를 먹고 있는 아버지를 발견했다. 근처에서 누군가가 진공청소기를 돌리고 있었다. 아버지가 한 손을 들어 인사했고 나는 어떻게 지내시냐고 물었다.

“더 이상 아침 식사 후 필수 코스인 아침 똥을 누지 않아. 모든 게 느려지고 둔해졌어.”

“그럼 짐을 싸야 하는 건가요?”

“간단하게 싸. 나도 간단하게 싸고 있다.” 그가 말했다.

웃기려고 하는 말이 아니었다.

“날짜가 정해졌어요? 지금 생각 중인 일자리가 있어서 알았으면 하는데요.”

“뭐 좀 먹을래? 어떤 자린데?”

“감사·윤리 책임자요. 일주일에 4일이에요.”

“다시 한번 말해봐.”

“주말에 오래 쉴 수 있다고요.” 내가 말했다.

로스는 청바지 애호가가 되었다. 매일 똑같은 바지 위에 파란 남방을 입고 양말 없이 회색 운동화만 신었다. 나는 샌드위치와 맥주를 먹었고, 진공청소기 소리가 점점 작아지는 가운데, 그 여인이 없는 이 사내의 밤낮을 상상해 보려 했다. 이제는 의미가 증발해버린 그의 모든 특권과 편리. 돈. 내가 생각하고 사는 방식을 결정해온 것이 돈, 아버지의 돈이었을까? 내가 그의 제안을 받아들이든 딱 잘라 거절하든 돈이 다른 모든 것을 압도할까?

“언제 알게 될까요?”

“며칠 내로. 연락이 갈 거다.” 그가 말했다.

“어떻게요?”

“어떤 식이든 그들 방식으로. 나는 그냥 떠나는 거야. 일을 안 한 지 좀 됐으니 그냥 떠나는 거지.”

“하지만 이 여행의 목적을 아는 사람도 있잖아요. 믿을 만한 직원들 말이에요.”

“어떤 것에 대해서는 알지. 나한테 아들이 있는 것도 알고.” 그가 말했다.

"내가 떠나는 것도 알아."

우리는 다시 별말 않는 상태로 되돌아갔고 나는 그의 손이 떨리기 시작하길 기다렸지만 그는 자기 수염 뒤에 앉아서, 폐관 시간 이후에 모건 도서관 동실의 위쪽 단들을 탐색하며 호화로운 천장화가 그려진 천장 바로 밑에 가지런히 꽂혀 있던, 값을 매길 수 없는 책들의 책등에 적힌 제목을 외웠던 때 이야기를 길게 들려줬고 나는 그때 나도 같이 있었다는 사실을 언급하지 않기로 결심했다.

철로 맞은편의 지하철 플랫폼에 한 여자가 있었다. 그녀는 통바지와 얇은 스웨터 차림으로 눈을 감고 벽 앞에 서 있었다. 누가 이런 행동을 하는가, 사람들이 부대끼고 열차가 오가는 지하철 플랫폼에서. 나는 그녀를 지켜봤고 내가 탈 열차가 왔을 때 타지 않고 다시 철로가 비길 기다렸다가 계속 자기 안으로 파고드는 것처럼 보이는 그 여자에 대한 관찰을 재개한 결과, 믿기로 했다. 그녀가 전에 두 번 봤던, 눈 감고 인도에 서서 꼼짝 않던 여자이길 바랐다. 플랫폼이 북적이기 시작하자 그녀를 보기 위해 자리를 옮겨야 했다. 그녀가 일종의 문화적 파벌 싸움에 개입되어 있을까, 혹은 자신의 역할과 임무를 해석해낸, 망명 중인 당파의 일원일까 생각했다. 만약 신호가 있다면 그 의미는 다른 당파들, 즉 다른 이론과 신념을 신봉하는 빨치산들을 향한 메시지일 터였다.

이 생각이 마음에 들었다. 완전히 말이 됐기 때문에. 내가 플랫폼을 떠나 서둘러 계단을 올라가서 길을 건너고 새로운 계단을 내려가서 회전문을 통과해 반대편 플랫폼에 도착해서 그녀에게 이것에 대해, 그녀가 속한 단체 또는 분파에 대해 물어보는 것을 상상했다.

하지만 이 사람은 다른 여자였고 신호도 없었다. 물론 나는 그 사실을 처음부터 알고 있었다. 이제 내가 할 일은 그녀가 탈 열차가 역에 들어와서 사람들이 내리고 올라타길 기다리는 것밖에 없었다. 그녀가 거기에 서 있지 않을 것임을, 뒤에 남지 않을 것임을 확실히 하고 싶었다. 텅 빈 플랫폼에서, 눈을 감고, 허리 높이에서 두 손을 맞잡은 채로.

전화해서 메시지를 남겼다. 그리고 어느 날 나도 모르게 그녀의 아파트, 에마네 집 길 건너에 서 있었다. 지나가는 남자의 부츠가 먼지투성이였고 고리에 걸린 열쇠 한 벌이 허리띠에서 대롱거렸다. 내 열쇠를 확인했다. 그러고 나서 길을 건너 로비로 들어가 에마네 집 초인종을 눌렀다. 현관문은 물론 잠겨 있었다. 기다렸다가 다시 한번 눌렀다. 학교까지 걸어가서 누군가에게 그녀를 만날 수 있냐고 물어볼까 생각했다. 에마 브레슬로. 그녀의 이름과 성을 속으로 말했다.

그녀의 휴대전화는 더 이상 연결되지 않았다. 선사시대에 떨어진 기분이었다. 마침내 우리가 얘기하게 되면 그녀에게 첫마디를 뭐라고 할까?

감사·윤리 책임자.

그다음엔?

코네티컷주 서부의 대학교야. 우리가 만난 말 농장에서 멀지 않아. 당신이 놀러 와. 둘이 같이 말 타자고.

학교에는 가지 않았다. 북적이는 거리를 한참 걷다가 빡빡머리를 한 젊은 여자 넷을 봤다. 그들은 일행이었다. 친구였다. 권태로운 실신을 위해 차려입은 패션모델처럼 성마르게 걷지 않았다. 관광객이구나—나는 생각했다—북유럽에서 온. 그리고 그들의 외모에 의미를 부여하려는 미지근한 시도를 했다. 하지만 때때로 내가 다 흡수하지 못해서 거리가 넘쳐흐르면 생각을 멈추고 계속 걸어야 한다.

학교에 전화를 걸자 누군가가 그녀는 잠시 휴가 중이라고 말했다.

일은 하기로 했다. 2주 후에 시작한다. 새 학년이 시작되기 한참 전이라 로스를 따라갈 시간, 돌아올 시간, 적응할 시간도 있다. 나는 그곳, 컨버전스, 땅속의 틈으로 돌아가는 것에 대해 내가 어떻게 느끼는지 알지 못했다. 여기, 하루와 일주일이라는 안정된 단위 속에서는 해야 할 언쟁도 없고 내놓을 대안도 없었다. 나는 이미 상황을, 아버지의 상황을 받아들였다. 하지만 떠나기 전에 에마에게 얘기해야 했다. 마침내 모든 것을, 아버지, 어머니, 의붓어머니, 이름 붙여주기, 번호 붙은 층, 밤마다 침대까지 나를 따라오는 지긋지긋한 사실들을 모두 털어놔야만 했다.

그날 밤늦게 그녀가 굉장히 다급한 목소리로, 말 한마디 한마디에서 엄청난 압박감을 풍기며 전화했다. 스택이 사라졌다는 것이었다. 닷새 전 일이었다. 그녀는 지금 애 아빠와 함께 덴버에 있었다. 이틀째부터 거기에 있었다. 경찰은 실종자 수배령을 내렸다. 이 사건을 담당한 수색 팀이 있었다. 그들은 스택의 컴퓨터와 다른 기기들을 압수했다. 부모는 사설탐정과 접촉 중이었다.

그 두 사람, 엄마와 아빠, 공통된 괴로움, 사라지기로 결심한 아들의 수수께끼. 아빠는 아이가 다른 사람들에게 납치, 감금 되어 있지 않다고 확신했다. 스택의 습관적인 일탈 행동 외에 어떤 움직임의 조짐이 있었기 때문이다. 그게 다였다. 달리 뭐가 있을 수 있겠는가? 그녀는 녹초가 되어 있었다. 나는 간단하게, 내가 뭘 해야 되냐고 말하고 어떻게 해야 연락할 수 있냐고 물었다. 그녀는 자기가 다시 걸겠다고 말한 뒤 끊었다.

방 안에 서서 패배감을 느꼈다. 그것은 하찮고 이기적인 감정, 쓰라린 기분이었다. 비가 창을 두들기고 있어서 창문을 밀어 올려 시원한 공기가 들어오게 했다. 그리고 서랍장 위의 거울을 들여다보며 머리에 총을 쏴서 자살하는 시늉을 했다. 세 번 더 했다, 표정을 바꿔가면서.

7

비틀거리며 풍경을 가로지르는 모래 폭풍이 있어서 한동안 활주로에 접근할 수 없었다. 우리의 작은 비행기는 착륙할 기회를 기다리는 동안 복합건물 위를 맴돌았다. 이 높이에서는 그 구조물 자체가 어떤 모양과 형태의 본보기, 황무지의 환상처럼 보였다. 모든 선과 각도와 튀어나온 부속 건물들이 확실히 아무 데서도 보이지 않았다.

로스는 내 앞자리에서 좁은 통로 건너편의 여자와 프랑스어로 얘기하고 있었다. 비행기에는 좌석이 다섯 개 있었고 승객은 우리뿐이었다. 그와 내가 여행한 지는, 몇 시간에서 점점 늘어나 며칠이 되었고 우리는 어딘가의 대사관인지 영사관에서 하룻밤을 보냈다. 그가 일부러 시간을 끌고 있다는 느낌을 받았다. 하루 더 살기 위해 도착을 늦추는 것이 아니라 단지 여러 가지를 원근법적으로 보고 있다는 느낌이었다.

무슨 여러 가지 말인가?

마음과 기억이라고 나는 추측한다. 그의 결정. 우리 부자의 만남, 30여 년의 세월, 모든 우여곡절.

이것이 긴 여행의 목적이다. 자기가 무엇을 두고 떠나왔는지 알기, 시야 길게 늘이기, 패턴 찾기, 다른 사람들 이해하기, 이런저런 문제의 중요성을 고려한 다음 자기 자신을 저주하거나 축복하거나 (아버지의 경우에는) 이것저것 바꿔가며 처음부터 다 다시 할 수 있는 기회를 갖게 될 거라고 스스로에게 말하기가.

그는 사파리 재킷과 청바지 차림이었다.

여자는 로스와 내가 이 마지막 비행기에 올라탔을 때 이미 자리에 앉아 있었다. 그녀는 로스의 안내자가 되어 마지막 몇 시간 동안 그를 이끌어줄 것이었다. 나는 그들의 말에 이따금 귀 기울였고 여기저기서 한 구절씩 알아들었는데 전부 절차와 일정, 사무실에서의 또 하루에 관한 자세한 얘기였다. 그녀는 삼십대 중반인 듯했고 병원 직원과 관계있어 보이는 일종의 녹색 투피스를 입고 있었으며 이름은 달리아였다.

비행기가 더 낮은 고도에서 빙빙 돌자 복합건물이 땅속으로부터 떠오르는 것처럼 보였다. 그 주위는 온통 펄펄 끓는 재와 돌 때문에 열기가 엄청났다. 저쪽에 있는 모래 폭풍이 이제 더 뚜렷이 보였는데 먼지가 솟아올라 거대하고 시커먼 파도 모양으로 부풀더니 꼿꼿이 섰다가 수직으로 무너져 내렸다. 높이가 1마일*인지 2마일인지는 알 수 없었다. 그저 마일을 킬로미터로 변환하려다가 그다음에는 그런 현상을 가리키는 단어를 아랍어로 생각해내려 했다. 이것이 내가 그런 자연의 장관으로부터 자신을 보호하기 위해 하는 일이다. 단어 생각하기.

하부브, 나는 생각했다.

---

* 1마일은 약 1.6킬로미터이다.

폭풍의 포효가 우리에게 다다르고 바람이 비행기를 사방으로 흔들어대기 시작하자 우리는 실질적인 위험을 느꼈다. 여자가 뭐라고 말하길래 로스한테 통역해달라고 했다.

"경외의 곡절." 그가 말했다.

영어인데도 꼭 프랑스어처럼 들렸다. 내가 그 구절을 따라 하자 로스도 따라 했고, 비행기는 방향을 틀어 다가오는 모래 벽을 피했으며, 나는 이것이 내가 곧 걷게 될 텅 빈 복도 중 하나의 스크린 중 하나에서 마주칠지도 모르는 이미지 속으로 깊이 들어간 미리 보기인가 궁금해하기 시작했다.

여기가 전에 사용했던 방인지 아닌지는 확신이 서지 않았다. 똑같아 보이기만 하는 것일 수도 있었다. 하지만 여기 있으면서 느끼는 기분은 달랐다. 지금은 평범한 방에 불과했다. 방을 살펴볼 필요도, 그 안에 내가 존재한다는 명백한 사실을 분석할 필요도 없었다. 하루치 짐 가방을 침대 위에 놓고 긴 여행을 몸의 기억으로부터 떨쳐내기 위한 시도로 스트레칭과 스쿼트 점프를 좀 했다. 이 방은 내 이론이나 관념에 적합한 기회가 아니었다. 나는 방에 동화하지 않았다.

달리아가 이 지역 사람일 수도 있었지만 여기서는 출신지가 중요치 않다는 사실, 대개 범주를 좁히거나 거기에 이름을 붙이는 행위조차 하지 않으려 한다는 사실을 나는 알고 있었다.

그녀가 우리를 데리고 넓은 복도를 따라가자 화강암 받침에 고정된 물체가 있었다. 그것은 남자의 나체 인물상으로, 캡슐 안에 들어 있지도 않았고 청동이나 대리석이나 테라코타로 만든 것도 아니었다. 나는 재료를 알아내려 했다. 그리스의 강신(江神)도 로마의 전차 모는 사람도 아닌, 단순한 자세를 취한 몸. 머리 없는 한 남자. 그는 머리가 없었다.

그녀가 우리를 향해 돌아서더니 뒷걸음치면서 단편적인 프랑스어로 말했고 로스가 지친 듯이 통역했다.

"이건 실리콘과 유리섬유로 만든 모형이 아니에요. 진짜 살, 인체 조직, 인간이죠. 피부에 바른 동결 보호제* 때문에 한정된 시간 동안 보존된 몸."

내가 말했다. "머리가 없네요."

여자가 말했다. "네?"

아버지는 아무 말도 하지 않았다.

다른 형체도, 여자도 몇 있었는데 그 몸들은 마치 박물관 복도에 있는 것처럼 확실히 전시되어 있었고 모두 머리가 없었다. 뇌는 차갑게 저장되어 있고 절두의 모티프는 폐허에서 발굴된 그리스 고전기 이전의 조각상을 참조했으리라 추측됐다.

스텐마르크 형제를 생각했다. 그 쌍둥이를 잊지 않고 있었다. 이것이 그들이 생각하는 사후 장식이었던 것이다. 문득 이 전시에 어떤 예측이 암시되어 있다는 생각이 떠올랐다. 미래 미술품 시장의 중심이 되는, 첨단 보존제에 절인 인체. 매디슨로(路)의 세련된 구간**에 늘어선, 상류층을 위한 골동품상 진열창이나 경매장 전시실에 놓인, 한때 살아 있던 살의 성장을 중지해 만든 석상. 혹은 러시아 신흥 재벌이 소유한 런던 펜트하우스의 커다란 스위트룸 한 구석을 차지한, 머리 없는 남녀.

아버지의 캡슐은 아티스 옆에 준비되어 있었다. 지난번 방문 때 봤던 마네킹들을 생각하지 않으려 했다. 연관과 관계로부터 자유로워지고 싶었다. 시체

---

* 생물을 초저온에 보관할 때 결빙을 방지하기 위해 주입하는 물질.

** 베벌리힐스의 로데오드라이브처럼 명품 매장이 밀집한 곳.

들의 광경은 우리가, 로스와 내가, 이곳에 돌아왔다는 증거였고 그것으로 족했다.

달리아는 우리를 데리고 벽과 어울리는 색깔의 문이 있는 텅 빈 복도를 따라갔다. 모퉁이를 돌자 놀랍게도 문이 살짝 열린 방이 있길래 다가가서 안을 들여다봤다. 평범한 의자, 도구 몇 개가 가지런히 놓인 탁자, 안쪽 벽 앞의 벤치에 앉은, 하얀 덧옷 차림의 작달막한 사내.

불길하게 느껴졌다. 작디작은 방, 아무것도 없는 벽, 낮은 천장, 벤치와 의자가. 하지만 그것은 이발과 면도를 위해 준비된 공간일 뿐이었다. 이발사는 로스를 의자에 앉히더니 숱 가위와 소리 없는 이발기를 사용해서 빠르게 작업했다. 그와 안내자가 알 수 없는 언어로 짧은 대화를 주고받았다. 그리고 여기, 아버지의 얼굴이 덥수룩한 털 밑에서 나타났다. 털은 얼굴을 위한 둥지였다. 면도한 얼굴은 슬픈 이야기, 공허한 눈, 도드라진 광대뼈 밑으로 푹 꺼진 살, 곤죽으로 변한 턱이었다. 내가 너무 많은 것을 보고 있나? 압축된 공간은 과장에 자신을 내어주는 법이다. 사방에 떨어진 머리카락, 작은 흉터와 병변을 보여주는 머리통. 그다음은 눈썹. 너무 빨리 사라져서 그 순간을 놓치고 말았다.

아버지의 손이 떨리기 시작했을 때 우리는, 의자 주위의 사람들은 잠시 멈춰야 했다. 서서 지켜봤다. 움직이지 않았다. 이상하게 경건한 침묵을 지켰다.

떨림이 멈췄을 때 안내자와 이발사가 또 알아들을 수 없게 얘기하자 이것이 전에 설명 들었던 그 언어라는 사실이 떠올랐다. 처음에는 로스에게서, 그다음에는 인공 정원에 있던 사내 벤에즈라에게서. 그는 세상에 존재하는 어떤 담화 형태보다도 훨씬 표현력이 풍부하고 명확한, 그들이 개발 중인 언어 체계에 대해 이야기했었다.

이발사는 전통적인 면도칼과 거품을 사용해서 입과 턱 주위의 움푹 들어간 곳의 작업을 마쳤고 나는 달리아가 때때로 호흡 없이 길게 끄는 단음(單音) 삽구와 함께 배치되는, 뚝뚝 끊어지는 음절 같은 단위로 말하는 것에 귀 기울였다. 거기에는 상체의 기울임이 있었고 그녀가 왼손으로 하는 뭔가도 있었다.

이발사가 더듬거리는 영어로 나에게, 체모는 그 순간이 더 가까워졌을 때 제거할 거라고 말했다. 그러고 나서 그들은 로스가 의자에서 일어나도록 도왔다. 그는 준비된 사람처럼 보였다. 끔찍한 생각이지만 내가 본 건 이거였다. 자기가 입은 옷 외에는 아무것도 남지 않은 남자.

복도를 걸었다. 재방문. 모퉁이를 돌 때마다 기억의 어떤 실마리가 풀려 나왔다. 문과 벽. 하늘색으로 물든 긴 복도에서 부연 회색의 희미한 비행기구름이 벽 위쪽과 천장 끄트머리를 따라 그려져 있었다. 잠시 멈춰 서서 뭔가에 대해 생각했다. 내가 언제 생각하기 위해 걸음을 멈췄던 적이 한 번이라도 있었나? 누군가가 지나갈 때까지 시간이 멈춘 듯했다. 그건 또 어떤 종류의 누군가인가? 나는 아버지가 예전에 인간 수명, 우리가 살아 있는 동안 보내는 시간, 말 그대로 태어나서 죽을 때까지의 1분 1분에 대해 했던 말을 생각하고 있었다. 너무 짧은 기간이라—그는 말했다—초로 계산할 수도 있다. 내가 하고 싶은 게 바로 그거였다. 그의 삶을 1분의 1/60에 해당하는, '초'로 알려진 간격으로 계산하는 것. 그러고 나면 무엇을 알게 될까? 그것은 그의 밤낮이라는 의도적 조류, 그라는 사람의 정체, 그가 했던 말과 했던 행동과 되돌렸던 행동 옆에 정연한 순서로 놓일 마지막 숫자, 하나의 표지가 될 터였다. 어쩌면 기념적인 상징의 한 형태, 의식이 꺼져가는 마지막 순간에 그에게 속삭여줄 것이 될지도 몰랐다. 하지만 생각해보니 내가 그가 몇 살인지 모른다는 사실, 몇 년 몇 달 며칠을 어마어마한 수의 초로 변환해야 하는지 모른다는 사실이 있었다.

이 문제 때문에 고민하지 않기로 결심했다. 그는 아내와 아들을 버리고 집을 나간 사람이었다. 그것도 자식이 숙제를 하는 동안에. 사인 코사인 탄젠트. 그때부터 이 일화와 관련짓곤 했던 신비로운 단어들이었다. 그 순간 나는 그의 생년월일을 포함한 특별한 숫자들과 관련된 모든 책임으로부터 해방되었다.

다시 복도를 걷기 시작했다. 나는 여기에 일시적으로 있는 것이다. 나와 같은 나이에 같은 체격을 한, 전에 여기 왔었던 남자의 의무를 착실히 대신하고 있을 뿐이다. 그리고 다음 순간 스크린을 보았다. 벽 하나를 가득 채우는 넓은 조각의 아래쪽 끝이 천장의 움푹 들어간 곳 밑으로 삐져나온 것이 보였다. 반가운 광경이었다. 연속적인 이미지의 힘은 시간 속을 부유하는 나의 감각을 압도할 터였다. 나에겐 바깥세상이 필요했다. 그로 인해 어떤 충격을 받건 간에.

스크린이 내려올 바닥의 지점으로부터 채 5미터가 안 되는 곳까지 걸어갔다. 그리고 어떤 종류의 사건이 내 눈앞에 튀어나올지 궁금해하며 서서 기다렸다. 사건, 현상, 폭로. 아무 일도 일어나지 않았다. 소리 없이 100까지 셌지만 스크린은 원래 있던 위치에 그대로 있었다. 한 번 더, 열 셀 때마다 쉬어가면서, 숫자를 외웠지만 스크린은 내려오지 않았다. 눈을 감고 조금 더 기다렸다.

눈 감고 서 있는 사람들. 내가 감은 눈이라는 전염병의 일부였나?

텅 빔, 긴 복도의 고요, 칠해진 문과 벽, 내가 이런 상황을 위해 설계된 듯한 환경 속에 발이 묶인, 움직이지 않는 유일한 형체라는 인지. 이 모든 것이 동화를 닮아가기 시작하고 있었다.

내가 눈을 뜬다. 아무 일도 일어나지 않는다. 진공 속 소년의 모험.

한쪽 벽을 장식하는 커다란 보석 해골, 초대형 해골이 있던 돌방을 똑똑히 기억했다. 그런데 이번에는 그 안이 달라져 있었다. 방진 마스크를 쓴 남자가 로스와 나를 어떤 장소 혹은 상황—나는 그것이 비어임을 알아봤다—안으로 데려갔다. 여러 개 중 하나일 거라고 추측했다. 그리고 번호 붙은 층들 중 하나로 쑥 내려갈 때 그 안에서 시간이 정지되는 한순간, 비(非)순간이 있었다. 그러고 나서 남자를 따라간 회의실에는 네 사람이 긴 탁자 양쪽에 남녀 두 명씩 앉아 있었는데 모두 머리와 얼굴을 면도했고 헐렁한 흰옷을 입고 있었다.

로스가 입은 것도 그것이었다. 그는 약한 각성제를 맞아서 평소보다 흥분한 상태였다. 안내인은 우리를 마주 보는 의자 두 개로 안내하곤 방을 나갔다. 우리 여섯 명은 서로를 빤히 쳐다보지 않으려 애썼고 할 말이 있는 사람은 아무도 없었다.

이들은 스스로 이 역할을 선택한 사람들이었음에도 각자 자기가 아는 유일한 삶의 마지막 시간에 몰두해 있었다. 나도 아티스가 이 상황에서 하고 싶어 했던 말은 무엇이든 기꺼이 들어줬었다. 이들은 낯선 사람들이었고 이 사람은 내 아버지였지만 사려 깊은 침묵은 분명한 축복이었다. 광기 어린 모든 집착은 잠시 숨겨졌다.

기다림은 길지 않았다. 남자 셋, 여자 둘이 들어왔다. 중년의 나이에, 옷을 다 갖춰 입은 것으로 보아 확실히 방문자였다. 그들은 탁자 끄트머리 자리에 앉았다. 나는 그들이 후원자임을 알았다. 개인 혹은 그들 중 한두 명은, 로스가 예전에 설명했듯이, 기관이나 협회나 비밀결사에서 온 대리인일지도 몰랐다. 여기 그 자신도 후원자이자 지금은 정장도 넥타이도 개인 정보도 없는, 길 잃고 머리 깎은 인물에 불과한 로스가 있었다.

또 짧은 순간, 또 한 번의 침묵, 그리고 다음 입장. 터틀넥 스웨터와 딱 붙는 바지 차림에, 희끗희끗한 아프로 머리를 묶은, 키 크고 엄숙한 여자.

나는 이런 사항들을 마음에 새겼다. 속으로 이 단어들을 말했다. 어떤 종류의 얼굴과 몸과 옷인지 확인했다. 내가 이걸 못 하면 그 사람은 사라지게 될까?

그녀는 탁자 한끝에 서서 두 손을 엉덩이에 올리고 팔꿈치는 양옆으로 한껏 벌렸다. 마치 탁자를 향해 말하는 것처럼 보였다.

"때때로 역사란 각각의 생명체들이 순간적으로 접촉하는 것을 말합니다."

그녀는 우리가 이에 대해 생각하게 놔뒀다. 내가 손을 들고 예(例)를 말해야 하는 게 아닌가라는 생각이 들었다.

"예는 필요 없어요." 그녀가 말했다. "하지만 그럼에도 여기 예가 하나 있습니다. 고통스러울 만큼 단순화된 예죠. 한 과학자가 어딘가의 실험실 한구석에서 난해한 연구를 하고 있습니다. 콩과 쌀만 먹으면서요. 이론도, 공식도, 종합체도 완성하지 못해 반쯤 미친 상태죠. 그런데 그가 지구 반대편에서 열리는 학회에 참석하여 지금껏 자신과는 다른 방향에서 접근해온 과학자와 점심 식사를 하며 생각을 교환하는 겁니다."

우리는 기다렸다.

"결과가 뭘까요? 그것은 은하계 내의 우리 위치를 이해하는 새로운 방법입니다."

우리는 좀 더 기다렸다.

"또 뭐가 있을까요?" 그녀가 말했다. "총을 가진 남자가 군중 속에서 나와 어느 강대국의 지도자를 향해 걸어간 뒤로 모든 것이 달라진 경우도 있겠죠."

그녀가 생각에 잠긴 채 탁자를 들여다봤다.

"극소수인 여러분이 지금 처한 상황은 재탄생을 향한 여행의 문턱에 있다는 것입니다. 여러분은 우리가 역사라 칭하는 것의 줄거리 완전히 바깥에 있어요. 이곳에는 한계가 없습니다. 그리고 우리는 자기 성찰, 우리가 누구이고 어디에 있는지에 초점을 맞춘 심층 탐사를 하겠다고 맹세했지요."

그녀는 그들을, 아버지와 나머지 네 명을 한 명씩 쳐다봤다.

"여러분은, 여러분 각자는, 곧 자기 자신과 접촉하는 유일한 생명체가 될 겁니다."

그녀가 지금 이 얘기가 무섭게 들리도록 만들었나?

"훨씬 많은 수의 다른 사람들은 죽어서 보존실에 들어갈 준비를 하기 위해 악화된 건강 상태로 여기에 왔습니다. 여러분에게는 제로 K라는 소인이 찍히게 될 거예요. 여러분은 때가 되기 전에 포털에 들어가는 것을 선택한 사자입니다. 포털. 웅장한 입구나 조잡한 웹사이트가 아니라 생각과 열망과 힘겹게 얻은 현실의 집합체죠."

그녀를 위한 이름이 필요했다. 이번 방문 동안은 누구에게도 이름을 지어주지 않았었는데. 이름은 그 유연한 몸에 차원을 더해주고, 출신지를 암시하고, 그녀가 여기 오게 된 상황을 내가 파악하는 데 도움이 될 것이었다.

"완전한 어둠이나 순전한 정적은 아닐 겁니다. 여러분도 이미 알고 있죠. 교육을 받았으니까요. 여러분이 가장 먼저 거치게 될 생의학적 교정은 앞으로 몇 시간밖에 안 남았습니다. 뇌 편집이죠. 시간이 지나면 여러분은 자기 자신을 다시 만나게 될 겁니다. 기억, 정체성, 자아를 전혀 다른 차원에서. 이것이 우리 나노기술의 요지입니다. 여러분은 합법적으로 사망했을까요, 불법적으로 사망했을까요, 양쪽 다 아닐까요? 신경 쓰이세요? 여러분은 두개골 속에 존재하는 환영의 삶을 갖게 될 겁니다. 부유하는 생각, 수동적 종류의 정신적 지배력이죠. 땡 땡 땡. 마치 갓 태어난 기계처럼 말이에요."

그녀는 탁자 주위를 돌아 반대쪽 끝에서 우리에게 말을 걸었다. 그녀의 이름을 짓는 건 관두자, 나는 생각했다. 지난번에 그랬었다. 나는 이 방문이 끝나길 바랐다. 자궁 캡슐 안의 단호한 아버지. 일상적인 일을 하며 나이 들어가는 아들. 에마 브레슬로의 귀환. 감사·윤리 책임자 자리. 지갑 확인하기, 열쇠 확인하기. 벽, 바닥, 가구.

"우리 행성이 자활 가능한 환경으로 남는다면 모두를 위해 얼마나 좋겠습니까만 그럴 가능성이 얼마나 희박한지 모릅니다." 그녀가 말했다. "어느 쪽이든 진보된 모델이 실현되는 곳은 지하 동굴입니다. 일체의 힘든 환경에 굴복한 게 아니라 단지 인간의 노력이 스스로 필요한 것을 찾은 거죠. 우리는 미래의 환경에서 숨 쉬며 살고 있습니다. 바로 지금 여기서 그렇게 하고 있죠."

탁자 건너편의 로스를 쳐다봤다. 그는 마음이 딴 데 있었는데 꿈꾸듯 표류 중인 것이 아니라 골똘히 생각하고, 돌이켜 생각하고, 뭔가를 보려 혹은 이해하려 애쓰고 있었다.

어쩌면 나도 똑같은 긴장된 순간을 회상하고 있었는지도 모른다. 우리 둘이 한방에 있고, 말은 아버지가 했던.

아티스랑 같이 갈 거다, 그가 말했다.

2년이 지난 지금 그는 이 말을 향해 나아가고 있었다.

"저쪽 세상, 땅 위 세상은……" 그녀가 말했다. "시스템에 지고 있습니다. 인간을 엘리베이터 버튼이나 초인종과 구분하는 특징과 본성의 모든 측면들의 흐름을 천천히 막는 투명한 네트워크에 지고 있어요."

이 말에 대해 생각하고 싶었다. 흐름을 천천히 막는. 하지만 그녀는 이야기를 계속했다. 지구인들과 삭발한 이(異)세계인들이라는 집단적 관점에서 우리를 관찰하기 위해 탁자 상판으로부터 올려다보면서.

"지표로 돌아갈 여러분. 여러분은 느껴본 적 없습니까? 자율성 상실. 가상현실화되는 느낌. 여러분이 사용하는 기기들, 방에서 방으로 이동할 때도 단 1분도 벗어나지 못하고 어디에나 가지고 다니는 것들. 온몸의 살이 벗겨진 듯한 느낌을 받아본 적 없나요? 여러분이 스스로를 안내해달라고 의존하는, 코드화된 모든 자극. 여러분을 감시하고, 엿듣고, 습관을 추적하고, 능력을 측정하는 방 안의 모든 센서들. 여러분을 메가데이터에 편입하기 위해 고안된 모든 상호 연결 데이터. 당신을 불편하게 만드는 게 있습니까? 테크노바이러스, 전 시스템 정지, 세계 내파(內破)에 대해 생각하나요? 아니면 더 개인적인 문제인가요? 어디에나 있지만 어디에도 없는, 어떤 끔찍한 디지털 공황에 빠졌다고 느끼나요?"

그녀에게는 Z로 시작하는 이름이 필요했다.

"우리는 물론 여기서 우리의 방법을 끊임없이 개선하고 있습니다. 부활이라는 경이에 우리의 과학을 투자하고 있죠. 어떤 사소한 정보도 슬금슬금 넘기지 않고, 어떠한 응용도 흘려보내지 않습니다."

외국어 악센트가 살짝 있는, 권위 있고 딱 부러지는 목소리. 그녀 몸 전체에 퍼져 있는 긴장감과 에너지. 나는 그녀를 지나(Zina)라고, 또는 자라(Zara)라고 부를 수 있었다. 대문자 Z가 단어나 이름을 지배하는 방식에 따라.

문이 열리고 한 남자가 들어왔다. 어두운색 청바지와 풀오버 셔츠, 달랑거리는 땋은 머리. 길게 땋은 머리는 처음 보는 것이었지만 그 사내가 스텐마르크 쌍둥이 중 한 명임은 쉽게 알아볼 수 있었다. 둘 중 어느 쪽일까? 그런데 그게 중요한가?

여자는 탁자 한끝에 그대로 있고, 남자는 반대쪽 끝에 편안하게, 연출된 안무를 따르는 기색 없이 자리 잡았다. 서로 알은체는 하지 않았다.

그는 얼굴과 손으로 어떤 연결 동작을 했는데 그 뜻은 이랬다. 일단 어딘가에서 시작해야 하니까 지금부터 어떻게 되나 봅시다.

"성 아우구스티누스. 그가 한 말을 여러분에게 들려드릴게요. 그 내용은 이렇습니다."

그가 입을 다물고 눈을 감자 그의 말이 어둠에 속하며 수 세기 전의 시간으로부터 우리에게 오는 것만 같은 느낌을 받았다.

"'인간이 죽음 가운데서 가장 비참하게 있는 것은 죽음 자체가 불사가 될 때이다.'"

나는 생각했다. 뭐?

그는 잠시 뒤에 눈을 떴다. 그리고 자라의 머리 너머로 보이는 먼 벽을 응시했다.

그가 말했다. "저는 이 명언을, 그 영감의 원천인 라틴어 문법에 대한 명상 속에 가둬두려 하지 않을 겁니다. 다만 그것을 도전 과제로서 여러분 앞에 놓겠습니다. 생각할 무언가로. 전신 캡슐 안에서 몰두할 무언가로."

똑같이 무표정한 스텐마르크. 하지만 확실히 나이가 들어서 얼굴은 더 바싹 말랐고 손등의 정맥은 짙은 파란색이었다. 지난번에 쌍둥이에게 도합 네 개의 이름을 지어줬는데 지금은 순서대로 나열할 수가 없었다.

"지금 모든 곳에서 우리 행성의 표면을 휩쓸고 있는 테러와 전쟁." 그가 말했다. "이것이 결국 이르는 곳은 어디입니까? 기괴한 종류의 노스탤지어입니다. 원시적인 무기, 폭탄 조끼를 입고 릭샤에 탄 남자. 성인 남자일 필요도 없고 소년이나 소녀나 성인 여자도 됩니다. 말해보세요. 인력거. 어떤 마을, 어떤 도시에서는 아직도 사람이 끕니다. 작은 이륜 수레. 집에서 만든 소형 폭탄. 그리고 전쟁터에서는 옛날 돌격 소총, 구소련 무기, 낡고 오래된 탱크. 뒤틀린 회상 속에 박힌, 이 모든 공격과 전투와 학살. 진흙탕 속 접전, 성전(聖戰), 폭격 맞은 건물, 전체가 수백 개의 돌무더기 거리로 몰락해버린 도시. 옛날 생각나게 하는 육탄전. 휘발유 품절, 식량 식수 품절. 야전 배낭 멘 사람들. 무고한 사람들 폭압하기, 오두막 태우기, 우물에 독 풀기. 혈족의 역사 재현하기."

옆으로 기울인 고개, 주머니에 넣은 두 손.

"그러면 자신이 선택한 도시나 나라를 버린, 도시화 시대 이후의 테러리스트는 무엇을 세상에 내놓을까요? 원초적 공포를 퍼뜨리는 웹사이트. 무서운 민담에서 가져온 참수 이야기. 맹렬한 저지, 수백 년 묵은 이념 분쟁, 다른 칼리프*의 백성 죽이기. 역사와 기억을 우리와 공유하는 적은 어디에나 존재합니다. 그것은 국지적으로 휩쓸고 지나가는 또 다른 세계대전입니다. 단지 그런 이름만 붙지 않았을 뿐. 아니면 제가 미친 걸까요? 아니면 횡설수설하는 바보일까요? 외딴 지역에서 진 전쟁. 마을을 급습해서 남자는 죽이고, 여자는 강간하고, 아이는 납치합니다. 수백 명이 죽었지만 과연 어떨까요. 영상도 사진도 없죠. 그러니 무슨 의미가 있고, 무슨 반응이 있겠습니까. 오히려 더 각광 받는 것은 전투심뿐. 우리는 늘 그것을 보죠. 탱크와 트럭이 불타는 장면, 군인들 또는 어두운 후드를 쓴 민병대가 짓밟힌 철조망 가운데 서서 큰불을 구경하며 대대로 전래돼온 북소리를 밤 속으로 울려 보내기 위해 망치와 개머리판과 자동차 잭으로 그을린 욕조를 두드리는 장면."

그는 거의 발작 상태에 빠진 것처럼 몸을 떨고 손을 휘저었다.

그가 말했다. "전쟁이 뭘까요? 왜 전쟁에 대해 얘기할까요? 이곳에 있는 우리의 관심사는 더 넓고도 깊습니다. 공통된 믿음, 심신의 불멸이라는 이상을 받아들인 곳에서 매 순간 살고 있으니까요. 하지만 그들의 전쟁은 피할 수 없는 것이 되었습니다. 전쟁은 인간사가 일어나는 어두운 지표의 유일한 파문(波紋) 아닌가요? 아니면 제가 정신이상자인가요? 바깥세상 어딘가에 결함 있는 자, 집단 의지를 이끄는 얄팍한 인간이 있지 않나요?"

그가 말했다. "그들에게 전쟁이 없다면 그들은 과연 무엇일까요? 이런 사건

---

* 예언자 마호메트를 뒤이은 이슬람권 최고 지도자. 그러나 그 역할이 차츰 종교적 지도자로 축소되고 각국의 군주들이 스스로 칼리프라 칭하게 되면서 제도 자체가 유명무실해졌다.

들은 접촉하고 퍼져나가서 우리 모두를, 우리가 지금껏 목격한 어떤 것보다도 큰 세계적 규모의 독백극 속으로 끌고 들어가는 끈질긴 무리가 되었습니다."

자라는 지금 그를 바라보고 있었고 나는 그녀를 바라보고 있었다. 그들은 지표에 집착하고 있었다. 그렇지 않은가, 그들 둘 다? 지구라는 단어의 모든 뜻을 생각해보면 태양으로부터 세 번째 행성, 필멸의 존재의 영역, 그 둘 사이의 모든 정의에 해당한다. 나는 그녀에게 성(姓)이 필요하다는 사실을 잊고 싶지 않았다. 그녀에게 성을 지어줄 책임이 있었다. 그것이 내가 여기 있는 이유 아닌가, 나의 속임수와 계략으로 초월의 춤을 전복하는 것이?

"자전거 탄 사람들. 자전거는 걷기, 절뚝거리기, 기어가기 외에 교전구역의 비전투원에게 허락된 유일한 교통수단입니다. 달리기는 옛날 세계대전 때처럼, 전쟁 중인 파벌이나 현장을 취재하는 보도사진가의 몫이죠. 거기에 백병전, 적의 머리통을 깨고 담배 피우기를 향한 갈망이 있을까요? 성스러운 장소의 자동차 폭탄. 수백 개의 로켓포 발사. 악취 풍기는 지하실에서 빛도 난방도 없이 사는 가족. 바깥에서는 남자들이 예전 국민 영웅의 동상을 끌어 내리고 있습니다. 추모와 재경험이 본질인 신성한 행위죠. 진흙투성이 위장복 차림의 남자들. 탄흔으로 뒤덮인 지프를 탄 남자들. 저항군, 자원병, 반란군, 분리주의자, 활동가, 투사, 반정부자. 그리고 고향에 돌아와 암울한 기억과 깊은 우울을 직면하게 된 자들. 한 남자가 있는 방, 죽음이 불사가 되는 곳."

그는 다시 무표정하고 특징 없는 얼굴을 하고 몸을 살짝 끄덕거렸다. 그의 형제는 어디 있을까? 그리고 이 남자와 자라—어쩌면 나다일지도 모르는—의 관계는 무엇일까? 그는 고향에 아내가 있다. 내가 이미 지난번에, 쌍둥이 형제가 자매와 결혼한 것으로 설정해두었다. 나는 쌍둥이가 마치 한 사람의 말처럼 주고받는 활기찬 논평을 듣고 싶었다. 이곳에 없는 쌍둥이는 매끈한 나노 몸이 되어 외로운 캡슐 속에서 얼음에 싸여 있었을까? 모든 캡슐이 똑같은 길이였을까? 그리고 여기, 탁자 반대쪽 끝에 선 나댜가 있다. 그들은 안 어울리는 연인일까, 아니면 생판 남일까?

스텐마르크가 말했다. "세계의 종말은 시간의 구조와 장기적인 기후 및 우주의 격변에 내재되어 있습니다. 지금 우리는 자기 의지를 가진 지옥의 징후를 보고 있는 걸까요? 진보한 나라들, 혹은 별로 진보하지 않은 나라들이 가장 사악한 무기를 배치하기까지 남은 날짜를 세고 있는 걸까요? 하지만 어차피 불가피한 일 아닙니까? 세계의 다양한 곳에 있는 모든 비밀 보금자리들. 계획된 침략은 사이버 공격에 의해 무효화될까요? 폭탄과 미사일은 목표물에 도달할까요? 지하 동굴에 있는 우리는 안전할까요? 몇 메가톤 급의 핵폭탄이 건 간에 그 충격은, 세계인이 받은 정신적 타격은 대륙별로 어떻게 기록될까요? 히로시마 이후, 나가사키 이후에 과연 어떨까요? 아마 옛날의 산산이 부서진 도시로, 지난번보다 십만 배 충격적인 원시 상태의 폐허로 돌아가겠죠. 저는 예스럽게 릭샤에 실려, 짓이겨진 풍경을 가로지르는 사망자와 빈사자와 중상자를 생각합니다. 아니면 제가 옛 영상 속 장면의 흐릿한 기억 안에서 길 잃은 걸까요?"

탁자 맞은편에, 로스 옆에 앉은 대머리 여자를 흘끗 봤다. 기대감, 기쁨에 가까운 감정이 얼굴에 뚜렷했다. 연설자가 무슨 말을 하는지는 중요치 않았다. 그녀는 이 삶에서 벗어나 영원한 휴식에 빠지고 싶어서, 몸과 마음과 개인적 상황의 불확실한 문제들을 뒤로하고 떠나고 싶어서 안달이 나 있었다.

스텐마르크의 말은 끝난 듯했다. 두 손을 몸 가운데서 맞잡고 고개를 숙이고 있었다. 이렇게 기도하는 자세를 취한 채 그가 동료에게 무슨 말을 했다. 이곳 주민의 언어, 컨버전스만의 독특한 시스템, 대양 한가운데서 의사소통하는 돌고래를 연상시키는 목소리와 몸짓으로 말하고 있었다. 나댜는 약간의 까딱임이 포함된, 좀 더 긴 말로 대답했는데 다른 상황에서였다면 우스꽝스러울 수도 있었겠지만 여기서는 아니었다. 고개를 까딱이는 사람이 나다일 때는 아니었다.

그녀의 악센트는 그녀가 하고 있는, 알 수 없는 말의 불투명한 말풍선 속에서 사라졌다. 그녀가 자기 자리를 떠나더니 탁자 한편을 따라 걸어가면서 모든 사자들의 삭발한 머리에 차례로 손을 얹기 시작했다.

"시간은 복합적이고, 시간은 동시적입니다. 이 순간은 일어나고, 일어났고, 일어날 겁니다." 그녀가 말했다. "우리가 여기서 개발한 언어가, 캡슐에 들어갈 여러분이 그런 개념을 이해하도록 만들어줄 거예요. 여러분은 새로 태어날 거고 시간이 지나면 그 언어가 주입될 겁니다."

그녀가 모퉁이를 돌더니 휙 하고 탁자 반대편으로 넘어갔다.

"기호, 부호, 몸짓과 규칙. 이 언어의 이름은 그것을 할 줄 아는 사람에게만 알려줄 겁니다."

그녀가 아버지의 머리에 손을 얹었다. 나의 아버지 혹은 그의 대리, 곧 될 예정인 벌거벗은 우상, 사이버 부활을 기다리는 캡슐 속 휴면자.

그녀의 악센트가 강해졌다. 내가 그러길 바라서인지도 몰랐다.

"기술은 자연력이 되었습니다. 우리가 통제할 수 없죠. 그것이 온 행성에 불어닥치면 우리가 숨을 곳은 아무 데도 없습니다. 물론 여기, 이 역동적인 거주지, 우리가 안전한 공기를 들이마시는 곳, 전투적 본능, 즉 아주 최근에 아주 다양한 차원에서 상술된 피를 향한 갈증의 영역 밖에서 사는 곳은 예외지만요."

스텐마르크가 문을 향해 걸어갔다.

"남자다운 명령은 무시하세요." 그가 우리에게 말했다. "목숨만 뺏길 테니까요."

그리고 그는 가버렸다. 어디로 갔으며, 다음은 뭘까. 나다가 시선을 들더니 홱 돌려서 방 한구석을 쳐다봤다. 이제 두 팔을 들어 자기 얼굴을 둘러싼 채 컨버전스의 언어로 말하기 시작했다. 그녀에겐 강렬한 존재감이 있었다. 하지만 무슨 말을, 누구에게 하고 있었던 걸까? 그녀는 스스로 자기 주위에 담을 친, 독특한 인물이었다. 목 올라오는 윗도리, 딱 맞는 바지. 나는 다른 곳, 대도시의 거리와 대로에 있는 여자들을 생각했다. 바람이 분다, 여자의 치마가 산들바람에 들린다, 바람이 치마를 팽팽히 당기듯이, 다리의 윤곽이 드러난다, 치마가 다리 사이에 살짝 낀다, 무릎과 넓적다리가 드러난다. 이것은 아버지의 생각이었나, 나의 생각이었나? 치마가 다리를 찰싹찰싹 때린다, 바람이 너무 세서 여자가 옆으로 돌아 그 힘으로부터 얼굴을 피한다, 치마가 춤추며 올라간다, 허벅지 사이에서 접힌다.

그녀는 나댜 흐라발이었다. 그것이 그녀의 이름이었다.

8

나는 내 방 의자에 앉아 누군가가 와서 나를 어딘가로 데려가주길 기다리고 있었다.

그리고 동시에 우리가 저 위에서, 바깥세상에서 경험하는 한 걸음 한 걸음, 한마디 한마디의 자유 놀이에 대해 생각했다. 하늘 아래서 걷고 말하고, 선탠로션을 살살 바르고, 아이를 갖고, 우리가 배설하는 변기 옆의, 우리가 정화하는 샤워 옆의 욕실 거울로 나이 들어가는 자신을 지켜보는 것.

지금 여기 내가 있다. 거주지, 통제된 환경, 낮과 밤이 맞바뀔 수 있고, 주민들이 신비한 언어로 말하고, 감시하고 엿듣는 자들에게 나의 소재를 알리는 디스크가 달린 손목 밴드를 차야 하는 곳에.

내가 손목 밴드를 차고 있지 않았다는 점만 제외하면 그러하다. 아닌가? 이번 방문은 달랐다. 임종. 원래 출입 가능한 층보다 아래의 심층부까지 아버지와 동행하는 것을 허가받은 아들.

잠깐 의자에서 자다 깼을 때 어머니가 방 안에 있었다. 매들린 또는 그녀의 오라가. 얼마나 이상한가—나는 생각했다—하필 지금, 한때 그녀의 남편이었던 로스가 통탄할 선택을 한 후에 그녀가 여기서 나를 찾았다는 게. 그 순간 속으로 가라앉고 싶었다. 내 어머니. 이 두 단어는 수많은 구멍들로 이루어진 이 거대한 닫힌 공간, 사람들이 자신의 국적과 과거와 가족과 이름에 관해서는 세심한 공백을 유지하는 곳에 얼마나 안 어울리는가. 그녀만을 위한 맞춤 기술의 구현인 텔레비전 리모컨의 음소거 버튼과 함께 우리 집 거실에 있는 매들린. 여기 그녀가, 호흡이, 발산이 있다.

갓 시작된 사춘기, 봉오리기(期) 소년이었던 나는 그녀를 따라 거대한 동네 약국의 웅장한 통로를 돌아다니며 약 상자와 연고 튜브의 레이블을 읽곤 했었다. 때로는 상자를 슬쩍 열어 안에 든 설명서를 읽기도 했다. 경고, 주의, 부작용, 사용 금지 대상에 빽빽이 적힌 전문어 표본 조사를 하고 싶어서 안달이나 있었기 때문이다.

"이제 그만 뒤지고 돌아다녀." 그녀가 말했다.

나는 어머니가 침대에 누워 죽어갈 때보다 더 인간적인 감정을 느꼈던 적이 없었다. 그것은 나약하거나 연약할 수밖에 없는 '한낱 인간'이라 불리는 사람의 약함이 아니었다. 내가 애도를 통해 한층 더 큰 사람이 되었음을 알게 해준 슬픔과 상실감의 파도였다. 모든 곳에, 소환되지 않은 기억이 있었다. 심상, 환시, 목소리, 그리고 '한 여자의 마지막 숨은, 아들의 강요된 인간미를 표현해준다'가 있었다. 여기 부동자세로, 늘 그렇게, 문간에 지팡이 짚고 서 있는 이웃이 있었고, 여기 팔 하나 떨어진 거리, 손 뻗으면 닿는 거리에, 고요한 내 어머니가 있었다.

엄지손톱을 사용해 자신이 구입한 물건에서 가격 스티커를 뜯어내는, 우리에게 이런 짓을 하는 바깥세상의 알 수 없는 무엇을 향해 결연한 보복 행위를 하는 매들린. 제자리에 서서 눈을 감은 채 두 팔을 둥글게 만들어 위로 올렸다가 빙빙 돌리는, 일종의 이완을 하고 또 하는 매들린. 자동차가 소리 없이 화면을 가로질러 그녀의 시야를 벗어나 다시 운전자와 승객의 삶 속으로 돌아갈 때 영원처럼 느껴지는 시간 동안 교통 채널을 보는 매들린.

어머니는 자기 나름의 방식으로 평범했고, 자유로운 영혼이었으며, 내가 안심하고 돌아갈 수 있는 장소였다.

경호원은 인간이라기보다는 생활형*에 가까워 보이는, 특징 없는 사내였다. 그가 나를 데리고 복도를 한참 걸어가더니 식사 유닛 문을 가리키곤 가버렸다.

음식은 약제가 섞인 자양물 같은 맛이 났다. 그것을 생각으로 헤쳐 나가려, 정신력으로 이기려 애쓰고 있을 때 수사가 들어왔다. 얼마 동안 수사 생각을 하지 않았었지만 그렇다고 잊었던 것도 아니었다. 내가 있을 때만 여기 있는 건가? 그는 발목까지 내려오는, 무늬 없는 갈색 가운 차림에 맨발이었다. 나는 납득했지만 왜 혹은 어쩌다 납득했는진 몰랐다. 그는 자기 접시에 담긴 것만 보면서 맞은편 탁자에 앉았다.

"우리 전에도 여기 있었는데, 선생님이랑 저요, 또 여기 있네요." 내가 말했다.

나는 대놓고 그를 쳐다봤다. 그가 들려줬던, 티베트의 신성한 산 여행 이야기를 언급했다. 그리고 그가 얼굴을 거의 접시에 처박고 먹는 모습을 지켜봤다. 우리가, 그와 내가 호스피스를 방문했던 일도 언급했다. 피난처. 내가 그 단어를 기억해낸 데 스스로도 깜짝 놀랐다. 그리고 그 단어를 두 번 말했다. 그가 음식을 먹길래 나도 먹었지만 그러면서도 계속 그를, 길쭉한 손을, 응축

* 동식물이 기후, 자연환경, 섭식, 생활양식 등에 의해 갖게 되는 특징.

된 시선을 지켜봤다. 그의 가운에 마지막으로 먹은 식사가 묻어 있었다. 포크에서 떨어진 걸까, 아니면 그가 토한 걸까?

그가 말했다. "제 기억은 과거의 어느 시점에 멈췄습니다."

그는 전보다 나이 들어 보였고 그가 풍기는, 아무 데도 속하지 않는 느낌이 어느 때보다 확연했다. 사실 우리가 있던 곳이다. 아무 데도 아닌 곳은. 나는 그가 음식이 꽂힌 포크까지 같이 먹어버리다시피 하는 모습을 지켜봤다.

"하지만 선생님은 여전히, 죽어서 아래층으로 내려가길 기다리는 사람들을 방문하시잖아요. 그들의 감정적, 영적인 욕구. 그리고 저는 선생님이 그 말을 하시는지 궁금해요. 여기서 사용되는 언어를 할 줄 아세요?"

"제 온몸이 그것을 거부합니다."

이건 고무적이었다.

"지금은 우즈베크어만 합니다."

그 말에는 뭐라고 해야 할지 몰랐다. 그래서 말했다. "우즈베키스탄요."

그가 식사를 마쳤다. 딱딱 긁어 먹어 접시가 깨끗했다. 나는 그가 유닛을 나가기 전에 뭔가 말하고 싶었다. 아무 말이라도. 그에게 내 이름을 말해. 그는 수사인데 나는 누구지? 멈출 수밖에 없었다. 기나긴 텅 빈 순간 동안 내 이름이 생각나지 않았다. 그가 일어나서 의자를 뒤로 밀고 문을 향해 걸음을 내딛었다. '아무도 아닌 나'와 '누군가인 나' 사이의 순간.

그때 내가 말했다. "제 이름은 제프리 록하트입니다."

이것은 그가 완전히 이해할 수 있는 발언이 아니었다.

그래서 내가 말했다. "식사하거나 잠자거나 사람들에게 영적 안녕에 대해 얘기하지 않을 때는 뭘 하세요?"

"복도를 걷습니다." 그가 말했다.

다시 방, 불필요한 것들을 깎아낸 공간으로.

지난번에는 보지 못했던 모든 구역, 지구(地區), 구획. 컴퓨터 센터, 매점, 공습이나 자연재해를 위한 대피소, 중앙 사령부. 오락 시설도 있나? 도서관, 영화, 체스 대회, 축구 경기는? 번호 붙은 층의 번호는 몇 개나 있을까?

벌거벗고 평판에 누운 그의 몸에는 털 한 올 없었다. 아버지의 삶과 시간들을 그와 어렴풋이 닮은 이것과 연결 짓긴 어려웠다. 내가 한 번이라도 인간의 몸에 대해, 그것이 얼마나 대단한 구경거리인지에 대해, 그것의 본질적인 힘에 대해 생각해본 적이 있었던가? 개별적인 생명체임을 나타낼 수도 있는 모든 것을 박탈당한 아버지의 몸. 그것은 모든 정상적 반응이 미미해진, 익명성 속으로 떨어진 물체였다. 나는 고개를 돌리지 않았다. 보는 것이 의무라고 느꼈다. 정관적이고 싶었다. 그리고 긴장한 마음속의 어떤 먼 지점에서 일종의 약한 보상, 학대받은 소년의 만족감을 느꼈는지도 모른다.

그는 아직 살아서 마취제에 의한 어느 정도 수준의 평온 속을 맴돌고 있었다. 그가 뭔가를 말했다, 혹은 한두 마디가 자연적으로 몸에서 빠져나오듯 뭔가가 말해졌다.

덧옷과 수술 마스크 차림의 여자가 로스 반대편에 서 있었다. 나는 대강 허락을 구하듯 그녀를 쳐다본 뒤에 그의 몸을 향해 허리를 숙였다.

"리넨에 제소*."

이것이 내가 들은 말이라고 생각한다. 그 뒤의 우물거리는 단편들은 알아들을 수 없었다. 푹 꺼진 얼굴과 몸. 사내의 풀 죽은 좆. 나머지 부분은 그저 사지, 돌출된 부위에 불과했다.

---

* 석고와 아교의 혼합물.

나는 말소리에 고개를 끄덕이고 여자와 잠깐 눈빛을 교환하고 나서 또다시 끄덕였다. 나는 제소가 미술에서 사용되는 용어, 표면 혹은 재료라는 점만 알았다. 리넨에 제소.

둘만의 시간을 허락받고는 허공을 쳐다보며 보냈다. 그러자 다른 사람들이 캡슐 속에서의 길고 느린 안식기를 위해 로스를 준비시키러 왔다.

내가 안내되어 간 방의 네 벽은 모두 그 방을 그린, 하나의 이어지는 이미지로 덮여 있었다. 세 개뿐인 가구, 의자 두 개와 낮은 탁자 하나가 전부 여러 각도에서 그려져 있었다. 나는 계속 선 채로 처음에는 고개를, 그다음에는 몸을 돌려 벽화를 한번 쭉 눈으로 훑었다. 네 개의 평평한 표면이 그 자체의 닮은꼴인 동시에 부피를 가진 세 물체의 배경이기도 하다는 점은 어쩌면 현상학의 어떤 심오한 연구법을 적용해볼 만한 가치가 있는 주제라는 사실이 떠올랐지만 나는 그 과제를 감당할 능력이 없었다.

마침내 한 여자가 들어왔다. 작달막한 키에 사무적인 태도, 스웨이드 재킷과 니트 바지 차림이었다. 빛이 흘러나오는 것처럼 보이는 눈 때문에 그녀가, 로스의 몸을 대충 보는 동안 수술용 마스크를 쓰고 내 맞은편에 서 있던 여자임을 깨달았다.

그녀가 말했다. "서 있는 편이 더 좋은가 보군요."

"네."

그녀는 이 점에 대해 곰곰이 생각하다 탁자 앞에 앉았다. 정적이 흘렀다. 차와 쿠키를 쟁반에 담아가지고 들어오는 사람은 없었다.

그녀가 말했다. "많은 대화를 했어요, 로스와 아티스와 나는. 우리가 태어나는 것은 자신의 선택이 아니죠. 하지만 죽는 것도 반드시 똑같은 방식이어야만 할까요? 로스가 우리 재량껏 쓰게끔 해준 재원은 대단히 중요했어요."

내가 또 뭘 봤지? 그녀는 디자인이 눈에 띄는 스카프를 하고 있었고 나는 그녀가 쉰다섯 살에, 대강 이 지역 출신이고, 어느 정도 지위에 있는 인물이라고 판단했다.

"아티스가 보존실에 들어가고 난 뒤 나는 뉴욕과 메인에서 당신 아버지와 시간을 같이 보냈어요. 그는 어느 때보다도 관대했죠. 예전과 달라진 사람이긴 했지만. 물론 당신도 이 사실을 알 거예요. 그는 상처(喪妻)로 인해 거의 산산이 부서졌어요. 어떤 운명을 받아들이길 거부하는 것은 인간의 영예 아닌가요? 우리가 여기서 원하는 게 뭘까요? 오직 삶뿐이에요. 그러니까 그게 일어나게 하고, 우리에게 숨을 불어넣어줍시다."

그녀가 아버지에 대한 존경심에서 나에게 말하고 있음을 알았다. 그가 부탁했고 그녀는 따르고 있었던 것이다.

"우리에겐, 우리를 끔찍한 시절 밖으로 안내해줄 언어가 있어요. 다가올 미래에 일어나리라고 상상할 수 있는 일에 관해 생각하고 말할 수 있지요. 그러니 왜 몸까지 우리의 말을 따라 미래 시제로 가지 않나요? 우리가 단도직입적으로 의식(意識)이 계속 이어질 거라고, 냉동 보존제가 몸에 영양을 계속 공급할 거라고 스스로에게 말하는 것은 축복받은 상태를 향한 첫 번째 각성이에요. 우리는 여기서 그것을 실현하려고 합니다. 단순히 바라거나 그것을 향해 기어가는 게 아니라 그 노력을 전(全) 차원적 세계 속에 위치시키려 해요."

이렇게 말할 때 그녀의 손가락이 떨렸다. 나는 약간 경계했다. 여기, 어떤 일이 일어나게 만들기로 작정하고 매 순간 생각의 똬리를 틀고 있는 여자가 있었다.

"이론과 논쟁은 더 이상 필요 없습니다." 내가 말했다. "로스와 나는, 우리는 대화하고 소리치면서 이미 모든 층위를 거쳤으니까요."

"그가 말하길, 당신이 한 번도 아빠라고 부른 적이 없다더군요. 내가 말했죠, 그것 참 미국인답지 않다고. 그는 웃으려고 했지만 진심으로 웃진 못했어요."

특징 없는 셔츠와 바지 차림의 나는 나 자신이 벽의 그림 속으로 흘러들어 눈에 띄지 않게 방구석의 어두운 형체가 되는 것을 상상할 수 있었다.

"인간 생명이란 우주먼지 속에 떠다니는 작은 유기물 조각의 우연한 결합이에요. 생명의 지속은 그보다는 덜 우연하죠. 우리 인류가 수천 년 동안 배운 것을 활용하니까요. 그렇게 무작위적이지도, 우발적이지도 않지만 그렇다고 부자연스럽지도 않아요."

"그 스카프 얘기 좀 해주세요." 내가 말했다.

"내몽골산(産) 캐시미어예요."

그녀가 이 프로젝트의 주요 구성원임이 점점 더 확실해졌다. 스텐마르크 쌍둥이는 창조적 구심점이자 농담을 좋아하는 선지자고, 이 여자는 수입을 창출하고 방향을 정하나? 그녀가 컨버전스라는 아이디어를 생각해내고 그것을 신빙성과 법의 한계 너머인, 이 가혹한 지형에 위치시킨 인물 중 한 명인가? 재정가, 철학자, 자신의 역할을 여기까지 넓힌 과학자. 그녀의 특별한 경험은 무엇일까? 나는 묻지 않을 것이다. 그녀에게 이름을 묻지도, 지어주지도 않을 것이다. 이것이 내 방식의 발전이었다. 집에 갈 때가 됐다.

하지만 그녀는, 로스가 내가 방문하길 원하는 마지막 한 곳이 있다고 했다. 그녀는 나를 비어로 데려갔고 그녀와 나와 경호원 둘, 우리는 전에 내려갔던 층보다 더 깊은, 번호 붙은 층으로 갔다. 그걸 어떻게 아냐고? 흐른 시간이나 표면적 거리 같은 명백한 증거는 없었지만 뼛속 깊이 그렇게 느꼈다.

그들은 나를 벽감으로 데려가서 호흡기를 씌우고 우주복처럼 생긴 보호복을 입혔다. 그것은 거추장스럽지 않았으며 오히려 그 덕분에 이 상황의 비현실적인 상태에 몰두할 수 있었다.

여자가 말했다. "당연히 우리도 차질을 겪거나 계획이 몇 번 지연되거나 사고가 가끔 나기도 했죠. 희망이 좌절됐던 경우도 있었어요."

그녀가 호흡기 속에서 나를 내다봤다.

"이미 발효 중인 조치들이 당신 아버지의 후원을 지속할 거예요, 전만큼은 아니지만. 재단과 집행인과 몇 가지 제약 한도와 안전장치와 시간 요소도 있고요."

"다른 쪽에서 들어오는 후원도 있잖아요."

"물론 항상 있죠. 하지만 로스가 우리에게 해준 것이 전환점이었어요. 그의 확고한 믿음, 국제적 자원."

"변절자가 몇 있나 보군요."

"가장 강력한 방식으로 참여자가 되려고 했던 그의 의욕."

우리는 좁은 통로로 천천히 안내되었다.

어떤 벽에 금 간 진흙 평판이 가로로 걸려 있었는데 한 줄에 빼곡히 숫자, 글자, 제곱근, 세제곱근, 더하기와 빼기가 있고 괄호, 무한대, 다른 여러 가지 기호와 그 모든 것 가운데에 논리적 또는 수학적 균등을 나타내는 등호가 있었다.

나는 그 등식이 무엇을 뜻하는지 몰랐고 물을 의사도 없었다. 그 대신 컨버전스, 그 이름 자체, 단어 자체에 대해 생각했다. 서로 다른 두 개의 힘이 교차점에 접근하는 것. 숨에서 숨으로, 끝과 시작의 융합. 혹시 평판의 등식이 죽음과 삶의 힘이 하나로 합쳐질 때 한 인간의 몸에 무슨 일이 일어나는지를 과학적으로 표현한 것이었을까?

"그는 지금 어디 있죠?"

"냉각 처리 중이에요. 아니면 그 직전이거나." 그녀가 말했다. "당신은 그의 아들이에요. 물론 그는 당신이 이 개념, 심지어 이 장소에 대해서까지도 의구심을 가지고 있다고 나에게 알려줬어요. 회의주의는 어떤 경우엔 미덕이지만 대개 얄팍한 것이죠. 하지만 그는 절대 당신을 편협한 남자로 묘사하지 않았어요."

나는 단순한 그의 아들이 아니었다. 유일한 아들, 유족, 추정상속인이었다.

우리는 투입관과 기밀실(氣密室)을 맞닥뜨렸고 냉동 보관 구역에 들어갔다. 그리고 이제 경호원 없이, 바닥을 살짝 돋운 통로를 따라갔다. 곧 탁 트인 구역이 시야에 들어왔고 몇 초 후 나는 그 안에 있는 것을 보았다.

줄지어 선 빛나는 캡슐 안에 사람들의 몸이 들어 있었다. 지금 보고 있는 것을 흡수하기 위해 걸음을 멈춰야 했다. 셀 수 없이 많은 줄, 열, 긴 가닥으로 늘어선, 냉동 정지 상태의 벌거벗은 남녀가 있었다. 그녀는 나를 기다렸고 우리는 훤한 전망을 제공하는 높이에서 천천히 다가갔다.

모든 캡슐이 똑같은 방향을 향해 있었다. 수십 개가 곧 수백 개가 되었다. 통로는 이 정돈된 횡렬의 한가운데를 지나갔다. 광대한 바닥에 나열된 몸들은 다양한 피부색의 사람들이었으며 동일한 자세에, 눈을 감고, 두 팔은 가슴에 포개고, 다리는 딱 붙였으며, 군살의 기미가 전혀 없었다.

지난번 방문 때 로스와 내가 봤던 캡슐 세 개를 떠올렸다. 그것은 덫에 갇힌, 쇠약해진 인간들, 갈망하는 미래의 어떤 접경지대에 발이 묶인 개별 생명체들이었다.

그러나 여기에는 생각하거나 상상할 삶이 없었다. 이것은 순수한 장관, 단일한 실체, 냉동 자세를 취한 장엄한 몸들이었다. 그것은 일종의 환영 예술이었고 넓은 함축적 의미를 지닌 신체 미술이었다.

떠오르는 유일한 삶은 아티스의 것이었다. 발굴 작업 중인 아티스를 생각했다. 진흙 구덩이와 좁은 공간 속에서 보낸 시간, 파낸 물건, 흙 더께가 앉은 도구와 무기, 글자가 새겨진 석회암 조각. 지금 내 앞에 배열된 인공물에 선사 시대에 가까운 점이 있나? 미래 시대를 위한 고고학.

나는 몽골 스카프를 두른 여자가 나에게, 지표 위의 모든 것이 대참사로 붕괴된 때로부터 한참 뒤의 어느 날 다시 태어나도록 설계된 문명이 여기 있다고 말하길 기다렸다. 하지만 우리는 말없이 걸었다가 멈췄다가 다시 걸었다.

만약 아버지가 내가 보길 원한 게 이거라면 경외와 감사의 짜릿함을 느끼는 게 응당한 의무였다. 그래서 그렇게 했다. 여기 억제할 수 없는 환상이 넘쳐나는 과학이 있었다. 나는 감탄을 억누를 수 없었다.

마침내 수십 년 전 할리우드 뮤지컬에서 화려한 안무의 춤, 행진하는 군대처럼 동작을 맞춘 무용수들을 생각해냈다. 여기에는 컷도, 디졸브*도, 소리도 없었다. 움직임이 아예 없었다. 하지만 나는 계속 쳐다봤다.

잠시 후 여자를 따라 복도를 걸어갔다. 거기에는 황폐한 풍경의 벽화, 예언처럼 보이도록 의도된 장면들이 계속 이어졌다. 각각의 벽이 마주 보는 벽을 따라 해서 이중 풍경—망가진 언덕, 계곡, 초원—이 되었다. 나는 왼쪽 봤다 오른쪽 봤다 다시 왼쪽을 보면서 이쪽 벽이 저쪽 벽이랑 똑같나 확인했다. 이 그림에는 일종의 거미줄 같은 기교, 폐허를 더욱 강조하는 섬세함이 있었다.

마침내 아치문에 다다라 그곳을 지나니 조명이 어둡고 돌벽으로 이루어진 작고 좁은 방이 나왔다. 그녀의 손짓을 따라 들어갔다가 몇 걸음 만에 멈춰 서지 않을 수 없었다.

안쪽 벽에 내가 방금 본 것들보다 큰, 두 개의 유선형 용기가 있었다. 하나는 비었고 다른 하나에는 여자의 몸이 들어 있었다. 방 안에 다른 것은 아무것도 없었다. 더 자세히 보기 위해 다가가지 않았다. 그것과 나 사이의 공간을

---

* 화면 편집 기법. 한 장면이 서서히 사라지면서 동시에 다음 장면이 서서히 뚜렷해진다.

유지할 필요가 있어 보였다.

그 여자는 아티스였다. 달리 누구겠는가? 하지만 내가 그 이미지를, 현실을 흡수하고 거기에 그녀의 이름을 붙이고 그 순간이 나한테 스며들게 하기까지는 시간이 좀 걸렸다. 마침내 몇 걸음 나아갔을 때 그녀의 자세가 캡슐 속 다른 모든 사람들의 포즈와 같지 않음을 알아차렸다.

그녀의 몸은 안에서부터 빛나는 듯했다. 그녀는 발끝으로 꼿꼿이 서 있었고, 삭발한 머리는 위로 쳐들었으며, 눈은 감았고, 가슴은 단단했다. 그것은 용기에 들어 있는 이상화된 인간이었지만 동시에 아티스이기도 했다. 팔은 옆으로 늘어뜨려 쭉 뻗은 손끝이 넓적다리에 닿았고 다리는 살짝 벌어져 있었다.

그것은 아름다운 광경이었다. 창조의 본보기인 인간의 몸이었다. 나는 그렇게 믿었다. 이 경우에는 그것이 나이 먹지 않을 몸임을. 바로 아티스가, 여기서, 홀로, 이 복합건물 전체의 주제를 어떤 숭앙의 기준으로까지 이끈 것이었다.

만약 눈짓이나 손짓, 단순한 고갯짓만으로 가능했다면 내 느낌을 공유할 작정이었지만 나를 여기로 데려온 여자를 찾으려고 돌아봤을 때 그녀는 이미 가버리고 없었다.

빈 캡슐은 물론 로스의 차지가 될 터였다. 그의 몸매는 복원되고, 얼굴은 탄력을 되찾고, 뇌는 (이 지역의 민간전승 속에서) 어느 정도 약화된 수준의 정체성을 유지한 채 기능하도록 조정될 것이었다. 이 남녀가 수년 전에 어떻게 알 수 있었겠는가. 자신들이 이런 환경에서, 이 지하 공간에서, 이 고립된 방에서, 벌거벗고 완전무결한 모습으로, 불멸에 가까운 상태로 살게 될 것임을.

얼마 동안 쳐다보다 뒤돌아보니 문간에 아까 그 여자보다 어리고 성별을 알 수 없는 경호원이 서 있었다.

하지만 나는 아직 떠날 준비가 안 돼 있었다. 계속 남아서 눈을 감고 생각에 잠겨 기억을 떠올렸다. 아티스와 샤워 커튼 위의 물방울을 세는 그녀의 이야기를. 여기서는 속으로 셀 것이 끝없이 있을 것이다. 영원히. 그녀의 말. 그 말의 운치. 눈을 뜨고 조금 더 봤다. 아들, 의붓아들, 특별 허가를 받은 증인.

아티스는 여기 속했다. 로스는 아니었다.

경호원을 따라 비어에 탔다가 내린 후에 대략 20미터마다 닫힌 문이 있는, 연속된 복도를 따라 걸었다. 교차점에 다다르자 경호원이 텅 빈 복도를 가리켰다. 그것은 전부 단순한 문장들이었다. 주어, 술어, 목적어, 범주를 좁히는 것들. 나는 이제 혼자였고 내 몸은 쪼그라들었다가 길게 늘어났다.

다음은 부드러운 표면의 주름, 구김살. 복도 끝에서 막 내려오기 시작한 스크린을 봤다. 여기 또 무슨 일인가가 일어나길 기다리는 내가 있다.

첫 인물들은 스크린이 채 완전히 펴지기도 전에 나타났다.

흑백 군복을 입은 부대가 안개 속에서 성큼성큼 걸어 나온다.

그것은 강렬한 이미지지만 거의 곧바로 등장한, 박살 난 자동차 앞자리에 대자로 누운 위장복 차림 병사의 으깨진 몸에 그 효력을 잃는다.

버려진 도시지역의 거리를 배회하는 들개들. 화면 가장자리에 보이는 모스크 첨탑.

강설 속에 함께 웅크린 부대원들, 나무 그릇에서 개죽을 떠먹는 열 명.

황량한 풍경을 지나가는 하얀 군용 트럭을 촬영한 공중 숏. 드론 영상인가 보네, 나는 생각했다. 그것이 나한테만 들리는 말이라면, 유식해 보이려고.

이 영상에 음향이 있음을 깨달았다. 희미한 소음, 엔진의 부르릉 소리, 멀리서 들리는 총성, 거의 알아들을 수 없는 목소리.

픽업트럭 짐칸에 앉아 담배를 느슨하게 문, 무장한 남자 둘.

절대 화면 안에 들어오지 않는 목표물을 향해 돌을 던지는, 가운과 두건 차림의 남자들.

폐허가 된 흉벽 안에서 공격 태세를 취한 채 흉벽 너머를 내다보는 부대원 여섯 명. 벽의 홈에서 삐죽 튀어나온 개머리판. 한 병사가 만화 캐릭터 가면을 쓰고 있다. 밝은 색깔, 분홍색 긴 얼굴에 초록색 눈썹, 볼연지를 바른 볼과 음흉하게 웃는 빨간 입. 다른 모든 것은 검은색과 흰색이다.

이 영상의 목적, 이 모든 것 뒤에 숨은 의미, 사고방식이 무엇인지 자문할 필요가 없었다. 그것은 스텐마르크였다. 그 때문에 여기 있는 것이었다. 회의실에서 청중에게 했던 연설의 시각적 등가물.

회의실. 그게 언제였지? 청중에는 정확히 누가 있었지? 스텐마르크의 세계대전. 가끔씩 몸을 떠는 열정적인 사내.

각자 긴 칼을 하나씩 들고 일렬로 걷는 검은 옷의 남자들, 동틀 녘, 의례적 살인, 머리끝부터 발끝까지 검은색, 그들의 걸음을 특징짓는 서늘한 군기.

벙커에서 잠든 병사들, 모래주머니 더미.

대이동. 뭐든 손으로 들 수 있는 모든 소유물—옷, 바닥에 놓는 스탠드, 양탄자, 개—을 나르는 수많은 사람들. 그들 뒤에서 화면을 가로질러 치솟는 불꽃.

나는 시간이 좀 흐른 뒤에야 음향이 단일한 소리로 바뀌었음을 알아차린다. 약간의 표현적 의도조차 철저히 거부하는 긴 신호음.

널찍한 산책로를 가로지르며 후퇴하는 사람들에게 섬광 수류탄을 던지는 전투경찰.

파괴된 지역에서 자전거를 타는 두 노인. 잠시 후 그들은 눈밭을 지나가는 탱크 행렬과 나란히 자전거를 탄다. 도랑 안에 보이는, 늘어진 시체 한 구.

시체들. 밀림 속 빈터에 살육되어 있는 남자들, 시체 사이를 걸어 다니는 독수리.

끔찍했지만 계속 봤다. 다른 관객들, 다른 스크린들, 이 복합건물 전체의 모든 층에 걸쳐 있는 다른 복도들에 대해 생각하기 시작했다.

미니밴에 타려고 기다리는 아이들, 멀리서 움직이지 않는 까만 연기, 그쪽을 돌아보는 한 아이, 멍한 표정으로 카메라 쪽을 보는 나머지 아이들.

백병전, 칼과 총검을 든 예닐곱 명, 위장복을 입은 그중 몇 명, 집중적인 유혈, 클로즈업, 비틀거리며 쓰러지려는 키 큰 남자, 순간 정지 된 장면 속으로 밀고 들어오는 나머지 사람들.

또 다른 드론 영상, 폐허가 된 마을, 유령도시, 돌무더기를 뒤지는 작은 형체들.

한 병사의 면도 안 한 얼굴, 전사 유형의 신참, 검은 비니, 입에서 삐져나온 담배.

빠르게 성큼성큼 걷는 성직자, 동방정교 사제, 신부복, 망토, 수단(soutane), 그 뒤에서 행진하는 사람들, 주먹을 높이 들고 그림 안으로 들어와 행렬에 합류하는 사람들.

움푹움푹 파인 길에 엎드린 시체, 사방에 흩어진 폭탄의 잔해.

복도들이 스크린을 보는 사람들로 가득하다. 그들 모두 나와 같은 생각을 하고 있다.

또 다른 만화 가면, 상체를 가로지르게 소총을 들고 정렬한 동료들 사이에 있는 병사, 그의 하얀 얼굴, 보라색 코, 끝이 말려 올라가 냉소적으로 웃는 빨간 입술.

차도르를 두른 여자의 뒷모습, 차에서 내려 고개를 숙인 채 인파가 북적이는 광장으로 걸어간다, 거기서 몇 사람이 알아채고 쳐다보다 흩어지기 시작한다, 카메라가 뒤로 빠진다, 그리고 폭발, 순수하게 시각적으로 화면과 우리 주위의 공기를 갈가리 찢는 것 같다. 보고 있는 모든 사람들을.

무덤 옆의 조문객들, 자동총을 어깨에 멘 몇 명, 아까 봤던 검은 연기, 멀리서 피어오르지도 퍼지지도 않고 완전히 께름칙하게 가만있는, 배경막 그림처럼.

엉덩이를 까고 도두앉아서 눈 속에 똥을 싸는, 웃긴 모자를 쓴 꼬마.

잠시 영상이 멈추고 꾸준히 들리던 곡소리가 희미해진다. 화면이 무기력한 회색 하늘로 가득 차고 카메라가 천천히 움직임을 멈추더니 처음의 인상적인 영상이 반복된다.

부대가 안개 속에서 성큼성큼 걸어 나온다.

하지만 이번에는 그 장면이 이어져 남자들이 계속 나오고 그중에 부상자가 있다, 절뚝이는 형체, 피투성이 얼굴, 몇 명은 철모를 쓰고, 대부분은 검은 비니를 쓴.

다시, 이제는 사실적인 소리가 나온다, 어디선가 들리는 폭발음, 낮게 나는 비행기, 남자들이 더욱 경계하며 무기를 몸에 바싹 붙인 채 전진하기 시작한다. 그들은 불타는 타이어 더미를 지나 시가로 진입한다, 무너진 건물, 사방에 잔해. 나는 그들이 부서진 석조 위를 걸어가는 것을 지켜본다. 서로 무관한 고함들이 들리다가 곧 집중적인 무기 발포에 뒤덮인다.

그것은 보기에도 듣기에도 전통적인 전쟁 같다, 무기 든 남자들. 그리고 나는 스텐마르크가 얘기했던 비뚤어진 노스탤지어를 떠올린다. 세계의 모든 전쟁이 이 이미지들에 담겨 있다, 담배를 문 병사, 벙커에서 잠든 병사, 수염이 덥수룩하고 머리에 붕대를 감은 병사.

근처의 총격 소리, 남자들이 은폐하고 소리의 진원지를 찾아 응사한다. 음향이 전투 속으로 흘러든다, 시끄럽고 가깝다, 목소리가 부른다. 나는 스크린에서 뒷걸음칠 수밖에 없다, 하지만 카메라는 점점 더 깊숙이 개입하여 땅바닥을 기어가서 남자들의 얼굴들을 클로즈업한다, 어린 얼굴과 그리 어리지 않은 얼굴, 방아쇠를 꽉 쥔 손가락, 무너진 구조물의 뼈대에 바싹 붙인 몸. 그것은 빠르고 분명하고 확대해서 보여준다, 뭔가가 임박한 느낌, 내가 할 수 있는 일은 그저 보고 듣는 것뿐이다, 갑작스러운 소리와 영상의 난장판, 카메라가 흔들리고 덜덜 떨더니, 박살 난 자동차 잔해 속에 서서 소총으로 그 주변을 훑고 있는 한 남자를 찾아낸다. 그가 몇 발을 쏠 때 상체가 박자에 맞춰 움찔거린다. 그가 몸을 확 수그리더니 기다린다. 우리 모두 기다린다. 카메라가 주위를 훑는데 텅 빈 잔해와 보슬비뿐이다, 유일한 형체가 다시 시야에 들어온다, 운전석에 무릎을 꿇고 차창이 부서진 쪽에서 한 발을 쏜다. 거의 완벽한 정적의 시간이 한참 흐르고 카메라는 웅크린 남자를 계속 잡고 있다, 그는 머리띠를 했고 철모는 없다, 그때 사방팔방에서 총격이 재개되고 화면이 갑자기 바뀌더니 남자가 총에 맞는다. 그것을 봤다기보다는 추측에 가깝다. 카메라는 그를 놓치고 혼란스러운 배경의 흔적만 찍는다. 소음이 강렬해진다, 빠른 발포, 똑같은 말을 반복하는 목소리, 그리고 다시 그가 나타난다, 헤매듯 트인 공간으로 나온다, 소총 없이, 카메라가 안정된다, 그가 다시 총에 맞아 무릎을 꿇는다, 나는 보면서 이 말을 속으로 되뇐다. 그가 다시 총에 맞아 무릎을 꿇는다, 이제 형체가 뚜렷이 보인다, 카키색 야전잠바, 청바지와 부츠, 삐죽삐죽한 머리, 그는 실물의 세 배 크기다, 여기, 내 머리 위에서, 총에 맞아 피를 흘리며, 얼룩이 가슴에 퍼져나간다, 젊은이, 눈 감은, 놀랄 만큼 사실적인.

그는 에마의 아들이었다. 스택이었다.

그가 앞으로 고꾸라지자 카메라가 홱 돈다, 그것이 그의 정체였다, 아들, 소년. 이제 전투전차가 다가오고 나는 그를 다시 봐야만 한다, 의심의 여지는 없지만 너무 빨리 일어난 일이었고 충분치 않았다. 느릿느릿 늘어서서 모래주머니 장벽을 넘는 탱크 열두 대, 나는 여기 서서 기다린다. 그 장면을 뭐 하러 군이 다시 보여주겠는가? 하지만 나는 기다려야 한다, 그것을 봐야만 한다. 탱크가 지나가는 길에 키릴문자와 로마자로 적힌 표지판이 있다. 코스탄티닙카. 그 이름 위에는 조악한 해골 그림이 있다.

우크라이나, 자경단, 자원 부대에 있는 스택. 달리 뭐일 수 있겠는가? 나는 계속 보면서 기다린다. 신병 모집자들이 그의 나이나 이름을 알기는 했을까? 그는 귀향한 그 땅의 아들이다. 태어났을 때 이름, 나중에 얻은 이름, 별명. 내가 아는 것은 스택뿐이고 알아야 할 것은 그게 전부인지도 모른다, 1인 국가가 된 아이에 대해서는.

나는 화면이 어두워질 때까지 있어야 한다. 기다렸다가 봐야 한다. 경호원이 데리러 온다면 경호원은 기다려야 할 것이다. 스택이 다시 나오지 않는다면 화면이 어두워지도록, 소리가 죽도록, 스크린이 말려 올라가도록, 복도 전체가 어두워지도록 놔둬라. 사람들이 정연하게 빠져나가서 다른 복도들이 텅 비어도 이 복도가 어두워질 때 나는 눈을 감고 여기 서 있다. 이상한 아이이자 어른인 내가 지금껏 이렇게 꼼짝 않고 어두운 방에 눈 감고 서 있었을 때마다 이런 공간, 문과 벽이 어울리는 색으로 칠해져 있고 쥐 죽은 듯 고요하며 그림자가 나에게로 흘러오는, 길고 춥고 텅 빈 복도를 향해 계속 나아가고 있었던 걸까?

어둠이 완전해지고 나면 그저 서서 기다릴 것이다, 아무것도 생각하지 않으려 애쓰면서.

9

나는 인도에서 90센티미터 내지 120센티미터 떨어지게 주차된 택시를 보고 그다음에 배수로에 무릎 꿇은 남자, 그의 등 뒤에 놓인 신발을 본다. 그는 이마가 인도에 닿도록 절을 하고 있다. 시간이 조금 흐른 후에야 나는 그가 택시 기사이며 방향이 메카임을, 그가 메카를 향해 절하고 있음을 깨닫는다.

주말에 가끔씩, 부엌도 사용 가능한, 아버지 타운하우스의 손님방에 머문다. 이런 문제를 담당하는, 회사의 상징물 중 하나인 젊은이가, 말꼬리가 미끄러지듯 점차적으로 올라감으로써 평서문이 의문문으로 변하는 현대적 양식에 따라 자세한 설명을 한다.

때때로 내가 오직 전시실에 온 방문객들이 말하는 언어를 듣기 위해 박물관에 간다고 생각하곤 한다. 한번은 어떤 남녀를 기원전 4세기 키프로스의 석회암 묘비에서부터 병갑 전시실까지 따라간 적도 있다, 그들이 다시 대화를 시작하길 기다리면서. 무슨 언어인지 내가 알아낼 수 있게, 혹은 시도라도 할 수 있게, 혹은 터무니없는 추측이라도 할 수 있게. 그들에게 다가가서 정중하게 물어본다는 생각은 내 영역 밖이었다.

'감사·윤리 책임자'라고 적힌 반투명 플렉시글라스 칸막이 안의 모니터 앞에 앉는다. 나는 이곳에 잘 적응했다. 그날그날의 일 처리에 있어서만이 아니라 필요한 직무를 수행하고 토착어에 순응하기 위해 내가 개발해온 방법의 맥락에서 봤을 때 그러하다.

평범한 차림에, 깨끗하게 면도한, 훨체어 탄 거지. 얼룩진 종이컵은 없다. 거리의 인파 속으로 쑥 밀어 넣은, 장갑 낀 손.

아버지의 회사 경력이 가진 광범위한 힘이 있다. 컨버전스라는 최후의 땅이 있다. 나는 이에 대한 반발 혹은 보복인 삶 속에 숨어 있지 않다고 스스로에게 말한다. 그리고 또다시 나는 영원히 로스와 아티스의 그림자 속에 서 있고 나를 괴롭히는 것은 그들의 감명적인 삶이 아니라 그들이 죽은 방식이다.

내가 왜 가끔 타운하우스에서의 1박을 요청했는가를 자문할 때 곧바로 에마가 사는 또는 에마가 살던, 이 평범한 구역의 건물을 떠올린다. 그 동네를 자주 산책한다. 아무것도 보지 않고 아무것도 배우지 않길 기대하면서, 하지만 고통스러운 상실이 그림자 같은 존재를 낳는 방식인 편재성을 느끼면서. 그리고 이 경우에는 그녀의 거리에서 내가 이해하려는 시도조차 안 했던 가능성을 느낀다.

동네 슈퍼에서 절대 잊지 않고 병과 종이 팩의 유효기간을 확인한다. 진열된 상품들, 포장된 제품들 속으로 손을 뻗어 제일 뒷줄에서 하나를 집어 든다. 거기가 가장 신선한 식빵이, 우유가, 콘플레이크가 놓이는 곳이기 때문이다.

키 큰 여자들과 더 큰 여자들. 거리 모퉁이에 딱딱한 자세로 서 있는 여자를 찾는다, 알 수 없는 문자로 적은 팻말을 들었든 안 들었든. 내가 봐야 하는데 아직 보지 못한 것은 뭘까, 군중 한가운데의 고요한 형체로부터 배워야 할 교훈이 뭐가 있을까? 그녀의 경우에는 아마 임박한 위협이라는 문제일 것이다. 사람들은 늘 이렇게 해왔다, 그렇지 않은가? 그것은 중세적이라고, 일종의 예감이라고 생각한다. 그녀는 우리에게 준비하라고 말하고 있다.

때때로 꿈보다 오래 사는 데, 꿈에서 깨어나는 데 아침나절 내내 걸릴 때가 있다. 하지만 그곳에서 돌아온 뒤로는 꿈꾼 시간의 희미한 한순간조차 기억할 수 있었던 적이 없었다. 스택은 백일몽이다. 화면에서 어렴풋이 보이는, 곧 내 위로 무너져 내릴 소년병.

산책하러, 보러 간다. 그것은 정체되어 신음하는 차량들이다. 그것은 도시계획법보다 높이 오르는 펜트하우스 건물 꼭대기까지 치솟는 외화다.

학교 환경에서 일한다는 생각을 좋아한다. 어느 시점이 되면 그 생각이 실무 속으로 녹아 없어지리란 걸 알지만. 밴 한 대가 월요일 아침 일찍 맨해튼에 사는 직원 둘을 먼저 태워가지고 오면 우리는 대학교가 위치한 코네티컷주의 작은 동네로 간다. 소박한 캠퍼스, 중간 정도의 장래성을 가진 학생들.

우리는 목요일 오후까지 거기 있다가 다시 차를 타고 뉴욕으로 돌아온다. 우리가, 우리 셋이, 아무것에 대해서도 이야기하지 않는 새로운 방법을 찾아내는 것이 재미있다.

길고 완만한 삶이, 내가 정착해가고 있다고 느끼는 것이다. 유일한 문제는 그것이 얼마나 따분한 것으로 드러날 것인가이다.

하지만 내가 이 말을 진심으로 믿는가, 아니면 나의 일상성이 가진 안락함의 균형을 맞출 방법, 그런 효과를 구하고 있는 것인가?

단색 그림이 걸린 방에 들어가 로스가 힘겹게 했던 마지막 말을 떠올린다. 리넨에 제소. 그 용어를 제 의미에서 해방해주려 한다. 어떤 아름다운 사라진 언어, 1000년 동안 사용되지 않은 언어의 조각이라고 생각하려 한다. 방 안의 그림들은 '캔버스에 유채'이지만 박물관과 미술관에 가서 '리넨에 제소'라고 표기된 그림을 찾을 거라고 스스로에게 말한다.

몇 시간 동안 걷는다. 가끔씩 개똥 얼룩을 잽싸게 피하면서.

에마와 나, 한때의 연인. 내 스마트폰은 계속 내 엉덩이에 남아 있다. 그녀가 저 멀리 어딘가에, 디지털 황야에 있기 때문이다. 거의 울리는 일이 없는 벨 소리는 지척에 있는 그녀의 암묵적인 목소리다.

식빵을 먹는다. 냉장 보관 하면 더 오래 가게 할 수 있기 때문에. 그리스 또는 이탈리아 또는 프랑스 빵은 그렇게 되지 않는다. 식당에서 껍질이 두꺼운 빵을 먹고 저녁 식사는 대개 일부러 혼자서 한다.

이 모든 것은 중요하지 않아야 함에도 중요하다. 우리가 먹는 빵. 나의 조상이 누구였는지 궁금해지지만 그것도 잠시뿐이다.

흡연 습관을 다시 시작해야 함을 안다. 지금까지 일어난 모든 일이 이론적으로는 그 방향으로 나를 이끈다. 하지만 이제는 과거에 그랬듯이 자신의 금욕 때문에 하찮아진 기분을 느끼지 않는다. 욕구가 사라졌다. 나를 하찮게 만드는 것은 이것인지도 모른다.

타운하우스의 손님방 천장에는 우아한 전등이 달려 있고 나는 그것을 켰다 껐다 하는데 그럴 때마다 어쩔 수 없이 나도 모르게 갓등이라는 용어를 생각하고 만다.

길거리에서 특별한 목적지 없이 가면서 지갑과 열쇠를 확인한다. 바지 지퍼를 확인한다. 허리선에서 가랑이까지 혹은 그 반대 방향으로 단단히 잠겼는지 확실히 하기 위해.

안도감은 공포감과 동등하지 않다. 그것은 제한된 시간 동안만 지속된다. 며칠, 몇 달 동안 걱정하다가 마침내 아들이 도착하고 그가 안전하면 그동안 내내 다른 주제 또는 상황 또는 형편에 집중할 수 없었던 것을 잊어버린다. '이제 아들이 왔으니 저녁이나 먹자'이기 때문이다. 하지만 그는 여기에 없다, 그렇지 않나? 그는 우크라이나에, 코스탄티닙카라고 적힌 표지판 근처 어딘가에, 자신의 출생지이자 사망지인 곳에 있다.

여러 가지 언어, 항상 울리는 사이렌, 보따리 더미 속 거지. 남자인지 여자인지, 깨 있는지 자는지, 살았는지 죽었는지, 다가가서 찌그러진 플라스틱 컵에 1달러를 떨어뜨릴 때도 알기가 어렵다.

두 블록 더 가고 나서, 아까 무슨 말이든 했어야 했다고, 뭔가 결심했어야 했다고 스스로에게 말한다. 하지만 상황이 너무 복잡해지기 전에 화제를 바꾼다.

대학교 행정실의 내 칸막이 안에 앉아서 목록에 줄을 긋는다. 항목을 지우는 것이 아니라 줄 긋기를 한 칸씩 클릭하면 삭제되어야 하는 항목 위로 모니터상에서 줄이 그어진다. 줄과 항목. 나중에 보면 항목 위에 그어진 줄이 나의 성취도를 알기 쉽게 표시한다. 줄이 그어지는 순간이 최고다. 어린애 같은 매력이 있다.

우리가, 에마와 내가 거울에 비친 우리 모습을 바라보며 보냈던 몇 순간을 생각한다. 그것은 1인칭 복수, 한 벌의 뒤섞인 이미지였다. 그다음은 나의 슬프고도 심각한 후회. 그녀에게 내가 누구인지 말하지 못한 것, 매들린과 로스, 로스와 아티스의 이야기를 하지 못한 것, 냉동 정지 된 아버지와 의붓어머니의 정물(靜物) 미래를 들려주지 못한 것에 대한.

너무 오래 기다렸다.

그녀가 고립된 장소, 나를 만든 힘이 닿지 않는 곳에 있는 나를 보길 원했었다.

그리고 배수로 오물 속에서 메카를 향해 무릎 꿇었던 택시 기사를 떠올린다. 단단히 자리 잡은 그의 세계를 뿔뿔이 흩어진 이쪽 세계에 조화시키려 애쓴다.

때때로 그 방, 빈약한 방 안 풍경, 벽, 바닥, 문, 침대, 불친절하고 거의 추상적인 이미지를 생각한다. 의자에 앉은 나 자신을 보려 한다, 그게 전부다, 아주 자세하게. 이것과 저것과 경호원이 문을 두드리길 기다리는, 의자에 앉은 남자.

복원, 비계, 거대한 흰색 보호 덮개 뒤에 숨겨진 건물 앞면. 비계 밑에 서서, 지나가는 모든 사람에게 소리치는 수염 기른 남자. 우리가 듣는 것은 단어나 구절이 아니라 순수한 소리, 택시와 트럭과 버스 소음의 일부다. 그것이 인간에게서 나오고 있다는 점만 제외한다면.

캡슐 속 아티스를 생각하면서, 나의 굳은 믿음과는 반대로, 그녀가 최소한의 의식을 느낄 수 있다고 상상하려 애쓴다. 난생처음 온전히 홀로 있는 그녀를 생각한다. 자극도 없고, 반응을 유발하는 인간 활동도 없고, 기억의 흔적은 지극히 미미한. 그리고 내적 독백을 상상하려 한다, 그녀의, 자발적인, 아마 끊임없는, 마찬가지로 그녀 목소리인 3인칭 목소리의 열린 문장, 단일한 낮은 음색으로 외치는 일종의 연호.

공공 엘리베이터를 탈 때 정확히 허공에다 초점 없는 시선을 던진다. 내가 다른 사람들과 함께인 동시에 홀로 밀봉된 상자 안에 있음을, 우리 중 누구도 무방비한 얼굴을 탐색하는 눈에 기꺼이 내보이지는 않을 것임을 알기 때문이다.

버스 정류장에 서 있을 때 에마에게서 전화가 온다. 그녀는 최소한의 단어만 사용해서 스택에게 일어난 일을 나에게 말한다. 그녀는 학교를 관뒀고 여기 아파트를 처분했으며 애 아빠와 함께 지낼 거라고 말한다. 그들이 이혼했는지 별거 중이었는지 기억이 나지 않는다, 아무래도 상관없지만. 버스가 왔다가 가버리고 우리는 조금 더, 조용히, 거의 남남 같은 태도로 얘기하고 나서 다음에 또 통화하자고 서로 확약한다.

나는 그 일이 벌어지는 것을 봤다고 그녀에게 말하지 않는다.

10

이것은 서쪽에서 동쪽으로 도시를 가로지르는 버스였다. 남녀 한 쌍은 운전사 근처에, 여자와 소년은 버스 뒤쪽에 앉아 있었다. 나는 중간에 자리를 잡고 딱히 어디를 쳐다보지도 않은 채 무념무상 혹은 거의 무념무상으로 있었다. 어떤 붉은 빛, 빛의 파도를 알아차리기 전까지는.

몇 초 후 거리는 사그라져가는 주광으로 가득 찼고 버스는 이 눈부신 순간의 수송선처럼 보였다. 내 손등에 일렁이는 빛을 쳐다봤다. 보고, 그다음에 듣고, 사람의 울부짖음에 깜짝 놀라 자리에서 방향을 홱 틀어, 뒷유리를 향해 서 있는 소년을 보았다. 우리는 서쪽이 훤히 보이는 미드타운에 있었는데 아이가 활활 타오르는 태양을 가리키며 울부짖고 있었다. 태양이 섬뜩할 정도로 정확하게, 두 줄로 늘어선 고층 빌딩 사이에 떠 있었기 때문이다. 모든 것이 다닥다닥 붙어 있는 우리 도시에서 태양의 위력을, 그 거대하고 둥근 붉은색 덩어리를 보는 것은 정말이지 놀라운 일이었다. 나는 여기 맨해튼에 1년에 한두 번, 태양 광선이 격자 모양 도로와 나란해지는 자연현상이 있음을 알고 있었다.

그 현상을 뭐라고 부르는지는 몰랐지만 지금 그것을 보고 있었고, 마찬가지로 소년도 보고 있었으며, 그의 다급한 외침은 이 경우에 잘 맞았다. 몸이 두툼하고 머리가 지나치게 큰 소년 자신도 이 광경에 집어삼켜졌다.

그리고 로스가 또다시 그의 사무실에 있다. 어딘가에 숨어 있던 아버지의 이미지가 나에게 사람은 누구나 세상의 끝을 소유하고 싶어 한다고 말한다.

이것이 소년이 보고 있었던 것인가? 나는 자리에서 일어나 가까이 가서 섰다. 가슴께에서 오그린 그의 부드러운 두 손은 반쯤 주먹 쥔 채 떨고 있었다. 아이 어머니는 조용히 앉아서 그와 함께 태양을 보고 있었다. 소년이 자신의 외침에 맞춰 가볍게 몸을 들썩였다. 멈추지 않는 그 소리는 무척 흉겹기도 했다. 언어가 발명되기 이전의 그르렁 소리였다. 그에게 어딘가 장애가 있다고, 대두증에 정신지체라고 생각하긴 싫었지만 이 감탄의 울부짖음은 말보다 훨씬 적절했다.

거리를 물들이고 우리 양옆의 고층 건물들을 환하게 밝히는, 완벽한 원형의 태양. 나는 스스로에게 말했다. 소년은 우리 위로 하늘이 무너지는 것을 보고 있는 게 아니라 지구와 태양의 다정한 어루만짐에서 가장 순수한 놀라움을 발견하고 있는 거라고.

내 자리로 돌아가서 앞을 보고 앉았다. 나에게는 천상의 빛이 필요치 않았다. 나에게는 소년의 탄성이 있었으니까.

옮긴이의 말

2016년 11월 17일 영국에서 열네 살 말기 암 환자가 세상을 떠났다. 소녀의 죽음이 화제가 된 이유는 그녀가 생전에 자기 시신의 냉동 보존을 반대하는 아버지를 상대로 한 소송에서 승소했기 때문이었다. 이 사건은 냉동 보존술이 공상과학소설에나 나오는 이야기가 아니라 완벽히 현재 진행형이라는 사실을 많은 사람들에게 알렸다. 사실 냉동 보존술은 현재의 이야기일 뿐 아니라 꽤 오래된 이야기이기까지 하다. 최초의 냉동 인간은 1967년에 신장암으로 사망한 제임스 베드퍼드 박사다. 당시에는 냉동 보존술이 충분히 발달하지 않아 지금과 달리 DMSO를 주입했기 때문에 뇌가 온전히 보존됐을 가능성이 낮고, 유리화가 불가능했으므로 몸을 되살리는 것도 사실상 불가능하다고 한다.

이 시점에서 이해를 돕기 위해 냉동 보존 과정을 간단히 설명하면, 우선 시신의 혈액을 모두 빼내고 글리세린으로 바꿔 넣는다. 이렇게 하지 않으면 세포액이 얼 때 물의 부피가 늘어나고 얼음 결정이 세포막을 찔러 세포가 손상

되기 때문이다. 그다음에는 얼음 결정이 생기는 것을 최소화하기 위해 시신의 온도를 천천히 떨어뜨려 영하 196도로 만든 후 액체질소가 담긴 용기에 넣어 보관한다. 현재의 과학기술로는 이렇게 보관하는 것까지는 가능하지만 세포 손상 없이 녹이는 법, 또 되살리는 법까지는 아직 알아내지 못했기 때문에 그것이 가능해지는 미래까지 기다린다는 것이 냉동 보존 회사들의 주장이다.

전 세계를 통틀어 이런 업체는 미국에 세 곳, 러시아에 한 곳이 존재한다. 미국의 경우 규모순으로 첫 번째가 애리조나주 스코츠데일에 위치한 앨코어 생명연장재단이며 미시건주의 냉동보존연구소, 캘리포니아주의 미국냉동보존협회가 그 뒤를 잇는다. 2017년 기준으로 앨코어의 냉동 보관자는 152명, 대기자는 1151명이고 비용은 전신을 보관할 경우 20만 달러, 머리만 보관할 경우 8만 달러라고 한다. 이에 대항하는 러시아의 크리오루스는 냉동 보관자가 54명인데 전신 3만 6000달러, 머리 1만 2000달러라는 저렴한 가격으로 승부수를 두고 있다. 그 비결은 앨코어가 시신을 각각 개별 용기에 보관하는 데 반해 크리오루스는 거대한 탱크 안에 한꺼번에 보관하기 때문이라고 한다.

여기까지 들으면 냉동 보존술은 우리와는 동떨어진, 부자들의 탐욕과 광기의 산물 같기도 하고 머리만 보관한다는 부분에서는 괴기스러움까지 느껴지지만 이런 생명 연장 내지 불로장생 혹은 노화 방지를 위한 연구는 별난 소수의 생각이 아니다. 이런 유행의 최첨단에 있는 곳은 다름 아닌 실리콘밸리로, 오라클 창업자 래리 엘리슨은 노화 방지 연구에 5억 달러를 투자했고, 이베이 창업자 피에르 오미디아는 생물학적 복원력 연구에 수백만 달러를 투자했으며, 페이스북 창업자 마크 저커버그와 구글 공동 창업자 세르게이 브린 등이 만든 브레이크스루상(賞)은 인간 생명 연장 분야에서 괄목할 만한 발견을 한 연구자에게 매년 300만 달러의 상금을 수여한다. 구글의 또 다른 공동 창업자 래리 페이지는 캘리코라는 이름의 노화 방지 연구 센터를 설립하여 구글로부터 수백만 달러의 투자를 유치하기도 했다.

따라서 냉동 보존술이란 지금 세계인의 관심이 집중된, 혹은 투자가 유망한 생명 연장 연구의 한 갈래에 불과한 것이다. 그리고 여기에 이 시대의 거장 돈 드릴로가 눈을 돌렸다. 지금까지 발표한 작품들에서 늘 블랙 유머와 아이러니로 산업사회, 자본주의, 과학기술, 사이비 종교, 대중매체, 환경오염 등을 날카롭게 해부해온 드릴로가 냉동 보존을 다룬다고 했을 때 많은 독자들은 아마 종전과 비슷한 스타일 및 사건 전개를 기대하지 않았을까 싶다. 하지만 이번 작품은 조금 다르다. 전체적인 분위기가 애조를 띠고 감상적이다. 불치병에 걸리지 않았는데도 조력 자살을 통해 냉동 보존 되길 원하는 다른 사람들이 사자라 불리며 '멋진 신세계'를 경험하고 싶어 이 미지의 세계에 뛰어드는 선구자로 스스로를 인식하는 데 반해 로스의 동기는 '죽은 아내 곁에 있고 싶어서'라는 점이 이 사실을 강하게 뒷받침한다.

물론 타지키스탄 혹은 우즈베키스탄 오지에 위치한 지하 동굴에 가까운 이 컨버전스라는 시설 겸 단체가 거의 사교 집단에 가까운 모습으로 그려지긴 한다. 그들이 설파하는 이 단체의 설립 취지도 그러하고, 복도의 스크린을 통해 보여주는 바깥세상의 끔찍한 모습—그것이 폭풍우나 산불 같은 자연재해든, 테러나 국지전 같은 인재든 간에—은 사람들에게 겁을 줘서 더욱더 이곳에 정신적으로 의존하게 만들려는 목적을 띤 것으로 보인다. 그러나 이러한 묘사에도 그렇게 강한 비판이나 풍자의 어조가 담겨 있다기보다는 관조적으로 모든 것을 관찰한다는 느낌이다. 로스가 아티스를 따라가겠다는 결심을 말했을 때 제프리가 그를 신랄하게 비난하긴 하지만 단지 (금융업계의 거물이지만 어머니와 자신을 버린) 아버지처럼 살고 싶지 않다는 이유로 어떤 직업에도, 성공에도, 사람에게도 집착하지 않고 표류하며 살아온, 즉 삶에 대한 근본적인 애착이 없는 그의 입에서 나온 말이기에 그리 설득력 있게 다가오지는 않는다.

하지만 그렇게 아무것에도 기뻐하지도, 슬퍼하지도, 화내지도 않을 것 같았던 제프리도 의붓어머니의 임종을 지키기 위해 컨버전스를 한 번 다녀가고, 아버지의 조력 자살을 보기 위해 또 한 번 다녀가면서 무언가 변한 것 같기는 하다. 복도의 스크린에서 여자 친구의 아들 스택이 우크라이나에서 민병대로 싸우다가 총에 맞아 죽는 광경을 실시간으로 목격하고는 카메라가 그를 다시 비추지 않을 것임을 알면서도 꼭 다시 한번 봐야 한다며 화면이 완전히 꺼질 때까지 제자리에 그대로 서 있기도 하고 이로 인해 에마가 전남편에게 돌아가 헤어지게 됐을 때도, 오는 사람 안 막고 가는 사람 안 잡던 과거와 달리, 겉으로는 안 그런 척해도 속으로는 꽤 연연한다.

그리고 마지막 장면에서 '나에게는 천상의 빛이 필요치 않았다. 나에게는 소년의 탄성이 있었으니까' 같은 말을 하는 제프리는 분명 전반부의 제프리와는 다른 사람이다. 여기서 묘사된, 하지를 전후로 해서 1년에 두 번 '태양 광선이 격자 모양 도로와 나란해지는 자연현상'은 영국의 스톤헨지에서 그 이름을 따와 맨해튼헨지라 불린다. 드릴로는 몇십 년 전 맨해튼의 34가를 서쪽에서 동쪽으로 달리고 있던 버스 뒷자리에서 이 현상을 직접 목격했다. 거대한 불 공이 고층 빌딩 사이에 위치해 있었고 승객들 사이에서는 감탄의 함성이 터져 나왔다. 이 경험이 대단히 인상적이었던 그는 훗날 맨해튼헨지를 다시 한번 보려고 예정일을 적어두었다가 시간 맞춰 기다렸지만 날씨가 흐려서 보지 못했다. 이 후일담을 듣고 나니 드릴로가 이 장면을 '바로 지금, 이 순간을 살아라'라는 의미로 썼다는 확신이 더더욱 강해진다. 브롱크스 출신으로 평생을 뉴욕에서 살아온 그는 요즘도 어린 시절 친구들을 정기적으로 만나 식사를 같이하는데 세월이 흘렀다는 느낌이 전혀 들지 않는다고 한다. 그토록 비관적, 비판적이었던 드릴로도 노년에 이르니 어떤 면에서는 조금 부드러워진 것인가라는 생각이 든다.

2019년 봄

황가한

제로 K

1판 1쇄 인쇄 2019년 3월 5일
1판 1쇄 발행 2019년 3월 11일

지은이 · 돈 드릴로
옮긴이 · 황가한
펴낸이 · 주연선

총괄이사 · 이진희
책임편집 · 심하은
표지 및 본문 디자인 · 권예진
마케팅 · 장병수 최수현 김다은 이한솔 강원모
관리 · 김두만 유효정 박초희

(주)은행나무
04035 서울특별시 마포구 양화로11길 54
전화 · 02)3143-0651~3 | 팩스 · 02)3143-0654
신고번호 · 제 1997-000168호(1997. 12. 12)
www.ehbook.co.kr
ehbook@ehbook.co.kr

잘못된 책은 바꿔드립니다.

ISBN 979-11-88810-90-1 (03840)